Le pari d'une nuit

BRENDA NOVAK

Le pari d'une nuit

PRÉLUD'

éditions HARLEQUIN

Collection : PRÉLUD'

Titre original : A BABY OF HER OWN

Traduction française de SYLVIE CALMELS-ROUFFET

HARLEQUIN®
est une marque déposée par le Groupe Harlequin

PRÉLUD'®
est une marque déposée par Harlequin S.A.

Photos de couverture
Femme : © JOEV BOVLAN / ROYALTY FREE / ISTOCKPHOTO

83-85, boulevard Vincent-Auriol 75646 PARIS CEDEX 13.
Service Lectrices — Tél. : 01 45 82 47 47
www.harlequin.fr
ISBN **978-2-2802-4713-9** — ISSN 1950-277X

Chapitre 1

— L'insémination artificielle. Voila la solution !

Delaney Lawson faillit s'étrangler avec une gorgée de son margarita. Elle déglutit, jeta un rapide coup d'œil de gauche à droite pour s'assurer qu'aucun des clients du Honky Tonk Bar — unique lieu de distraction, le samedi soir, de la petite ville de Dundee, en Idaho — n'avait entendu.

— Rassure-moi, Beck, dit-elle à voix basse. Tu parles de reproduction bovine, là.

— Pas du tout ! Je parle de toi, répondit Rebecca Sparks, son amie et colocataire, en passant les doigts dans sa nouvelle coupe courte de cheveux. A cause de ce que tu as dit, hier soir.

Delaney fit la grimace.

— S'il te plaît, Beck, oublie ce que j'ai dit. C'était le jour de mes trente ans. *Et* Buddy n'a rien trouvé de mieux que de m'annoncer que vous alliez vous marier et que, dans cinq mois, vous auriez quitté l'Idaho. Alors, franchement, il y avait de quoi être déprimée.

— Désolée, Laney. J'avais l'intention de t'annoncer notre mariage *après* ton anniversaire, soupira Rebecca.

— Ce n'est pas grave, Beck. A quoi serviraient les garçons, si ce n'est à faire ce genre de gaffe ?

— Oh, j'ai pas mal d'idées concernant les différentes façons de me servir de Buddy, répliqua Rebecca avec un clin d'œil coquin. Quoi qu'il en soit, ce n'était pas l'annonce de mon mariage qui t'a contrariée, hier soir. Tu étais déprimée parce que tu n'as toujours pas trouvé l'âme sœur et que tout le monde, dans ce trou perdu, se demande quand tu vas te marier. Et puis, surtout, parce que tu rêves d'avoir un enfant.

— J'étais déprimée parce que tu vas partir épouser un homme que tu as rencontré sur internet et que tu n'as vu qu'une seule fois. Et, oui, j'étais déprimée parce que je viens d'avoir trente ans sans aucune perspective de famille en vue. C'est tout cela réuni qui me rend triste, précisa Delaney. Pour ne rien arranger, c'est la Saint-Valentin dans deux semaines.

Quelqu'un avait mis une pièce dans le juke-box. Rebecca détourna la tête.

C'était elle tout craché. Ça l'avait toujours gênée de manifester ses émotions. Les « je t'aime » et « tu vas me manquer », très peu pour elle. Mais Delaney la connaissait trop bien : Rebecca tenait à elle, vraiment. Elles étaient amies depuis vingt-quatre ans.

— Je ne pars pas au bout du monde, tu sais, déclara Rebecca au bout d'un moment. Je reviendrai souvent te voir.

— Je sais, soupira Delaney. Ne t'inquiète pas pour moi, Beck. Ça ira. Chacune doit mener sa vie. J'espère seulement que Buddy ne te décevra pas et qu'il sera tout ce que tu attends de lui.

— Oh, il va certainement me rendre folle. Comme hier soir, quand il a vendu la mèche à propos de notre mariage. Mais nous sommes faits l'un pour l'autre, tu ne trouves pas ?

Delaney acquiesça d'un bref hochement de tête, même si elle n'était pas tout à fait d'accord. Physiquement, ils étaient le jour et la nuit. Buddy était un petit brun trapu. Rebecca était une grande blonde — quand ses cheveux n'étaient pas teints dans une nuance plus excentrique, comme c'était le cas ce soir. Mais en fait, le vrai problème, c'était leur différence de personnalité. Pour le peu qu'elle l'avait vu, Buddy avait l'air très gentil et attentionné. Il semblait cependant être du genre casanier, parfaitement prévisible. Elle avait plutôt du mal à imaginer son amie, qui était une vraie pile électrique, s'installer avec un gars qui passerait son temps libre affalé devant un écran de télévision ou un plateau de Scrabble. Mais peut-être que c'était exactement ce dont Rebecca avait besoin, après tout. Le naturel calme de Buddy tempérerait peut-être sa vitalité et ils vivraient heureux pour toujours. De tout cœur, Delaney espérait qu'il en serait ainsi.

— Toi aussi, tu finiras par trouver quelqu'un, reprit Rebecca.

Ça, Delaney en doutait. Voilà déjà plusieurs années qu'elle rêvait de se marier pour fonder une famille. Ses espoirs et sa patience commençaient à sérieusement s'émousser.

— Peut-être.

— Tu as tout le temps d'avoir des enfants, insista Rebecca.

— Pas si les dix prochaines années ressemblent à celles qui viennent de s'écouler, soupira Delaney. Les gens d'ici ont beau être adorables avec moi, je me sens à part. Je n'ai pas de véritable famille. Evidemment, tu ne peux pas comprendre, toi qui as grandi avec trois sœurs aînées…

— Que je rêve d'étrangler la plupart du temps, l'interrompit Rebecca, en remuant son gin tonic du bout du doigt avec un ongle long, vernis d'un rouge-violet aubergine assorti à la nouvelle teinte de ses cheveux.

— Vous vous disputez peut-être, mais vous formez une famille. Vous vous retrouvez tous ensemble à la moindre occasion. Moi, ma mère est morte juste après que nous avons déménagé ici, je ne sais pas qui est mon père — maman non plus ne le savait pas — et c'est tante Millie, la Sœur Emmanuelle de Dundee, qui m'a recueillie et élevée comme elle l'aurait fait pour n'importe quel gamin en détresse.

Avec un soupir à fendre l'âme, Delaney ajouta :

— Depuis toujours, je rêve d'avoir ma propre famille. Malheureusement, à moins que la divine providence n'intervienne en ma faveur, je crois que je vais mourir vieille fille, sans enfant.

Rebecca lécha le bout de son doigt et se renversa contre le dossier de sa chaise pour allumer une cigarette.

— C'est bien ce que je disais. Il n'y a qu'une seule solution. L'insémination artificielle.

— Par pitié, parle moins fort ! chuchota Delaney. Nous ne sommes pas à New York ou à Los Angeles. Tout le monde nous connaît, ici. Je ne tiens pas à ce que le bruit se répande que j'envisage quelque chose d'aussi… d'aussi *radical*. Ce serait affreusement gênant pour tante Millie et oncle Ralph qui se sont occupés de moi pendant toutes ces années.

— Ah, tu envisages donc bien de faire un bébé toute seule ! s'exclama Rebecca, triomphante, en claquant des mains, avec suffisamment de retenue cependant pour ne pas écraser sa cigarette.

— Pas du tout, se défendit Delaney.

— A d'autres ! Tu passes ton temps à lire des magazines pour parents et tu te pâmes d'admiration devant tous les bambins que tu croises.

— Bon, d'accord, j'y ai peut-être songé. Mais je ne crois pas que la méthode artificielle soit la solution.

— Pourquoi pas ? fit Rebecca, en plissant les yeux pour regarder son amie à travers le mince ruban de fumée de cigarette qui s'élevait entre elles.

— Premièrement, il y a l'aspect financier. La bibliothécaire d'une petite ville d'un peu plus de mille cinq cents habitants ne peut espérer gagner de quoi se payer une insémination artificielle et mon assurance santé ne couvre pas ce genre de frais. Par ailleurs, maintenant que tu t'en vas, mon loyer va doubler. Et les volets de la maison de tante Millie auraient grand besoin d'une nouvelle couche de peinture. Deuxièmement, il y a l'aspect pratique. Je ne saurais même pas quel médecin consulter. Je suppose qu'il faut s'adresser à un spécialiste pour ce type de procédé. Pas question de demander au Dr Hatcher, notre vieux médecin généraliste. Il serait totalement dépassé. Troisièmement, je ne pense pas remplir les conditions requises. Il me semble qu'il faut être mariée, non ?

Delaney jeta un autre coup d'œil furtif sur la clientèle du Honky Tonk pour s'assurer une fois de plus qu'il n'y avait pas d'oreilles indiscrètes.

Assise au fond de la salle, Mary Thornton, autrefois capitaine des pom-pom girls au lycée, était entourée de sa petite cour d'admirateurs du samedi soir. Sur le juke-box, Elton John s'égosillait pour tenter de rivaliser avec le claquement des boules de billard, le bourdonnement du poste de télévision et la grosse voix de Rusty Schultz accoudé au comptoir, expliquant dans le détail les problèmes de moteur d'une vieille voiture qu'il essayait tant bien que mal de restaurer.

— De toute façon, conclut Delaney à voix basse, je suppose que les médecins ne distribuent pas du sperme à toutes les femmes qui en veulent.

— *Eux*, peut-être pas. Mais je connais beaucoup d'hommes qui ne demanderaient pas mieux, répliqua Rebecca avec un sourire canaille, en tapotant sa cigarette sur le bord du cendrier. Pourquoi ne pas te trouver un amant pour une nuit et te faire mettre enceinte une bonne fois pour toutes ?

— Tu es folle !

Rebecca leva la main qui tenait sa cigarette.

— Ecoute, Laney, tu peux me dire à quoi servent tous ces cours d'affirmation de soi que tu suis sur internet ? C'est toi-même qui m'as expliqué que ton coach en ligne ne cesse de répéter qu'il faut s'affirmer, prendre sa vie en main, décider de ce qu'on veut et faire en sorte de l'obtenir. Eh bien, si tu veux un bébé, c'est le moment ou jamais d'appliquer sa théorie !

— Je ne crois pas que sa méthode me soit d'un grand secours dans ce cas particulier.

— Bien sûr que si, au contraire ! Et la solution que je te propose présente de nombreux avantages. Premièrement, sur le plan financier, tu trouveras forcément un volontaire qui ne te coûtera rien, commença à énumérer Rebecca comme l'avait fait précédemment Delaney. Pas besoin de faire appel à l'assurance maladie et les volets de tante Millie pourront être repeints d'ici le printemps. Deuxièmement, du point de vue pratique, tu n'auras pas à chercher un médecin spécialiste. Troisièmement…

Rebecca tira une longue bouffée de sa cigarette.

— … il est préférable de ne *pas* être mariée pour draguer un gars dans un bar.

Delaney fit mine d'être scandalisée, mais abandonna bien vite cette ligne de défense. Trente ans lui apparaissait comme un cap fatidique au-delà duquel elle était prête à envisager toutes les éventualités.

— Tout de même, ce n'est pas honnête, lâcha-t-elle après un temps de réflexion. Faire ça à un homme, c'est… c'est du vol.

— Ce n'est pas du vol si c'est lui qui te *donne* ce que tu souhaites, répliqua Rebecca.

— Possible, mais c'est…

— Immoral, compléta Rebecca. Je sais.

Elle inclina la tête pour ne pas souffler sa fumée de cigarette dans le visage de son amie, avant de conclure :

— Tu as trop de principes.

Delaney laissa retomber son menton dans le creux de sa main et regarda d'un air lugubre la tête de cerf empaillée accrochée au mur opposé.

— Je ne sais vraiment pas quoi faire, gémit-elle. Il y a tant de gens, ici, à qui je dois énormément et que je n'ai pas le droit de décevoir. Je ne parle pas seulement de tante Millie et d'oncle Ralph. Il y a aussi la vieille Mme Shipley qui m'a formée pour prendre sa place de bibliothécaire. Et ce brave M. Isaacs qui a dit un mot en ma faveur lors de la dernière réunion du conseil municipal, ce qui m'a valu une augmentation de salaire. Et Mme Minike qui ne compte pas ses heures de bénévolat à la bibliothèque…

— Normal. Tu as engagé sa fille à mi-temps pour t'aider, observa Rebecca, pragmatique.

— Elle remet les livres en rayon pour un salaire dérisoire, précisa Delaney, en levant les yeux au ciel. Je veux simplement te faire remarquer que ce n'est pas si simple, quand on se sent redevable à toute une ville. Sans parler des ragots…

— Ne te soucie donc pas des commérages. Fais comme moi, je m'en moque.

— Au grand regret de tes parents, Beck. En tant que maire de cette ville, je suis certaine que ton père apprécierait davantage de discrétion de ta part.

Rebecca haussa les épaules.

— Ce ne sont pas mes écarts de conduite qui lui feront perdre son fauteuil à la mairie. Il y est installé depuis si longtemps qu'il faudrait un pied-de-biche pour l'en déloger. La preuve, plus personne n'essaie de se présenter contre lui.

Et, depuis que je ne fréquente plus la bande de motards, les vieilles pies de cette ville semblent avoir perdu tout intérêt pour moi. Désormais, quand elles demandent de mes nouvelles, c'est sans enthousiasme : « Ah, oui ? Qu'est-ce qu'elle devient la fille Sparks ? Rien d'étonnant, elle a toujours donné du fil à retordre. » Bref, j'ai suffisamment donné de ma personne pour l'animation de Dundee. Nos concitoyens attendent avec impatience une nouvelle cible pour les sortir de l'ennui. C'est ton tour, ma grande.

— Mon *tour* ? répéta Delaney, l'air horrifiée.

— Oui. Il est temps de leur donner du neuf. Regarde-toi. Tu as toujours été une enfant calme et obéissante, une excellente élève, une cavalière émérite, sans parler de tes talents culinaires. Trois ans de suite, tu as remporté le concours de pâtisserie au lycée. Aujourd'hui, tout le monde vient chez toi, le dimanche, acheter des tartes. Et, dès que tu as le dos tourné, nos chers concitoyens chuchotent : « Quelle gentille fille, cette Delaney. Quand va-t-elle donc se marier ? » Sauf qu'ils oublient un détail essentiel : il n'y a personne à épouser ici.

— Il reste Josh Hill, observa Delaney. Ou son frère.

Rebecca écrasa ce qui restait de sa cigarette dans le cendrier.

— Tu sais ce que je pense de Josh.

— Il n'est pas si minable que ça. Je ne comprends pas pourquoi tu le détestes à ce point.

— Je le connais mieux que toi. De toute façon, il fréquente Mary Thornton. Et son frère sort avec une fille qui n'est pas d'ici. Par conséquent, aucun des deux n'est disponible. Restent Billy et Bobby West.

Delaney fit la grimace.

— Je les connais depuis la maternelle. J'aurais l'impression d'épouser un frère.

— Voilà pourquoi je suis allée me chercher un mari dans le Nebraska, répliqua Rebecca en croisant les bras. *Ça,* plus le fait qu'il ne me connaît pas vraiment. En tout cas, tu n'as pas trente-six solutions. Soit tu laisses cette ville t'enfermer dans le rôle de Mlle Parfaite et tu finiras seule, soit tu joues les vilaines filles pour une nuit en échange d'un bébé. A toi de voir.

— Tu crois que c'est facile de passer du caractère soumis au caractère agressif? soupira Delaney. Ce serait déjà pas mal si j'atteignais le stade intermédiaire : l'affirmation de soi, « la seule stratégie qui favorise les solutions gagnant-gagnant », ajouta-t-elle, parodiant son coach en ligne.

— Justement! Voilà un exemple parfait de gagnant-gagnant, renchérit Rebecca. Qu'est-ce que le donneur de sperme a à perdre? Rien. Pour la plupart des hommes, coucher avec toi, c'est le jackpot.

Delaney prit une gorgée de son margarita. Elle savoura la pointe de sel et laissa fondre la glace dans sa bouche, avant d'avaler. Rebecca avait peut-être raison, après tout. Au lieu de se contenter de prendre uniquement ce que la vie voulait bien lui offrir, elle ferait mieux de prendre ce qu'*elle* voulait de la vie.

Elle sourit à cette idée. Son coach serait fier d'elle.

— Je pourrais choisir le père, voir à quoi il ressemble, réfléchit-elle tout haut. C'est un avantage sur l'insémination artificielle.

Rebecca hocha la tête avec un petit sourire satisfait, avant de renchérir :

— Et tomber enceinte de façon naturelle est tout de même plus agréable que de s'allonger sur une table en Inox, dans une pièce stérile où le seul gars à la ronde porte un masque et des gants chirurgicaux. A ce propos, il y a un bout de temps que tu n'as pas couché avec un homme, hein ? Ça ne te manque pas ?

Delaney s'empressa d'opiner.

— Oh, si, bien sûr !

En réalité, ce qui lui manquait, c'était plutôt quelqu'un avec qui coucher. Quelqu'un qui serait amoureux d'elle, de préférence.

— C'était quand la dernière fois que tu as fait l'amour ? questionna Rebecca sans détour.

— Eh bien, il y a eu ce garçon… tu sais, celui dont je t'avais parlé, répondit Delaney, toute gênée, en essayant de ne pas se tortiller sur sa chaise. Celui qui était venu chez Mme Telfer, l'été de nos dix-sept ans.

— Booker Robinson ? Un vrai voyou, celui-là ! Si je me souviens bien, ses parents l'avaient envoyé travailler à la ferme pour lui inculquer le goût de l'effort et les bonnes manières. En moins d'un mois, il a réussi à mettre la pagaille à Dundee, précisa Rebecca avec un petit sourire nostalgique. Dis-moi, c'était la *première* fois que tu couchais avec un garçon, mais pas la *dernière*, hein ?

— Hum… bien sûr que non. Il y a eu… hum… Tim Downey, tu sais, le soir du bal du lycée.

— Et ?

— Et quoi ?

— C'est tout ?

— Ça ne suffit pas ? s'inquiéta Delaney.

— Eh bien… c'est plutôt pathétique à trente ans.

Pas quand on était la fille d'une femme qui changeait d'hommes aussi souvent qu'elle changeait de chaussures, songea Delaney, tentant d'ignorer la douleur familière qu'elle avait passé des années à essayer d'oublier sans jamais y parvenir complètement. Elle était peut-être passée dans l'extrême inverse, mais, au moins, elle n'était pas comme sa mère.

— Je me suis préservée.

— Pour rester vieille fille. Génial !

Rebecca termina son gin tonic, en commanda un autre, et eut l'élégance d'attendre que Maxine, l'unique serveuse du bar, soit repartie vers les cuisines avant d'observer, tout excitée :

— Je ne sais pas si tu te rends compte, Laney, mais, venant de toi, un bébé illégitime va scandaliser la ville entière !

« Dit comme ça, c'est sûr, je suis parfaitement rassurée. Merci Rebecca », songea Delaney, de plus en plus crispée.

Son amie tiqua. Là, elle y avait été un peu fort, et elle s'empressa d'ajouter :

— Mais nos chers concitoyens finiront par s'y faire.

— Tu crois ? murmura Delaney qui commençait à se tordre les mains nerveusement.

— Evidemment, la rassura Rebecca. Tout le monde t'adore ici. Au départ, ils vont tomber des nues. C'est normal. Ils en feront toute une histoire, mais ils ne tarderont pas à te pardonner et même à te remercier pour cette charmante surprise. Je parie qu'ils finiront tous par attendre ce bébé avec impatience.

Les citoyens de Dundee avaient été bons pour elle. Delaney ne voulait pas les décevoir, mais, à entendre Rebecca, tomber enceinte était si simple ! *Une nuit en échange d'un bébé. Son* bébé. Un enfant à aimer. Un enfant à élever, à guider. Dundee lui pardonnerait certainement un petit écart de conduite.

— Si je me décide et que je trouve… la bonne personne, comment saurai-je s'il n'a pas le sida, par exemple ?

— *Ici* ? s'esclaffa Rebecca. En Idaho ?

— Le sida est partout, se défendit Delaney.

— Oui, mais c'est certainement ici que le risque de l'attraper est le plus faible, répliqua Rebecca. De toute façon, il va bien falloir que tu prennes ce risque. Le plan repose sur une certaine spontanéité. Tu te vois traîner l'élu dans un cabinet médical, avant de passer à l'acte ? Tout ce que tu peux faire, c'est lui demander s'il a passé un test de dépistage et voir si tu le crois sur parole.

Une odeur d'oignons grillés flotta dans le sillage de Maxine qui leur sourit, tandis qu'elle passait devant leur table avec des assiettes destinées à d'autres clients.

— Ton gin tonic arrive, dit-elle à Rebecca.

— Pas de problème.

Delaney attendit que la serveuse se soit éloignée pour soulever un problème essentiel.

— Et s'il utilise un préservatif? Qu'est-ce que cette nuit va m'apporter ?

— Du plaisir, répondit Rebecca avec un sourire coquin.

Delaney lui décocha un regard mécontent.

— Sois sérieuse.

— Je *suis* sérieuse. Ecoute, quand le moment sera venu, tu n'auras qu'à dire au gars que tu prends la pilule. Ensuite, tu le rendras fou de désir au point qu'il en oubliera tout le reste.

Facile à dire. Encore fallait-il réussir à rendre fou de désir un parfait inconnu, songea Delaney.

— Ce n'est pas honnête. Je ne m'imagine pas faire une chose pareille, dit-elle, tout en s'efforçant de ne pas se focaliser sur toutes ces images qui défilaient dans sa tête. Comment faire perdre la tête à un homme au lit ? Ça, elle aurait bien aimé le savoir…

— Allons, Laney, ce ne sera qu'une aventure sans lendemain, insista Rebecca. Tu ne feras de peine à personne. Des millions de gens passent la nuit ensemble pour ne plus jamais se revoir. Tu iras de ton côté, lui du sien. Il n'y a pas de mal à ça.

— Et si je ne tombe pas enceinte ?

— Dans ce cas, il te faudra sérieusement songer à l'insémination artificielle. Mais si tu choisis bien ton moment, il y a de fortes chances pour que ça marche.

Pensive, Delaney se frotta le menton.

— Ce n'est que pour une nuit…

— Exactement.

— Et je ne ferai de peine à personne.

— Puisque je te le dis ! Le gars n'en saura rien. Ce n'est pas comme si tu essayais de lui courir après pour obtenir une pension ou lui passer la corde autour du cou. Et puis, ce bébé, tu en prendras soin comme de la prunelle de tes yeux, n'est-ce pas ?

Un bébé. *Son* bébé. Son désir était si fort que Delaney en avait la gorge serrée.

— Bien sûr.

— C'est tout ce qui compte, conclut Rebecca. Il n'y a donc pas de problème.

— Tu as sans doute raison…

Delaney regarda fixement son verre. Elle avait peut-être un peu trop bu, parce que toute cette histoire commençait à lui sembler étrangement plausible. Elle n'avait pourtant même pas terminé son premier margarita.

— Alors, avec qui dois-je… enfin, tu sais ?

— N'importe quel gars normalement constitué, répondit Rebecca. Regarde autour de toi. Le choix ne manque pas. Parker, par exemple. Là-bas, près de la table de billard. Il essaie de tenter sa chance depuis le collège.

— Parker a essayé bien avant le collège, intervint Maxine qui venait d'attraper la conversation au vol, en arrivant avec le gin tonic de Rebecca. Je me souviens qu'à l'école primaire, il se faufilait déjà dans les toilettes des filles pour regarder sous la porte des cabinets.

— C'est vrai qu'il a toujours eu un petit côté pervers, acquiesça Rebecca, l'œil pétillant.

Elle régla sa boisson et Maxine courut prendre une nouvelle commande.

Delaney leva les yeux au ciel.

— C'est tout ce que tu as à me proposer, Beck ? Parker est bête comme ses pieds par-dessus le marché. Je ne voudrais pas de ses gènes pour mon enfant. De toute façon, il n'est pas question que je choisisse quelqu'un d'ici. Ce ne sera plus un secret si je couche avec un gars du coin et que je tombe enceinte.

— Pas si tu couches avec plusieurs gars dans la même semaine, histoire de semer le doute, objecta Rebecca.

— Hors de question ! s'insurgea Delaney en manquant de s'étouffer.

— Je plaisantais, gloussa Rebecca. Une seule fois, ce sera déjà bien assez dur pour toi. Les filles bien-pensantes dans ton genre ne savent pas mentir. Et, regardons les choses en face, tu n'es pas une pro de la séduction.

— Raison de plus pour faire *ça* loin d'ici.

— Loin, comment ?

— En Californie, par exemple.

— Trop cher, décréta Rebecca. Boise ne te convient pas ?

— Boise n'est qu'à deux heures de voiture.

— Tant mieux. Comme ça, nous économiserons un billet d'avion. Boise fera aussi bien l'affaire qu'une ville de Californie. Les habitants de la vallée ne viennent jamais dans des bleds comme le nôtre, perdus en pleine montagne. Aucune chance de croiser à Dundee le Donneur Lambda de Boise.

Le Donneur Lambda. Cela sonnait bien, nota Delaney.

Le terme avait un côté anonyme, et en même temps il avait comme une connotation de don gratuit. C'était exactement ce qu'elle recherchait : un donneur qui sortirait ensuite de sa vie pour toujours.

— Il est vrai qu'on ne voit guère de citadins dans le coin, réfléchit-elle tout haut.

— Donc, tu es d'accord avec moi. Boise est suffisamment loin. Et même si tu tombais sur ton homme, ici ou ailleurs, il ne serait pas plus avancé.

— Sauf si je suis enceinte. Il pourrait se poser des questions.

— Pourquoi ? Quelle raison aurait-il de penser qu'il est le seul homme avec qui tu as couché ? Tu pourrais très bien être une femme mariée.

— En effet, acquiesça Delaney, désireuse de croire son amie, même si au fond d'elle-même elle avait de sérieux doutes.

— Très bien. Alors, on se lance ? demanda Rebecca, tout excitée.

Une bouffée d'air froid, accompagnée de flocons de neige, s'engouffra dans le bar en même temps que Billy et Bobby West. Delaney tourna la tête dans leur direction.

Les deux frères ne se ressemblaient pas. Autant Bobby était maigre, autant Billy était baraqué. Ils étaient tous deux célibataires. Mais, comme tous les autres garçons de cette ville, Delaney les connaissait depuis la maternelle. Il était donc peu probable qu'elle puisse subitement tomber amoureuse de l'un d'eux. Et, si elle attendait le coup de foudre, à coup sûr elle passerait les cinquante prochaines années de son existence toute seule. Par conséquent, elle n'avait pas le choix.

— D'accord, répondit-elle, en se redressant sur sa chaise. On y va.

Rebecca haussa un sourcil sceptique.

— Vraiment ?

— Absolument.

— Je ne te crois pas.

— Pourquoi ? Si je veux, je suis tout aussi capable que toi de braver les interdits, répliqua Delaney avec défi, en glissant nerveusement ses cheveux derrière les oreilles. Simplement, je n'en avais jamais eu envie jusqu'à aujourd'hui.

— Dans ce cas, c'est parti ! déclara Rebecca.

Sur ce, elle se leva, récupéra son paquet de cigarettes et balança son sac à main sur l'épaule.

— Ce soir ? s'étrangla Delaney, soudain paniquée.

— Pourquoi pas ?

— Tu n'as pas fini ton verre.

— Compte tenu de notre feuille de route, je pense préférable de garder les idées claires.

Comme Rebecca tournait les talons, prête à s'élancer vers la sortie, Delaney la rappela :

— Attends ! Je… J'ai besoin de… de deux ou trois jours pour me faire à l'idée, réussit-elle à articuler. Et… et… tu l'as dit toi-même, il faut choisir le bon moment.

Rebecca posa une main sur sa hanche.

— Justement, c'est le bon moment. Je le sais parce que nous avons le même cycle ces derniers mois.

— Mais…

— C'est bien ce que je pensais, fit Rebecca avec un soupir théâtral.

Reposant son paquet de cigarettes sur la table, elle tira sa chaise et se rassit.

— Tu pensais quoi ? demanda Delaney.

— Que tu te dégonflerais.

— Mais si, je vais le faire !

— Dans tes rêves. Je te connais trop bien, Laney. Tu n'as jamais rien fait de mal de ta vie. Tu es comme…

Delaney attendit patiemment que Rebecca lui sorte une de ses comparaisons grandiloquentes.

— Tu es comme Abraham Lincoln. C'est bien lui qui a marché des kilomètres pour rendre un penny à un épicier ? Ce dernier a dû le prendre pour un fou, tu ne crois pas ?

— Je ne ferais pas des kilomètres pour rendre un penny, protesta faiblement Delaney. Je le donnerais à l'épicier la fois suivante, quand j'irais faire des courses.

Rebecca frappa la table du plat de la main.

— C'est bien ce que je disais !

Elle s'interrompit et leva la tête. Billy et Bobby West s'avançaient vers elles d'un pas nonchalant. Ils effleurèrent le bord de leurs Stetson.

— Bonsoir, mesdames.

Delaney fronça les sourcils. Là, ils étaient en train de s'installer à leur table. Le moment était venu de faire son choix. Soit elle passait le restant de ses jours à jouer aux fléchettes avec les frères West. Soit elle allait à Boise et faisait ce qu'il fallait pour obtenir ce qu'elle désirait le plus au monde.

Rassemblant son courage, elle se leva.

— Désolée, les garçons, nous allions partir.

Surpris, ils clignèrent des yeux. De même que Rebecca.

— Soyez sympas, implora Billy. On vient juste d'arriver.

— Nous allons là où je crois ? demanda Rebecca, l'air incrédule.

Delaney hocha la tête, tout en priant pour ne pas perdre courage. *Une nuit. Une seule nuit avec un homme…*

Il y avait cependant un petit problème.

Elle n'avait pas vraiment dit la vérité à propos de son expérience sexuelle. Quand Booker Robinson avait essayé de lui enlever sa petite culotte, elle lui avait envoyé son poing en pleine figure. Sans doute l'unique geste agressif de toute sa vie. Furieux à cause de son œil au beurre noir, il avait pris sa revanche en racontant à qui voulait l'entendre qu'il avait couché avec elle. Delaney ne s'était pas donné la peine de démentir. Au contraire. Les fanfaronnades de Booker lui avaient permis de ne pas avoir l'air trop différente des autres filles de son âge. Quant à la soirée de bal du lycée, Tim Downey était tellement ivre qu'il était tombé dans les vapes avant même de l'avoir embrassée pour lui souhaiter bonne nuit. Elle avait été obligée de le ramener chez lui.

En fait, Delaney était encore vierge.

Chapitre 2

Connor Armstrong avait la réputation d'un homme qui savait s'amuser. Le moins que l'on puisse dire, c'est qu'il avait passé une bonne partie de ses trente et un ans d'existence à mener une vie de débauche. Mais, ce soir-là, ce n'était certainement pas à Boise qu'il allait réussir à trouver un quelconque divertissement. A coup sûr, c'était la raison pour laquelle son grand-père l'avait envoyé ici, au fin fond de l'Idaho. Dans une ultime tentative pour remettre sur le droit chemin le fils illégitime de sa fille adoptive, le vieux Clive Armstrong n'avait pas trouvé d'autre solution que de l'éloigner de toute tentation.

Connor jeta un regard circulaire dans le minuscule bar de l'hôtel, quasiment désert, et fronça les sourcils. Après tout, qui sait ? De toute façon, c'était sa dernière chance. Aucun choix possible. Son grand-père l'avait placé devant un défi et, même s'il ne l'avouerait jamais, il avait à cœur de le relever. Il était prêt à devenir un autre homme et à faire table rase de son passé pour aller de l'avant.

La porte du bar s'ouvrit sur un géant barbu, avec des mains comme des battoirs. L'homme secoua la neige de son chapeau et vint s'accouder au comptoir à côté de lui.

— Vous êtes nouveau en ville ? questionna-t-il.

Il portait une paire de rangers boueuses, une chemise de laine rouge sur un caleçon long, et pas de manteau.

Compte tenu de son teint rougeaud et de son apparente indifférence au froid polaire, il s'agissait sans doute d'un gars du coin, supposa Connor.

— Qu'est-ce qui vous fait dire ça ?

L'homme commanda une bière et repoussa son chapeau de cow-boy sur la nuque.

— Vous avez l'air d'un gars de la ville.

Le regard curieux du nouveau venu s'attarda sur le pull-over col roulé de Connor, son jean propre et ses chaussures de randonnée en cuir.

— Vous êtes venu skier ?

— Non.

Connor hésita un instant. A quoi bon tenter d'expliquer la véritable raison de sa présence ici ? De toute façon, il n'avait pas vraiment le look de l'emploi, et il ne tenait pas à être la risée du coin dès le premier soir.

— Vous êtes d'où ? reprit le cow-boy.

— De la Napa Valley.

— D'où ?

Connor retint un soupir. Il avait oublié qu'il venait d'atterrir dans une région qui était aux Etats-Unis l'équivalent de la Sibérie pour la Russie.

— De Californie, répondit-il patiemment.

— Ça explique tout.

— Quoi ?

— Vous avez l'air d'un Californien. C'est le bronzage.

Son teint hâlé, ce n'était pas à la Californie qu'il le devait, mais à une récente virée dans les Caraïbes avec ses vieux copains de Berkeley. Ceux-là mêmes qu'il devait remercier pour l'avoir entraîné dans le style de vie qui l'avait conduit jusqu'ici.

Le cow-boy descendit la moitié de sa chope d'un trait,

puis essuya la mousse sur sa barbe du revers de sa manche, avant de poursuivre son interrogatoire.

— Vous êtes là pour combien de temps ?

Connor haussa les épaules.

— Tout dépend du temps que je tiendrai.

L'homme gloussa.

— Ne vous laissez pas effrayer par la neige.

Ce n'était pas tant la météo qui inquiétait Connor. Sa famille — la famille *adoptive* de sa mère — possédait un chalet de trois millions de dollars dans la station de ski huppée de Tahoe, aussi était-il habitué d'une certaine façon à la neige, le temps d'un week-end de ski du moins. C'était plutôt l'ennui qu'il redoutait. D'après ce qu'il en savait, le coin où il allait n'était peuplé que de fermiers qui se couchaient tôt, se levaient tôt, travaillaient dur et arpentaient les trottoirs de la petite ville de Dundee, le dimanche après l'office, en guise de distraction.

Allait-il réussir à s'y faire ? L'Idaho était le test ultime pour voir s'il était réellement le bon à rien que prétendaient ses oncles. Naturellement, ces derniers espéraient, *pariaient* même, qu'il ne tiendrait pas quarante-huit heures ici, au beau milieu de nulle part.

— Qu'est-ce que vous faites dans la vie ? demanda Connor, histoire d'alimenter la conversation.

L'homme fit signe au barman de lui apporter une assiette de frites.

— A peu près tout, dit-il. En ce moment, je travaille pour le comté, comme conducteur de chasse-neige.

Déblayer la neige. Passionnant. Sans doute avait-il sous-estimé cet endroit, ironisa mentalement Connor.

— Et vous ? lui demanda son nouvel ami.

— Je suis l'héritier débauché d'une grande fortune,

plaisanta Connor qui doutait mettre la main un jour sur le moindre centime.

Son grand-père multimillionnaire n'avait aucune raison de lui donner quoi que ce soit, puisqu'il avait trois fils légitimes menant une vie rangée, et des petits-enfants, eux aussi tous légitimes.

— Un quoi ? demanda le cow-boy, l'air dubitatif.

— Un bon à rien, précisa Connor.

L'homme haussa les épaules.

— Vous avez au moins le mérite d'être honnête.

En effet, s'il y avait bien une chose que personne ne pouvait reprocher à Connor, c'était sa franchise. Mais, à ses yeux, ce n'était pas franchement une vertu. Il aurait préféré pouvoir nier la vérité comme le faisait si bien sa mère, prétendre que le passé n'avait jamais existé...

Son ami le cow-boy, à côté de lui, avait commencé à piocher dans l'assiette de frites et Connor songeait sérieusement à regagner sa chambre, quand la porte du bar donnant sur la rue s'ouvrit de nouveau.

— Allons ailleurs, murmura une femme. C'est désert, ici.

— Il est tard et il fait un temps de chien. Il n'y aura foule nulle part, répliqua une autre voix féminine. De toute façon, les bars d'hôtels ne sont jamais très animés, mais l'avantage, c'est que tu n'auras pas besoin d'aller ailleurs pour réserver une chambre au cas où ce serait ton soir de chance.

« Ton soir de chance » ? Connor se retourna. Tiens-tiens, pas si inintéressant que ça, ce bar. Une grande rouquine avec une petite brune. La rouquine était en train de dire quelque chose à propos de l'intérêt de la clientèle des hôtels qui n'était que de passage, mais les mots s'évanouirent sur ses lèvres quand elle l'aperçut.

— Oh, mon Dieu, c'est lui !

Connor se figea de stupéfaction. Mais d'où cette rousse pouvait-elle bien le connaître ? Probablement une erreur, décida-t-il. Il se serait souvenu d'elle. Cette fille n'était pas du genre à passer inaperçue. Très grande — près d'un mètre quatre-vingts — elle portait un long manteau en fausse fourrure de léopard, des talons aiguilles, ainsi qu'un rouge à lèvres rouge aubergine assorti à la couleur de ses cheveux. Si on oubliait ses handicaps en matière de mode, elle était assez séduisante dans son genre, mais ne ressemblait pas du tout à ce que Connor s'était attendu à trouver en Idaho.

Elle se tourna aussitôt vers son amie pour lui retirer son manteau. La petite brune n'avait visiblement pas envie de s'en séparer, mais finit par céder, sans doute pour s'épargner l'humiliation d'une dispute en public.

Connor détourna la tête. La rousse lui lançait des regards ouvertement intéressés et il n'avait aucune envie de se faire draguer par une femme qui lui rappelait Cruella De Vil. Il était fatigué des filles faciles.

— Je crois que vous avez une touche, gloussa son voisin.

Connor secoua la tête et termina sa bière.

— Je ne suis pas intéressé.

Il releva la tête et aperçut le reflet de la brunette dans le miroir derrière le bar. Il s'arrêta net. Elle avait de grands yeux bleus, un teint de nacre et un petit nez légèrement retroussé. Excepté ses yeux étonnamment lumineux qui contrastaient de façon saisissante avec ses cheveux noirs, elle n'était pas d'une beauté frappante. En fait, c'était plutôt une beauté faite de douceur qui exerçait une séduction subtile qui contrastait avec la tenue qu'elle portait sous son manteau.

Connor ravala un sifflement admiratif, tandis qu'il laissait son regard dériver plus bas. Une telle robe devrait être interdite par la loi, se dit-il, notant que la jeune femme avait déjà fait se retourner toutes les têtes masculines du bar, même celle de son voisin. Elle portait une petite robe noire, vraiment très courte et très moulante, qui ne laissait guère de place à l'imagination. Connor ne pouvait s'empêcher de déshabiller du regard les courbes douces, le galbe troublant des hanches… jusqu'à ce qu'il croise de nouveau les yeux bleus dans le miroir. La jeune femme le regardait. On aurait dit une biche effrayée, piégée dans la lumière des phares d'une voiture. Toute rougissante, elle se détourna brusquement et entraîna son amie dans le coin le plus éloigné du bar.

Connor ne pouvait plus entendre ce qu'elles se disaient, toutefois, il lui semblait que les deux femmes n'étaient pas d'accord. La rousse secouait la tête d'un air excédé et, à la façon dont elle continuait de lui jeter des coups d'œil, il n'était sans doute pas totalement étranger à cette conversation.

Un picotement dans le creux de sa nuque lui signala qu'il était temps de partir. Les folles nuits de débauche, c'était terminé. Il était venu ici pour donner un sens à sa vie, pas pour chercher des aventures. Cependant, le désarroi sur le visage de la petite brune l'empêchait de se lever. La plupart des femmes qui portaient ce genre de tenue sexy *cherchaient* à attirer l'attention des hommes. Pourtant, celle-ci n'avait pas vraiment l'air dans son élément.

Sa curiosité l'emporta. Il pouvait bien s'attarder encore quelques minutes, non ? Il commanda donc une autre bière. Connor avait l'habitude de se fier à son instinct. Et là, tout de suite, son instinct lui soufflait que le pic record d'animation en Idaho pourrait bien être atteint ce soir.

« Mais dans quelle situation je me suis mise », se lamenta Delaney en son for intérieur. Elle n'avait qu'une envie :

remettre son manteau pour cacher la scandaleuse petite robe noire empruntée à la sœur de Rebecca, et rentrer directement à la maison, tempête de neige ou pas. Sauf que, maintenant qu'elle avait réussi à la traîner jusqu'ici, son amie n'était pas près de lâcher prise.

— Tu peux m'expliquer pourquoi tu as choisi la table la plus éloignée ? questionna celle-ci.

— Parce que j'ai besoin d'un peu de temps pour me ressaisir.

— Te ressaisir ? Mais nous venons d'arriver !

— J'aimerais d'abord avoir une vue d'ensemble. J'ai tout de même mon mot à dire, non ?

— Je suppose, concéda Rebecca, sans s'interdire pour autant de jeter des coups d'œil par-dessus son épaule, toutes les deux secondes, au gars qu'elle avait repéré dès leur arrivée.

— Essaie d'être plus discrète, chuchota Delaney. Tu attires trop l'attention !

Il n'y avait qu'une douzaine de clients dans le bar, mais elle avait l'impression que tous les regards étaient braqués dans leur direction.

— Ce n'est pas moi qui attire l'attention, rectifia Rebecca. C'est ta robe. Je m'assure juste que notre homme ne s'échappe pas, pendant que tu perds ton temps à te ressaisir. Il est *fantastique.* Il ressemble à Hugh Jackman, tu ne trouves pas ? J'aime bien la façon dont il porte ses cheveux un peu longs sur la nuque.

L'homme assis au comptoir ressemblait à Hugh Jackman, c'était vrai. Il avait des cheveux bruns, des yeux couleur noisette, des pommettes saillantes, le nez étroit, la mâchoire carrée. C'était aussi le même physique d'athlète : tout en muscles, sans un gramme de graisse. Et c'était bien là le problème. Pourquoi Rebecca se sentait-elle obligée de choisir quelqu'un d'aussi… intimidant ?

— Puisque tu le trouves si mignon, tu n'as qu'à coucher avec lui, maugréa Delaney.

— Ce n'est pas moi qui veux un bébé, lui rappela Rebecca. Personnellement, je ne suis pas pressée.

Normal. Rebecca avait une famille, elle, et en plus son amie était sur le point de se marier. Ce n'était pas elle qui allait rester seule.

— Je ne suis pas prête, marmonna Delaney. Nous aurions dû attendre demain soir ou la semaine prochaine ou…

— Ou jamais, l'interrompit Rebecca. Je te connais, tu te serais dégonflée. Tu aurais fini par te persuader que ce n'est pas bien de dissimuler ses intentions et…

— Ce n'est *pas* bien, Beck !

— Sauf que ça ne coûtera rien au Donneur Lambda de faire de toi la femme la plus heureuse du monde, rétorqua cette dernière tout en jetant un nouveau coup d'œil par-dessus son épaule. Et, maintenant, dépêche-toi. Va lui parler !

L'estomac de Delaney se noua aussitôt.

— Comme ça ?

— Bien sûr. Qu'est-ce que tu attends ?

« Une greffe de personnalité. »

Elle n'avait encore jamais osé aborder un homme. Raison pour laquelle elle mourrait sans doute vierge, si elle ne changeait pas radicalement d'attitude. Après tout, Rebecca avait réussi à se trouver un mari. Alors, autant suivre ses conseils. Mais le gars qu'elle lui avait choisi était franchement impressionnant.

Elle se pencha vers son amie.

— Il est assis au comptoir, chuchota-t-elle. Un homme

qui s'installe au comptoir a l'intention de boire, pas de bavarder. On ferait mieux de trouver quelqu'un d'autre.

Elle jeta un regard circulaire sur la salle et soupira. C'était sans espoir. En dehors de quelques femmes, il y avait là un vieillard, un gars d'une quarantaine d'années aussi large que haut, deux types ringards aux cheveux gras qui lui donnaient la chair de poule, et un cow-boy rougeaud assis près du sosie de Hugh Jackman.

Rebecca haussa un sourcil interrogateur.

— Si tu vois quelqu'un de mieux avec qui tu préférerais coucher, n'hésite pas, vas-y. Cela dit, à mon avis, Hugh ferait tout de même un meilleur donneur. Note bien qu'il boit juste de la bière. Ce n'est donc pas un ivrogne. Et il a l'air plutôt sympa, en plus. Il a souri quand nous sommes entrées.

— Tu rêves ! Il a détourné la tête à la seconde où tu as zoomé sur lui.

— Oui, mais, après, il souriait vraiment en nous regardant dans le miroir au-dessus du comptoir.

Son sourire, Delaney ne s'en souvenait pas. Non, ce qui l'avait marquée, c'était son regard. Un regard brun, intense, qui l'avait déshabillée des pieds à la tête.

— Allez, décide-toi ! s'impatienta Rebecca. Le pire qui puisse t'arriver, c'est qu'il t'annonce qu'il est marié. Dans ce cas, tu t'excuses poliment et on cherche une autre cible.

— Je n'y arriverai jamais, gémit Delaney.

— Tu le veux ce bébé, oui ou non ?

Bien sûr qu'elle le voulait ! Alors, autant en finir rapidement. Prenant une grande bouffée d'oxygène, Delaney se leva et s'avança vers le bar.

Dans le miroir, le regard brun se posa de nouveau sur elle… C'était sûr, il allait vraiment la prendre pour une idiote. D'autant que le cow-boy rougeaud, assis lui aussi au bar, la regardait s'approcher avec une concupiscence évidente. Mais qu'est-ce qu'il s'imaginait ? Elle ne coucherait jamais avec lui, même s'il était le dernier homme sur terre.

« Du calme. Imagine-toi dans la peau d'une autre femme. Une femme audacieuse, une femme… » Delaney déglutit péniblement. « Une femme facile. »

— Bonsoir, dit-elle, en se glissant sur le tabouret libre, près de la cible sélectionnée par Rebecca.

Elle avait prévu de commander un verre pour une approche plus subtile. Manque de chance, son timing n'était pas bon. Le barman venait de lui tourner le dos pour régler les chaînes de la télévision. Delaney fixa désespérément sa nuque quelques secondes, puis s'obligea à sourire à l'homme à côté d'elle, qui serait peut-être le père de son enfant. Il la dévisagea une seconde, avant de répondre :

— Bonsoir.

Mais il ne lui rendit pas son sourire, il ne pivota pas vers elle non plus. En fait, il ne fit pas quoi que ce soit pour l'encourager. Piquée au vif dans sa fierté, Delaney se redressa sur son tabouret. Maintenant qu'elle s'était lancée, elle n'allait pas se laisser abattre si facilement.

— Vous habitez Boise ? demanda-t-elle, en évitant de croiser le regard du cow-boy à la chemise de laine rouge qui persistait à lorgner sur elle avec un sourire séducteur aux dents jaunies par le tabac.

Ce gars-là aurait tout aussi bien pu brandir une pancarte portant l'inscription « Je suis partant ». Simplement, Delaney n'était pas intéressée. Vraiment pas. S'il fallait en arriver là, elle opterait d'abord pour l'insémination artificielle quel qu'en soit le prix.

— Non, je ne suis que de passage, répondit le sosie de Hugh Jackman, daignant enfin se tourner vers elle. Et vous ?

Delaney pouvait voir des paillettes dorées dans ses yeux

bruns. Vu de près, il ne ressemblait pas tant que ça à l'acteur. Il n'avait pas son sourire décontracté, ni son attitude relax. Au contraire, cet homme avait l'air froid et inflexible. Certainement pas du genre à pardonner quoi que ce soit, songea Delaney. Ce qui la rendit d'autant plus nerveuse.

« Inutile de t'inquiéter s'il pourra te pardonner, puisque tu ne le reverras jamais. »

Quand il baissa les yeux sur son décolleté, le rouge monta aux joues de Delaney et elle résista à une furieuse envie de se sauver. La petite robe noire audacieuse épousait si fidèlement sa poitrine qu'il était évident qu'elle la portait à même la peau. Rebecca avait insisté pour qu'elle se passe de soutien-gorge afin de ne pas gâcher l'allure générale. Mais, sans cet article de base, elle avait l'impression d'être nue. Se penchant sur le comptoir, elle croisa les bras de façon à cacher ses seins, juste comme Rebecca volait à son secours pour la débarrasser du cow-boy à l'œil concupiscent, en entraînant celui-ci vers leur table.

— J'habite à deux heures d'ici, répondit-elle machinalement.

Quelle idiote ! Mais quelle idée de lui avouer ça, regretta-t-elle aussitôt. Moins sa cible en saurait sur son compte, mieux ce serait.

— Ah, vraiment ? Où exactement ?

A moins qu'elle n'ait rêvé, elle avait cru déceler une étincelle d'intérêt dans sa voix.

— Jerome, mentit-elle, en choisissant une ville à l'extrême opposé de Dundee

— Oh.

L'étincelle d'intérêt s'était éteinte. Un silence gêné suivit, pendant lequel Delaney planta ses ongles dans ses paumes de main, tout en songeant aux différentes tortures qu'elle ferait subir à Rebecca pour l'avoir poussée dans cette galère.

Elle allait raconter à Buddy que sa future épouse ronflait. Elle allait dévisser le couvercle de leur salière et… et quoi ? Delaney était incapable d'imaginer quelque chose d'assez atroce. Si cela n'avait tenu qu'à elle, elle serait tranquillement chez elle à rêver d'un bébé… sans rien faire pour que son rêve devienne réalité.

Cette pensée la fit redescendre sur terre. « Une seule nuit avec un homme. Ce n'est pas si terrible. »

— Qu'est-ce que je vous sers ? demanda le barman qui avait enfin terminé de régler le téléviseur.

Delaney commanda une limonade. Comme elle ouvrait son sac à main pour chercher la monnaie, l'homme la prit de court en payant pour elle.

Il attendit qu'elle soit servie pour demander :

— Qu'est-ce que vous faites en ville avec votre amie ?

Delaney prit une gorgée et se concentra sur les mains de son interlocuteur qui encerclaient sa chope de bière. Il avait des doigts longs et forts. Détail important : il ne portait pas d'alliance.

— Euh, il s'agit d'un voyage d'affaires.

— Et, ce soir, vous cherchez de la distraction, c'est ça ?

Il était manifestement du genre direct. Tant mieux, ils perdraient moins de temps, se dit Delaney. Autant conclure l'affaire rapidement au lit. De toute façon, elle n'avait pas l'intention d'y prendre un quelconque plaisir. Sinon, ce qu'elle s'apprêtait à faire lui paraîtrait encore plus mal.

— C'est ça, répondit-elle, en espérant que son cœur allait cesser de bondir dans sa poitrine.

Puis, rassemblant son courage, elle ajouta :

— Vous êtes partant ?

L'homme porta la chope à ses lèvres.

— Comment vous appelez-vous ?

Et si elle lui donnait un faux nom ? Autant abandonner

tout de suite cette idée. Elle était tellement anxieuse qu'elle finirait forcément par se tromper. Et, tant qu'ils s'en tenaient aux prénoms, elle ne voyait pas l'intérêt de lui mentir.

— Delaney.

— Un drôle de prénom. Et une sacrée robe.

A la façon dont il l'avait dit, Delaney n'était pas certaine que ce soit un compliment. Ce gars-là était plutôt difficile à cerner et sa froideur ne facilitait pas le contact. Mais c'était aussi bien ainsi. Inutile de lier connaissance. L'essentiel était de réussir à l'entraîner dans un lit. Le reste n'avait pas d'importance.

— Et vous vous appelez…

— Connor.

Il s'abstint lui aussi de préciser son nom. Signe qu'ils étaient sur la même longueur d'onde, supposa Delaney.

— Eh bien, Connor… Voulez-vous…

Affreusement gênée, elle ne put terminer sa question, mais il avait manifestement compris.

Il haussa un sourcil dubitatif et regarda par-dessus son épaule. Rebecca était assise avec le cow-boy. Elle bavardait avec lui tout en leur jetant des coups d'œil furtifs.

— Vous êtes sûre de *savoir* ce que vous voulez ?

Delaney se força à avaler une gorgée de limonade et releva la tête.

— Ma robe n'est-elle pas suffisamment explicite ?

— La robe, oui, acquiesça Connor. Mais vos mains qui tremblent en disent encore plus long.

— C'est la première fois que je fais ça.

— Alors, pourquoi commencer ce soir ?

Delaney ne s'était pas attendue à un interrogatoire aussi serré. Tout ce qu'elle avait espéré, c'était taper dans l'œil d'un gars et l'amener à faire ce qu'elle voulait. Manifestement ce Connor n'était pas le genre d'homme à se laisser facilement éblouir.

— Pourquoi pas? répondit-elle.

— Bon. Je serais bien resté à discuter avec vous, mais je dois me lever tôt, demain matin. Alors, bonsoir.

Il se leva et Delaney comprit qu'elle allait bientôt perdre son unique chance de voir son rêve se réaliser.

Elle déglutit et lui saisit le bras.

— D'accord, je vais vous dire pourquoi… Vous voudriez être encore vierge à trente ans?

C'était donc *ça* le problème de cette fille. Connor se doutait bien qu'il y avait anguille sous roche. Dès qu'elle s'était approchée de lui, tous les signaux d'alarme dans sa tête s'étaient mis à clignoter. Cela dit, maintenant qu'elle lui avait avoué ce qui la gênait, il la comprenait. Lui non plus ne *voudrait* pas être vierge, sachant que le tiers de sa vie était déjà derrière lui.

Connor regarda la main qui le retenait, puis le visage de la jeune femme. Il ne voulait pas se laisser tenter, mais il était sur le point de céder. En réalité, il avait été tenté dès qu'il l'avait aperçue dans le miroir. A cause de ses yeux, pas à cause de sa robe. Après tout, une aventure de plus ou de moins ne changerait rien pour lui. Qu'il ait ou non passé la nuit avec une femme, il se réveillait chaque matin avec un sentiment de vide, comme s'il lui manquait quelque chose d'essentiel. Alors, pourquoi ne pas emmener cette fille innocente dans sa chambre pour lui donner ce qu'elle désirait.

— Vous n'avez pas de petit ami?

— Vous pensez que j'aborderais un inconnu si c'était le cas?

Connor haussa les épaules.

— Certaines personnes ne se gênent pas.

— Ce n'est pas mon genre.

A en juger par la façon dont elle cachait ses seins derrière ses bras croisés et dont elle se mordillait les lèvres, Connor la croyait volontiers. Elle était bien trop nerveuse pour prendre un quelconque plaisir à ce petit jeu.

— Pourquoi n'attendez-vous pas de rencontrer quelqu'un qui compte vraiment pour vous ?

— J'ai trente ans, je ne suis plus une gamine, répliqua Delaney.

— Je sais. Simplement, je ne voudrais pas que vous le regrettiez ensuite.

— Comme je viens de vous le dire, j'ai trente ans. Je suis suffisamment adulte pour savoir ce que je veux et m'inquiéter de mes propres regrets. N'ayez crainte, je ne vous ennuierai pas avec ça.

— Et si je persiste à dire non ?

— Dans ce cas, je trouverai quelqu'un d'autre.

Et voilà ! Elle le ferait de toute façon. Traîner dans les bars à la recherche d'un gars qui veuille bien la délivrer de sa virginité, c'était plutôt dangereux. Cette fille risquait de tomber sur une brute perverse ou de contracter une saleté d'infection. Au moins, avec lui, elle serait en sécurité. Connor aimait les femmes. Il savait être tendre et leur donner du plaisir. Qui plus est, il était en parfaite santé. Il pouvait bien lui accorder cette nuit, non ?

Il sourit à cette idée. Un peu timide, Delaney lui rendit son sourire.

— Je tiens tout de même à vous dire que je n'ai jamais couché avec une vierge, précisa-t-il, espérant malgré lui réussir à la décourager. S'il existe un moyen de rendre la première fois plus… agréable, eh bien, je ne le connais pas.

Delaney baissa les yeux.

— Je ne vous demande pas de me traiter d'une manière

particulière. Faites comme avec les autres femmes, dit-elle en baissant les yeux. Je veux juste, vous savez… en finir avec ça.

« En finir avec ça » ? Pas de doute, cette fille était vierge. Elle se comportait comme si elle était sur le point de passer sur une table d'opération. Ce qui titillait Connor et lui donnait encore plus envie de lui montrer combien le sexe pouvait être agréable.

Il jeta un coup d'œil autour de lui pour s'assurer de l'absence d'oreilles indiscrètes.

— Vous avez de quoi vous protéger ?

Il n'avait pas pensé à emporter des préservatifs dans ses bagages. Il n'avait pas non plus pensé qu'il puisse en avoir besoin dès sa première nuit en Idaho.

— Ne vous en faites pas pour ça, articula Delaney.

— Vous avez déjà tout prévu ?

Elle hocha la tête, avant d'ajouter d'une voix gênée :

— Sauf si je dois songer à me protéger d'une… d'une maladie.

— Avec moi, vous ne risquez rien, la rassura Connor.

Elle parut soulagée.

— Très bien. Alors, on y va ?

Elle persistait dans son attitude « finissons-en ». Ce n'était pas normal pour une fille aussi séduisante d'assimiler le sexe à une séance de torture, songea Connor. D'ici quelques heures, il espérait lui faire voir les choses différemment.

— Chambre 431, précisa-t-il. Dites au revoir à votre copine et venez me rejoindre.

Chapitre 3

Chambre 431. Delaney resta assise au bar une longue minute à regarder fixement la porte derrière laquelle Connor avait disparu. Elle serait peut-être restée figée ainsi toute la nuit, si Rebecca n'était pas venue aux nouvelles.

— Alors ?

Delaney resta muette, le regard rivé sur le barman qui s'était déjà approché au cas où Rebecca aurait eu l'intention de commander un autre verre. Elle n'avait pas envie que cet homme sache ce qu'elle s'apprêtait à faire. Elle-même n'arrivait pas à le croire.

La prenant par les épaules, Rebecca voulut l'éloigner du comptoir, mais Delaney ne se sentait pas prête à aller où que ce soit.

— Servez-moi une double vodka, dit-elle au barman qui parut légèrement surpris qu'une personne ayant commandé une limonade juste avant décide subitement de passer à la vitesse supérieure.

Il lui apporta cependant ce qu'elle demandait. Delaney descendit son verre d'un trait et se mit à tousser.

— Soit c'est un oui, observa Rebecca en lui tapant dans le dos. Soit c'est un non catégorique.

— C'est un oui, réussit à hoqueter Delaney.

Elle détestait la vodka, mais elle avait besoin d'un

remontant pour que ses jambes puissent la porter jusqu'à la chambre 431.

— Donnez-m'en une autre, dit-elle au barman.

— Waouh, doucement, Laney ! s'inquiéta Rebecca, en la regardant vider son deuxième verre aussi vite que le premier. Ce serait bête de tomber dans les pommes avant d'avoir atteint son lit.

— J'ai fini, croassa Delaney, la gorge en feu.

Saisissant son sac à main, elle se laissa glisser du tabouret.

— Qu'est-ce que tu vas faire pendant que je serai… pendant que je serai… occupée ?

Rebecca lança un coup d'œil au cow-boy qui l'attendait toujours sagement assis à leur table, l'œil plein d'espoir.

— Je vais me débarrasser du don Juan et prendre une chambre ici. Je te laisserai le numéro à la réception.

— D'accord. Moi, je serai chambre 431. Avec Connor, crut bon de préciser Delaney.

Puis, redressant les épaules, elle s'avança vers la sortie du bar qui donnait sur le hall de l'hôtel, les yeux rivés sur l'ascenseur qui montait aux chambres.

Rebecca la rattrapa.

— Ça va aller, Laney ? Tu es blanche comme un linge.

— Ça ira.

— Le plus dur est fait, tu sais. Il te suffit de…

Delaney leva une main pour qu'elle n'en dise pas plus.

— Je t'en prie, pas de laïus d'encouragement, ni de recommandations. Ce n'est pas le moment.

Un pli soucieux barra son front.

— Je continue à croire que ce n'est qu'un cauchemar et que je ne vais pas tarder à me réveiller, marmonna-t-elle.

— Tu me remercieras plus tard, susurra Rebecca.

— Si ça marche.

— Ça marchera. Il te suffit de mener le jeu.

« Mener le jeu » ? Elle était vierge, bon sang ! Elle ne savait pas du tout comment s'y prendre. Ses cours d'affirmation de soi pourraient peut-être l'aider, essaya-t-elle de se rassurer. C'était le moment de passer de la théorie à la pratique.

Le hall de l'hôtel était désert, excepté le réceptionniste de nuit. Affairé à cliquer sur un ordinateur, il ne releva même pas la tête quand Delaney passa devant lui. Tant mieux. Elle n'avait pas envie de le saluer d'un sourire et encore moins de lui expliquer où elle allait.

Elle essaya de ne penser à rien tandis qu'elle prenait l'ascenseur, puis naviguait dans les couloirs étroits du quatrième étage. Malheureusement, quand elle arriva devant la chambre 431, les doutes l'assaillirent de nouveau.

N'était-elle pas sur le point de commettre une terrible erreur ?

Cette nuit pourrait lui apporter un bébé. Cela valait tout de même la peine de prendre le risque. Connor n'en saurait rien. Par conséquent, cet enfant ne lui manquerait pas.

D'un autre côté, il n'y aurait pas de retour en arrière possible…

Elle hésitait, quand un employé d'étage déboucha dans le couloir.

— Vous avez un problème avec la clé de votre chambre, m'dame ?

— Non, merci. Ça va.

— Très bien. Bonne nuit.

Il s'éloigna en poussant un chariot de bagages. Connor avait dû entendre leur échange, car il ouvrit sa porte.

— Désolé, je ne vous ai pas entendue frapper, s'excusa-t-il.

Delaney ne précisa pas qu'elle n'avait pas encore frappé à sa porte et qu'elle aurait très bien pu ne jamais le faire. Elle était bien trop occupée à essayer de ne pas le regarder fixement, bouche bée.

Il avait pris une douche. Il ne portait rien d'autre qu'un

jean manifestement enfilé à la va-vite — le bouton du haut n'était pas fermé. Ses cheveux étaient encore humides. Il s'était rasé, mais c'était son torse qui laissait Delaney sans voix. Large et musclé, couvert d'une légère toison brune qui allait s'amenuisant sur son ventre. Un nuage de buée sortait de la salle de bains derrière lui, l'enveloppant d'une sorte de halo. Elle pouvait sentir le parfum de son savon.

— Ça sent bon, dit-elle sans réfléchir.

Il lui sourit. Et, cette fois, ce ne fut pas le sourire poli qu'elle avait aperçu fugitivement au bar. C'était un sourire sexy et tendre qui lui fit battre le cœur.

— J'ai voyagé toute la journée et je tenais à me raser.

C'était gentil de sa part. Plus gentil qu'elle ne s'y attendait.

— Vous entrez ?

Delaney jeta un coup d'œil vers l'ascenseur. Un simple non pourrait mettre fin à cette folie. Mais Connor lui saisit la main et elle se laissa tirer à l'intérieur de la chambre.

Le Bellemont était sans doute l'hôtel le plus chic de Boise et certainement le plus cher dans lequel Delaney ait jamais mis les pieds. En fait, de toute sa vie, elle n'avait passé qu'une seule nuit à l'hôtel. Pour ses neuf ans, quand tante Millie et les dames du Rotary Club l'avaient emmenée à Disneyland. Elles avaient réservé des chambres dans un motel bon marché, doté d'une piscine, comble du luxe pour Delaney.

Elle jeta un coup d'œil circulaire sur la chambre, notant l'épais papier peint à rayures, les corniches au plafond, le lit immense, le bureau en acajou, la télévision, le minibar et les deux chevets avec leurs grosses lampes en cuivre. Sur la table à côté d'elle, il y avait la carte du room service. Machinalement, elle la feuilleta, tandis que Connor croisait les bras et s'adossait au mur pour la regarder.

— Vous avez faim ?

Elle leva les yeux sur lui, puis s'empressa de les détourner, rougissante. La vue de son corps puissant et musclé l'intimidait et la troublait tout à la fois, éveillant en elle une émotion indéfinissable.

— Non. Je… Je me demandais juste ce que le room service proposait dans ce genre d'hôtel.

— C'est rarement de la grande gastronomie, mais ce n'est pas mauvais, répondit Connor.

Son ton était cordial, gentil. Il y avait cependant de la curiosité dans son regard.

Delaney baissa les yeux sur la liste d'omelettes, de pancakes et de sandwichs variés.

— Il y a du choix. Ce doit être cher, non ?

— Pas plus qu'ailleurs. On dirait que vous n'avez pas beaucoup voyagé.

— Avec ma mère, nous déménagions souvent. Mais, quand nous sommes venues en Idaho, elle est tombée malade. Alors nous sommes restées. Je suis tout de même allée à Disneyland, précisa Delaney, souriant malgré elle au souvenir d'un des meilleurs moments de sa vie. J'aimerai bien y retourner. Je veux dire… quand j'aurai des enfants.

Elle reposa la carte.

— En parlant d'enfants, vous aimeriez en avoir ? osa-t-elle lui demander.

Elle retint sa respiration. Selon la réponse, elle déciderait soit de rester, soit de s'éclipser rapidement.

Connor haussa les épaules.

— Un de ces jours, peut-être. Mais je ne suis pas pressé. J'ai encore pas mal de chemin à faire avant d'être prêt à assumer une telle responsabilité.

Delaney hocha la tête et son sentiment de culpabilité s'apaisa. Il ne souhaitait pas d'enfants dans l'immédiat. Et, si elle avait bien compris, pas d'ici un bout de temps. Elle ne le priverait donc de rien. De toute façon, ce n'était pas certain qu'elle tombe enceinte cette nuit. Cela dit, c'était l'occasion de perdre sa virginité — raison amplement suffisante pour rester dans cette chambre. Trente ans de chasteté, c'était assez.

— Vous aimeriez boire un verre de vin ? demanda Connor.

Delaney secoua la tête. Elle n'osait boire davantage, même si la vodka ne semblait pas lui faire d'effet.

— Non, merci. Je crois que nous devrions nous y mettre.

Connor fronça les sourcils.

— Vous êtes pressée ?

En réalité, elle préférait affronter l'obstacle tout de suite, avant de changer d'avis et de se sauver. Naturellement, elle ne pouvait pas le dire, pas plus qu'elle ne pouvait prétendre avoir quelque chose d'urgent à faire à une heure aussi tardive.

— Non, pas vraiment.

— Alors, pourquoi ne pas vous asseoir et me parler un peu de vous ?

— Il n'y a pas grand-chose à raconter.

Mal à l'aise, Delaney regarda autour d'elle. La chambre lui parut soudain incroyablement petite. Ne sachant quoi faire, elle s'assit au bord du lit.

— Qu'est-il arrivé à votre mère ? demanda Connor. Vous disiez qu'elle était tombée malade. J'espère qu'elle s'est rétablie.

Il vint s'asseoir près d'elle.

— Non. Elle est morte quand j'avais sept ans.

— Désolé.

Calquant son attitude sur la sienne, Delaney croisa les mains sur ses genoux. Mais ses phalanges blanchies indiquaient qu'elle était nettement plus nerveuse que lui.

L'odeur du savon sur la peau de Connor et le parfum

de son after-shave étaient étrangement attirants, excitants. Et Delaney ne put s'empêcher de songer combien ce serait agréable s'il la prenait dans ses bras — sauf qu'elle ne voulait pas que ce soit agréable. Il fallait que cette aventure d'une nuit reste impersonnelle et dénuée de tout plaisir. Ce n'était qu'un moyen pour arriver à ses fins.

— Et le reste de votre famille ? reprit Connor. Ils vivent à Jerome ?

Consciente qu'il essayait de la mettre à l'aise, Delaney appréciait l'effort. Etre assise à côté d'un homme à moitié nu était terriblement gênant. Toutefois, elle n'avait aucune intention de lui parler de sa vie. Ce n'était pas un sujet passionnant, ni même agréable. Les gens de Dundee avaient eu la gentillesse de la recueillir et de s'occuper d'elle. Ce qui lui donnait le sentiment d'avoir une dette envers eux. Une dette à laquelle elle ne voulait surtout pas penser en ce moment, quand elle était sur le point de trahir leur confiance, en faisant quelque chose qu'ils n'attendaient certainement pas de sa part. Quelque chose de mal.

Elle ouvrait la bouche pour dire à Connor qu'elle n'avait pas très envie de parler d'elle, quand la vodka finit par faire son effet, la libérant de ses inhibitions. Se laissant tomber sur le dos, elle décida subitement de s'inventer l'enfance dont elle avait rêvé. Quelle importance, après tout, puisqu'elle ne croiserait plus jamais la route de cet homme ?

Elle lui raconta donc une histoire imaginée de toutes pièces : un père merveilleux qui l'avait élevée avec ses six frères et sœurs. Ses sœurs étaient toutes mariées, avec des enfants, mais restaient très proches. Son plus jeune frère venait d'entrer à l'université. Elle ajouta qu'elle avait grandi dans une ferme. Elle parla des longues journées passées à jouer dans la grange. Elle alla même jusqu'à dire qu'elle trayait les vaches le matin, avant de partir à l'école.

— J'avais cru comprendre que votre mère déménageait souvent.

— Oh, ça, c'était avant, s'empressa de rectifier Delaney, maudissant la vodka qui lui embrouillait les idées. Quand elle est décédée, je suis allée vivre chez mon père et sa nouvelle épouse.

— Je vois. On dirait que vous avez eu une enfance heureuse, observa Connor.

Il s'était étendu sur le côté, près d'elle. La tête posée sur une main, il la regardait. Ils étaient proches, mais ne se touchaient pas. Il l'écoutait — peut-être un petit peu trop attentivement — il souriait, émettait un commentaire de temps en temps. Et, de façon surprenante, Delaney se sentait à l'aise avec lui. Et dire qu'elle s'était imaginé que les histoires qu'elle lui raconterait l'éloigneraient de la véritable Delaney, mais c'était tout le contraire, parce qu'elle était tout simplement en train de lui dévoiler ses désirs les plus secrets. Des désirs qu'elle n'avait jamais révélés à Rebecca, sa meilleure amie, ni à personne d'autre.

Elle était déjà sortie avec des garçons à Dundee, mais c'était toujours en groupe — match de foot, bowling, soirées fléchettes au Honky Tonk. Billy West était celui dont elle préférait la compagnie, mais jamais elle n'avait éprouvé avec lui cette sensation étrange, comme si des papillons voletaient dans son estomac.

— Et vous ? dit-elle, s'efforçant d'ignorer la façon dont Connor la regardait, les yeux rivés sur ses lèvres. Votre enfance, c'était bien ?

— Oh, moi aussi, j'ai eu une enfance parfaite, répondit-il.

Etait-ce une pointe de sarcasme qu'elle venait de percevoir dans sa voix ? Delaney ne chercha pas à approfondir, car il avait commencé à tracer du bout des doigts un chemin délicat le long de sa joue jusqu'à ses lèvres qu'elle écarta spontanément pour lui permettre d'en explorer les contours.

— Tout va bien, Delaney ?

Si ça allait ? Le contact de ses doigts sur ses lèvres la faisait frissonner des pieds à la tête.

Une nuit en échange d'un bébé. La pensée flottait dans son esprit, mais elle n'avait plus tout à fait le même sens. Cette nuit n'était plus vraiment un sacrifice…

— Ça va, murmura-t-elle.

— Tant mieux. Parce que je crois que nous allons passer un merveilleux moment ensemble.

Lentement, il se pencha sur elle et l'embrassa.

Ce fut un baiser parfait. Un baiser long et délicat qui fit fondre Delaney. Elle ferma les yeux quand leurs langues se rencontrèrent. Et, comme si elles n'obéissaient plus à son cerveau, ses mains glissèrent sur le torse de Connor, caressant ses muscles d'airain. Elle avait pensé qu'il serait rapide, brutal et égoïste, mais c'était tout le contraire. Il prenait tout son temps. Il la caressait, l'embrassait doucement, lentement, profondément.

Quand sa main remonta le long de la cuisse de Delaney, la tête lui tourna. Instinctivement, elle se cambra vers lui, mais il retint des caresses plus intimes, s'attardant sur la moindre zone sensible qu'il découvrait. Il semblait avoir opté pour une stratégie consistant à la pousser peu à peu à un désir éperdu.

— Connor, murmura-t-elle, avec l'impression de ne plus avoir toute sa raison.

Elle s'était pourtant promis de ne pas prononcer son nom, de ne pas même y penser. Mais comment faire autrement ? Il était imprimé derrière ses paupières closes, comme un feu d'artifice dans le ciel. Elle avait essayé de prendre de la distance, en faisant comme s'il s'agissait de

Hugh Jackman, en se disant qu'elle réalisait un fantasme, que cet homme n'avait rien de réel. Peine perdue. Connor était parfaitement réel et n'avait rien d'un fantasme.

— Faisons-le maintenant, dit-elle dans un souffle.

— Chut ! murmura-t-il contre sa bouche.

Sans jamais cesser de l'embrasser, il lui ôta sa robe. A son tour, elle le déshabilla. Ils se contemplèrent un instant dans leur mutuelle nudité et, sous le sourire admiratif de Connor, la timidité de Delaney disparut peu à peu. A ses yeux, elle avait l'impression d'être incroyablement sexy, désirable et *acceptée.* Elle n'était pas censée prendre du plaisir, mais — mon Dieu — jamais elle n'avait éprouvé pareille émotion. Avec l'aube viendraient sans doute le remords et la mauvaise conscience, mais, pour l'instant, elle s'en moquait. Les considérations plus terre à terre lui semblaient très loin, aux limites extrêmes de sa conscience. Et elles disparurent totalement, quand le corps de Connor couvrit le sien pour lui faire connaître avec beaucoup de délicatesse et de savoir-faire la douleur puis l'émerveillement de la passion physique. Elle éprouva alors une sensation comme elle n'en avait encore jamais connue — celle de deux êtres fondus l'un dans l'autre dans une totale communion. Confusément, elle s'étonna. Ce corps d'homme, cette peau, qu'elle n'avait jamais touchés avant cette nuit, lui paraissaient si familiers et s'accordaient si bien à elle. Les vagues de plaisir l'emportèrent, la remplissant tout entière de son amant. Rien ne serait plus jamais pareil.

Connor s'éveilla au petit matin, savourant la chaleur du corps endormi, niché contre lui dans le creux de son bras. Delaney avait calé sa jambe gauche sur la sienne et posé son bras en travers de son torse. Il resta immobile pour ne pas la réveiller, goûtant la douceur de l'instant.

Quand il l'avait invitée à le rejoindre dans sa chambre,

il savait bien au fond de lui que ce n'était pas pour les motifs purement altruistes dont il avait fait semblant de se persuader au bar. Mais il n'avait pas imaginé un instant partager avec elle de telles émotions. Ce qui s'était passé entre eux dans cette chambre n'était pas qu'une simple aventure parmi tant d'autres. Connor ne savait pas si c'était à cause de son innocence ou de sa fragilité, mais Delaney l'avait profondément touché. Ce qu'ils avaient partagé allait bien au-delà du simple plaisir physique. Et il avait suffisamment d'expérience avec les femmes pour savoir faire la différence.

Inclinant la tête, il contempla son visage dans la lumière du jour qui se levait et ne put s'empêcher de sourire. Hier soir, il devait être aveugle pour ne pas être immédiatement tombé sous le charme quand elle était entrée dans le bar. Plus il la regardait, plus il adorait ce qu'il voyait. Il aimait la façon dont ses yeux se fermaient et ses lèvres s'entrouvraient quand il la caressait, les fossettes qui creusaient ses joues quand elle souriait. Et il aimait bien d'autres choses encore : ses petits gémissements quand ses doigts exploraient son corps, sa délicate sensibilité, sa tendresse, sa voix rêveuse quand elle lui avait parlé de sa famille.

La veille, il avait prévu de quitter l'hôtel aussitôt réveillé, pour se rendre directement au Running Y Ranch et ne plus jamais la revoir. Mais, quelque part pendant la nuit, il avait changé d'avis. A présent, il se disait que ce serait dommage de la laisser partir comme ça. Il pourrait de temps en temps aller la retrouver à Jerome. Elle pourrait aussi venir le voir à Dundee…

Comme un rayon de soleil jouait sur ses paupières, Delaney s'étira comme une chatte. Puis ses grands yeux bleus papillotèrent un instant avant de se fixer sur Connor. A sa vue, elle sembla brusquement reprendre pied avec la réalité. Saisissant le drap, elle le tira sur elle, l'air horrifiée, comme s'il venait d'apparaître dans le lit et qu'elle n'avait pas fait l'amour avec lui toute la nuit.

— Bonjour, dit-il, en voulant l'attirer contre lui.

Mais elle repoussa son bras et se réfugia à l'autre extrémité du lit.

Connor se redressa sur un coude.

— Quelque chose ne va pas ?

Etonné, il la regarda porter une main à son front.

— Je ne peux pas croire que j'ai fait une chose pareille ! gémit Delaney, en jetant un coup d'œil à sa robe sur le sol, puis au drap dont elle se couvrait.

Lâchant ce dernier, elle bondit hors du lit telle une sprinteuse dans les starting-blocks, récupéra sa robe et fonça vers la salle de bains.

Surpris, Connor fronça les sourcils.

— Delaney ?

Certes, elle était plutôt nerveuse, la veille, quand elle était entrée dans sa chambre. Mais elle n'avait pas tardé à perdre sa timidité. La femme avec qui il avait fait l'amour plusieurs fois cette nuit s'était débarrassée de toute inhibition. Et voilà qu'à présent, elle rougissait et se couvrait comme une vierge effarouchée.

— Il faut que je parte, marmonna-t-elle, en disparaissant dans la salle de bains.

— Pourquoi ? Qu'est-ce qui ne va pas ?

— Tout ! lui cria-t-elle.

Elle ressortit de la salle de bains quelques secondes après, en tirant sa robe sur ses hanches et se baissa pour chercher ses chaussures.

Connor réprima un soupir agacé. Il pouvait comprendre qu'elle éprouve un certain remords d'avoir perdu sa virginité. Il s'était cependant montré extrêmement doux et attentionné. Et, en aucun cas, il ne lui avait mis un revolver sur la tempe. C'était elle qui avait insisté pour sauter le pas avec lui.

— Je vous avais prévenue que vous le regretteriez. Maintenant, j'ai l'impression d'avoir abusé de vous.

Delaney secoua la tête.

— Ne croyez pas ça... ne croyez rien, bredouilla-t-elle. Cela n'a pas d'importance. De toute façon, nous n'allons pas nous revoir.

Connor fronça les sourcils. Ce constat ne le consolait pas pour autant.

— Justement, je voulais vous en parler, dit-il. Vous voulez bien vous asseoir une minute ?

Delaney avait retrouvé l'un de ses escarpins et essayait de l'enfiler tant bien que mal.

— Impossible. Il faut que j'y aille.

— Où ? questionna Connor. J'avais pensé faire monter un petit déjeuner dans la chambre. Vous aviez l'air intéressée par le room service, hier soir.

— Je ne peux pas rester, marmonna Delaney en se redressant, son deuxième escarpin à la main. Je vous demande de m'excuser. Je suis désolée. Sincèrement désolée.

— Pourquoi seriez-vous désolée ? s'étonna Connor. Personnellement, j'ai adoré la nuit que nous venons de passer ensemble. J'espère ne pas être le seul.

— Je suis désolée, répéta Delaney, nageant visiblement en plein désarroi. Je vais tuer Rebecca.

— Qui est Rebecca ? Votre amie ?

— Aucune importance.

Saisissant son sac à main, elle se précipita vers la porte. Vif comme l'éclair, Connor bondit hors du lit à son tour pour l'intercepter avant qu'elle puisse sortir.

— Vous partez vraiment ? Comme ça ?

N'osant le regarder, Delaney gardait les yeux obstinément fixés sur la porte derrière lui.

— Il le faut.

— Laissez-moi au moins un numéro de téléphone.

— Je ne peux pas.

— Pourquoi ? Je vais m'installer pas très loin d'ici et ça me ferait plaisir de vous revoir. Allons, Delaney, nous n'allons pas nous quitter comme ça.

Il lui sourit, espérant la faire changer d'avis et qu'elle reste encore un peu — il avait deux bonnes heures devant lui, avant que le régisseur du ranch passe le chercher. Mais elle resta inflexible et inapprochable. Elle ne le laisserait pas la prendre dans ses bras, même si c'était exactement ce qu'il mourait d'envie de faire.

Elle cacha ses yeux derrière sa main, comme si elle se sentait piégée et ne savait que faire. Mais, quand elle releva enfin les yeux sur lui, son expression s'adoucit.

— D'accord. Je vais vous laisser mon numéro de téléphone.

Connor la regarda traverser la chambre pour prendre le bloc de papier à lettres sur le bureau, puis se mit à la recherche de son jean. Il ne comprenait pas le soudain accès de pudeur de cette fille mais, si cela pouvait la rassurer, autant le respecter. Peut-être serait-elle moins nerveuse, s'il s'habillait.

— Voilà, dit-elle, en enfonçant un petit bout de papier plié en quatre dans la poche de la chemise qu'il avait posée, la veille, sur le dossier d'une chaise.

Il termina de boutonner son jean et la suivit jusqu'à la porte.

— Je vous appellerai, dit-il, s'effaçant pour lui laisser l'espace dont elle avait visiblement besoin.

— Très bien, d'accord. A plus tard, conclut-elle en se

glissant hors de la chambre, sans même lui adresser un petit signe de la main.

Quand la porte se referma sur elle, Connor fronça les sourcils, puis jura tout bas. Que s'était-il donc passé entre le moment où elle s'était endormie et le moment où elle s'était réveillée ? Il n'avait jamais vu une femme réagir ainsi. Il avait connu celles qui s'accrochaient et devenaient possessives, celles qui réclamaient davantage de temps, davantage de promesses. Delaney était la première qui couchait avec lui, s'habillait, et se sauvait.

Au moins, il avait réussi à la persuader de lui laisser son numéro de téléphone. Il attendrait quelques jours avant de l'appeler, décida-t-il. Mais, quand il sortit le bout de papier de sa poche de chemise et qu'il le déplia, il eut l'impression de recevoir un coup en plein dans l'estomac.

Delaney ne lui avait pas laissé son numéro. Elle avait simplement écrit : « Merci. »

Chapitre 4

Delaney arracha la porte des mains de Rebecca dès que celle-ci lui ouvrit, et entra en trombe dans la chambre.

— Comment ai-je pu t'écouter ? Mais à quoi ai-je donc pensé ?

— Qu'une liaison sans lendemain coûtait moins cher qu'une insémination artificielle ?

Delaney lui décocha un regard assassin.

— Ne recommence pas avec ça. J'ai été stupide.

— Dis plutôt que tu t'es affirmée.

— Non, j'ai menti et j'ai manipulé un homme pour obtenir de lui ce que je voulais. Ce n'est pas la même chose, Beck.

— Ce fut donc si difficile ? questionna Rebecca, dubitative.

Delaney se mit à faire les cent pas.

— Pire. Ce fut horrible.

— Horrible ? répéta Rebecca, en resserrant la ceinture de son peignoir. Mince, ne me dis pas que c'était un pervers sadomaso.

— Non.

— Il s'est comporté en sale porc égoïste ?

Delaney secoua la tête.

— Il n'a été ni pervers ni égoïste. Il a tout simplement été fabuleux. Et c'est justement *là* le problème !

Rebecca haussa un sourcil interloqué et écarta les mèches de cheveux qui retombaient devant ses yeux.

— Je ne comprends pas… il a été gentil avec toi et tu trouves que c'est un problème ?

— *C'est* un problème ! explosa Delaney, en pivotant sur elle-même.

Elle se faisait l'effet d'une femme sans cœur, d'une nymphomane, d'une traîtresse.

— Il a été adorable avec moi, il m'a fait confiance et je l'ai trompé. Je lui ai menti sur toute la ligne.

Rebecca se frotta les yeux et se laissa tomber sur une chaise près du guéridon sur lequel trônaient un énorme bouquet de fleurs artificielles et la liste des commerces de Boise.

— Ce n'était pas un si gros mensonge que ça.

— Lui dire qu'il n'avait pas à s'inquiéter pour la contraception, tu trouves que ce n'est rien ?

— Bon, d'accord. C'était un gros mensonge. Mais, si tu lui avais dit la vérité, il ne t'aurait pas invitée dans son lit.

— J'aurais préféré. J'aurais préféré ne l'avoir jamais rencontré. J'aurais préféré…

Delaney s'interrompit net et s'affala sur le lit.

— Oh, mon Dieu ! Et si je tombe enceinte ?

Déconcertée, Rebecca se leva et se pencha sur elle

— C'était le but, non ?

Delaney ferma les yeux, se rappelant l'air surpris et blessé de Connor quand elle avait voulu quitter la chambre, son insistance pour avoir son numéro de téléphone… Dieu qu'elle avait honte !

— Seigneur, si je suis enceinte, je ne pourrai jamais me le pardonner. Je ne me pardonnerai jamais ce que j'ai fait. Je ne pourrai pas regarder mon enfant dans les yeux, sans penser…

Elle avait été sur le point de dire : « Qu'au fond, je ne vaux pas mieux que ma mère. » Mais elle laissa sa phrase en suspens, parce qu'elle ne se sentait pas le courage de débattre sur ce sujet dans l'immédiat.

— ... que j'ai trompé son père.

— Tu exagères, protesta Rebecca. Tu n'as fait de mal à personne. Il a pris du bon temps, non ?

— Je ne répondrai pas à cette question.

— Je dis juste que je suis certaine qu'il ne regrette pas la nuit passée avec toi.

— Qu'il regrette ou non, c'est un gars bien, Beck. Je n'avais pas le droit de le traiter comme je l'ai fait.

Son amie sortit une cigarette du paquet posé sur la table de nuit et l'alluma.

— Il n'est peut-être pas si bien que tu le crois. Que sais-tu réellement de lui, Laney ? Une nuit ne suffit pas pour apprendre à connaître quelqu'un.

Delaney en avait tout de même suffisamment appris sur Connor en une seule nuit, pour savoir que c'était un homme prévenant, tendre et affectueux : il s'était préoccupé de savoir si elle prenait du plaisir et il avait eu l'air aussi heureux de la tenir tout simplement dans ses bras que lorsqu'il lui faisait l'amour. Et puis, surtout, il avait su l'écouter. Jamais auparavant, elle ne s'était sentie aussi comprise.

Et elle en avait bassement profité.

— Il faut que j'y retourne ! décréta-t-elle en se relevant d'un bond. Pour lui dire ce que j'ai fait.

Rebecca lui bloqua la porte.

— Tu es folle ! Il a passé une nuit formidable. Laisse-le tranquille. Ne gâche pas tout. Tu crois franchement qu'il a envie que tu lâches sur lui une bombe comme celle-ci ?

C'est terminé, oublie-le. De toute façon, tu n'es peut-être pas enceinte.

Delaney hésita, essayant de compter dans sa tête le nombre de fois où ils avaient fait l'amour. Quelles étaient les chances de tomber enceinte, après qu'ils l'avaient fait trois… non, quatre fois ?

La probabilité était certainement faible, décida-t-elle. Qui plus est, Connor lui avait dit ne pas être pressé d'avoir des enfants. Rebecca avait raison. Ce serait lui rendre service que de le laisser partir… et espérer que tout se passe pour le mieux.

Voilà donc Dundee, l'endroit qui l'avait vu naître et où il avait vécu avec sa mère les six premières années de sa vie. Vingt-cinq ans après, il se souvenait du ranch ainsi que du cimetière où était enterrée sa grand-mère, mais rien de la ville et de ses environs.

Connor fronça les sourcils tandis que Roy White, le régisseur du Running Y, traversait l'artère principale de Dundee : une simple rue bordée de chaque côté par d'antiques bâtiments de bois à l'allure bancale. On se serait cru dans un vieux western. Seule la station-service, en bas de la rue et la supérette A & W gâchaient l'illusion.

Et dire qu'il avait grandi dans une luxueuse villa californienne de style espagnol, avec son jardin exotique, sa piscine et son terrain de tennis ! Là, il avait carrément été envoyé en enfer. Un enfer où il prendrait sûrement racine si ses oncles arrivaient à leurs fins.

Ravalant un soupir amer, il glissa un coup d'œil sur son compagnon de route. Grand et maigre, Roy avait des cheveux gris et une moustache qui recouvrait entièrement sa lèvre supérieure. Il avait la peau tannée comme du vieux cuir par la vie au grand air et, comme tous les gens du coin croisés jusqu'à présent, il portait une parka en peau de mouton sur un jean si moulant que le paquet de tabac dans sa poche faisait une bosse.

Connor baissa les yeux sur son propre jean qui paraissait ample en comparaison, ses mocassins Doc Martens, son pull-over Abercrombie. Il allait devoir faire un effort pour se fondre dans le style des autochtones du coin.

— Le ranch est encore loin ? questionna-t-il, rompant le silence qui s'était installé entre eux, dès le départ de l'hôtel, après de brèves salutations.

Il avait besoin de parler pour chasser le trouble et le sentiment de perte qu'il éprouvait depuis que Delaney avait brusquement quitté sa chambre.

— Encore une dizaine de kilomètres plus au nord, derrière cette montagne, répondit Roy en pointant le doigt sur sa droite, avant de reposer nonchalamment le bras sur le volant.

Connor regarda dans la direction indiquée.

— Qui habite le ranch ?

— Ben, Grady, Isaiah et moi. Nous sommes installés dans des bungalows derrière l'écurie.

— Personne n'occupe la maison ?

— Juste Dottie, pendant la semaine. Les week-ends, elle va chez son fils, en ville.

— Qu'est-ce qu'elle fait, cette Dottie ?

— La cuisine et le ménage. Elle s'occupe aussi des chiens et des poules.

— Il n'y a donc que vous cinq ?

Roy lui glissa un coup d'œil en coin.

— Avec vous, ça fait six, maintenant.

Inutile de le préciser. Connor en était douloureusement conscient.

— Je crois avoir entendu dire par un de mes oncles que le Running Y s'étendait sur vingt mille acres. C'est exact ?

Roy cracha par sa fenêtre ouverte, tandis qu'il s'arrêtait au feu rouge de ce qui semblait être l'unique croisement de la ville. D'un côté se dressait un bâtiment de brique rouges, la mairie, portant sur son fronton l'inscription « 1847 ». De l'autre côté, il y avait deux maisons semblant dater de la même époque et un immeuble de bois baptisé « bibliothèque municipale ».

— A quelques acres près, répondit Roy. Pour avoir plus grand, il faut aller au Texas.

— Quelle race de bovins élevons-nous ?

Trop en colère contre son grand-père et ses oncles, Connor avait mis un point d'honneur à ne montrer aucun intérêt pour le Running Y, en s'abstenant de poser les questions les plus élémentaires.

Le feu était passé au vert, mais Roy le dévisagea bizarrement, l'espace d'une ou deux secondes avant de redémarrer.

— Des Bally-faced Herefords. Environ deux milles têtes.

Des Bally-faced ? Connor n'en avait jamais entendu parler. Dieu merci, il savait reconnaître les Herefords. C'était ces fameuses vaches rousses que l'on apercevait communément dans les prés.

— Tout le ranch est clôturé ? demanda-t-il, s'efforçant d'imaginer comment une équipe de quatre hommes seulement pouvait surveiller deux mille vaches sur un terrain aussi vaste.

Roy accéléra jusqu'à sa vitesse de pointe d'environ quarante kilomètres/heure. Compte tenu des balles de foin qu'il avait chargées sur le plateau du pick-up, avant de passer le prendre à l'hôtel, Connor doutait que l'engin puisse rouler plus vite.

— Une petite partie seulement est clôturée. Celle qui

appartient au ranch. Le reste est ouvert. Ces terres nous sont louées par le BGS et je ne pense pas que ça leur plairait, si nous plantions des clôtures.

— Le BGS ?

Nouveau coup d'œil en coin de la part de Roy.

— Le Bureau de gestion des sols. Il assure la gestion des terres de l'Eat. Il nous octroie un droit de pâture sur environ dix mille acres au sud.

— Je vois, commenta Connor qui en réalité ne voyait rien du tout.

Il croyait qu'être propriétaire d'un ranch de vingt mille acres signifiait posséder officiellement vingt mille acres. Apparemment, ce n'était pas le cas.

« Combien coûte le droit de pâture ? aurait-il voulu demander. Comment éviter que les bêtes ne se sauvent dans le pré voisin, si les terres ne sont pas clôturées ? Comment fait-on pour protéger nos Bally-faced Herefords contre les voleurs de bétail et les prédateurs ? Une équipe de cow-boys les surveille-t-elle en permanence ? »

Des questions comme celles-ci, il en avait des centaines. Mais il préféra s'abstenir. Son manque de connaissances ne semblait guère inspirer confiance au régisseur qui commençait à le regarder d'un œil soupçonneux. Et, après ce qui s'était passé ce matin avec Delaney, Connor ne se sentait pas d'humeur à gérer cette situation avec diplomatie. Il aurait tout le temps d'apprendre le fonctionnement du ranch. Pour le moment, il préférait ruminer ses idées noires plutôt que d'avoir à affronter les inquiétudes de Roy à son sujet. Malheureusement, ce dernier ne semblait pas vouloir en rester là.

— Vous montez à cheval ?

— De temps en temps.

— Pour le travail ou pour le plaisir ?

Pas besoin d'une boule de cristal pour deviner où ce gars-là voulait en venir. L'irritation gagna Connor pour de bon. Il avait déjà agi comme un idiot, la nuit dernière, en couchant avec cette fille qui l'avait ensuite plaqué comme une vieille chaussette. Alors, il n'avait vraiment pas besoin qu'un vieux cow-boy rustaud lui fasse sentir qu'il n'était qu'un incapable par-dessus le marché.

— Que croyez-vous ?

— Vous n'avez pas le look d'un cow-boy.

— Dans ce cas, il suffira que je m'achète un gros ceinturon, ironisa Connor.

Roy haussa ses sourcils broussailleux, mais garda les yeux rivés sur la route, tout en se tortillant pour sortir de sa poche son tabac à chiquer.

— Il vous faudra beaucoup plus qu'un gros ceinturon.

Il y avait du défi dans la voix du régisseur. Connor tourna la tête vers lui et le dévisagea calmement.

— Ne vous en faites pas pour moi. Je saurai me débrouiller, déclara-t-il d'un ton sec, même si, en toute honnêteté, il comprenait que Roy puisse s'indigner de son manque d'expérience.

Le ranch était déjà gravement endetté. Tomber entre des mains inexpérimentées allait certainement précipiter sa faillite.

Contrairement à ce qu'imaginait son grand-père, Connor n'était pas l'homme de la situation. Il l'avait compris dès le départ. A présent, ils étaient deux à le savoir.

— Vous voulez bien m'expliquer pourquoi le ranch ne fait plus de profits ? questionna Connor.

Maintenant que Roy ne se faisait plus d'illusions sur ses capacités d'éleveur, autant passer aux choses sérieuses.

Le régisseur prit une pincée de tabac qu'il plaça entre sa

joue et sa gencive, puis referma tranquillement son paquet avant de répondre :

— Le prix de la viande de bœuf est tombé. Entre la compétition des marchés étrangers et la sécheresse de l'été dernier qui a fait grimper les cours du fourrage, nous sommes en déficit.

— Il n'y a pas moyen de renverser la situation ? demanda Connor, tandis qu'ils passaient sous une arche en fer forgé surmontée d'une enseigne de bois dans laquelle était gravé « Ranch Running Y ».

Roy cracha un jet de salive jaunâtre par sa fenêtre.

— A vous de me le dire. C'est bien pour ça que vous êtes là, n'est-ce pas ?

— Tu vas devoir revenir vivre ici, avec nous. Sinon, comment feras-tu après le départ de Rebecca ? questionna tante Millie.

Delaney s'arrêta de faire la poussière, mais garda délibérément le dos tourné à sa tante, assise dans son lit et adossée à un énorme oreiller. Cette dernière n'était plus toute jeune et avait dû prendre froid. Ou peut-être avait-elle tout simplement besoin d'être dorlotée.

— Je me débrouillerai, répondit Delaney pour la centième fois.

Elle se remit à épousseter. Si seulement le sujet pouvait être clos… Mais il ne fallait pas trop se faire d'illusions.

Depuis l'annonce des fiançailles de Rebecca, elle n'avait de cesse de la pousser à revenir s'installer dans sa chambre de jeune fille. Delaney n'avait cependant aucune envie de retourner à l'époque où la vieille dame la couvait constamment, surveillant son alimentation, ses dépenses et ses fréquentations. Malgré toute l'affection qu'elle portait à tante Millie et oncle Ralph, elle tenait à préserver son indépendance.

— Si tu revenais t'installer à la maison quelques mois, tu ferais des économies, insista sa tante. Et puis, ce n'est pas facile de vivre seule.

— Ça ne me gêne pas, objecta gentiment Delaney. Puis-je t'apporter quelque chose à manger ? ajouta-t-elle, espérant ainsi détourner son attention.

Mais, quand tante Millie avait quelque chose en tête, elle n'en démordait pas facilement. Le poids des années avait beau se faire sentir sur son vieux corps usé par l'arthrite, sa ténacité restait intacte.

— Non merci, Laney. Je n'ai pas faim. Nous n'avons rien changé à ta chambre, tu la retrouverais telle qu'elle était. Mais, si tu préfères, nous pourrions choisir de nouveaux rideaux, un nouveau couvre-lit...

Une fois de plus, Delaney éprouva ce sentiment qu'elle connaissait si bien : celui d'être coincée, acculée contre un mur. Zut ! Si elle avait voulu revenir ici, ce serait déjà fait. Tante Millie ne pouvait-elle donc pas comprendre ? Pourquoi fallait-il qu'elle insiste ?

— La chambre est très bien comme ça.

— Pense à tout le temps que nous pourrions passer ensemble. Nous n'avons jamais terminé cet édredon en patchwork, tu sais.

Rien qu'à l'idée de vivre de nouveau sous le même régime qu'autrefois — oncle Ralph assis devant la télévision, monopolisant la télécommande, tandis que tante Millie insisterait pour que sa petite chérie prenne ses vitamines, mange ses céréales et se couche tôt —, Delaney avait envie de hurler.

Dans le même temps, elle n'était pas très fière de sa réaction. Le vieux couple avait été si bon pour elle. Ils lui avaient donné leur nom et l'avaient élevée avec amour comme leur propre fille.

— Et puis cette maison où tu habites est pleine de courants d'air en hiver, reprit tante Millie, tenace. Chaque fois que je vais là-bas, je gèle. Tu pourrais dire au propriétaire que tu déménages à cause du froid. Il devrait faire quelque chose pour l'isolation des murs.

— Je lui en parlerai, répondit Delaney, évasive.

Mais à ce moment précis ce n'était pas à l'isolation des murs qu'elle pensait. Elle gardait bien en tête les conseils de son coach. C'était le moment de s'affirmer. Pour cela, elle allait dire à tante Millie, gentiment mais fermement, qu'il n'était pas question qu'elle déménage. Et elle allait le lui dire maintenant!

Bien décidée, elle se tourna… et s'arrêta net. L'espoir illuminait le visage de la vieille dame, à tel point que Delaney fut tout simplement incapable de prononcer ces paroles. Elle savait qu'elles lui feraient de la peine, même formulées le plus gentiment possible.

Elle ne réussirait donc jamais à s'affirmer, se fustigea-t-elle mentalement.

— Ralph pourra emprunter la camionnette du voisin pour déménager tes affaires, reprit tante Millie, en bataillant pour enlever de ses genoux le plateau de son petit déjeuner.

Delaney posa son chiffon à poussière et vint l'aider.

— Tu es sûre que tu ne veux pas une autre tasse de café?

— Surtout pas. Ralph prétend que je bois trop de café et que ça me tuera. Mais l'arthrite ne me laisse pas grand-chose à faire, ces temps-ci, si ce n'est de rester assise à m'empâter.

Oncle Ralph était chez le barbier, probablement occupé à boire sa propre dose de café, en se plaignant de la montée du prix de l'essence, avec les mêmes amis qu'il rencontrait là-bas chaque dimanche depuis trente ans. La routine.

— Oncle Ralph t'aime telle que tu es. Et moi aussi, la rassura Delaney, en bordant les couvertures.

Sa tante leva une main noueuse et lui tapota le bras.

— Tu es une fille formidable, Laney. J'ai toujours été fière de toi. Dès que je t'ai vue, j'ai su que tu étais différente de ta mère. Je ne m'étais pas trompée.

Le poids du devoir et de la culpabilité pesa un peu plus sur Delaney, lui liant les mains, la piégeant dans ce moule créé pour elle par tante Millie. La peur la submergea, tandis que les souvenirs qu'elle essayait de faire disparaître depuis vingt-quatre heures refaisaient surface… Connor sur le seuil de sa chambre d'hôtel, torse nu… Connor penché sur elle… Ses lèvres, ses mains, son corps…

Horrifiée, elle ferma les yeux. Mon Dieu, et si elle était enceinte ! Que diraient tante Millie et oncle Ralph en apprenant que leur fille modèle n'était pas si modèle que ça ?

— Il faut que je rentre, dit-elle, le rouge aux joues. Sinon, les gens vont enfoncer ma porte pour prendre les tartes. Ça ne t'ennuie pas de rester seule jusqu'au retour d'oncle Ralph ?

— Bien sûr que non, assura la vieille dame. J'ai ma broderie et les livres que tu m'as apportés.

— Je descends un peu le store ? proposa Delaney, consciente du timbre trop aigu de sa voix.

Pourvu que tante Millie ne se soit pas aperçue de son trouble.

— La météo prévoit du soleil cet après-midi, continua-t-elle pour détourner l'attention.

— Ce serait gentil, ma chérie.

Delaney descendit le store, secoua le chiffon à poussière, rassembla les bons de réduction pour les courses hebdomadaires chez l'épicier, dont elle s'acquittait chaque lundi avant d'ouvrir la bibliothèque municipale, et prit le plateau.

— Il y a une tarte aux pommes dans le réfrigérateur pour le dessert, dit-elle, en se penchant pour poser un rapide baiser sur la joue parcheminée de tante Millie.

Puis elle baissa vivement la tête et sortit de la chambre, impatiente d'échapper à ce sourire affectueux, ce regard adorateur, et effrayée à l'idée que celle qui l'avait choyée ne découvre quel genre de fille elle était réellement : une dissimulatrice. Car, si elle y regardait de plus près, tante Millie s'apercevrait forcément qu'elle était bien la fille de sa mère, tout compte fait.

Chapitre 5

Le souvenir des quelques années vécues au Running Y était resté gravé dans la mémoire de Connor plus profondément qu'il ne l'aurait imaginé. Il n'avait que six ans quand toute la famille avait déménagé en Californie, à la mort de sa grand-mère. Et les vingt-cinq années suivantes l'avaient transformé en une tout autre personne.

Le petit garçon joyeux et prometteur qui chevauchait derrière son grand-père pour rattraper les veaux égarés avait depuis longtemps disparu. Pourtant, le simple crépitement du feu dans la cheminée du salon, l'odeur des pins ou la seule vue des montagnes enneigées, telles de rassurantes murailles protégeant la maison, suffisaient à faire resurgir des images et des bribes de conversation qu'il pensait avoir totalement oubliées.

— Pourquoi tu te lèves si tôt, grand-père ? avait-il demandé un matin, en entrant dans cette même pièce où il était assis aujourd'hui.

A l'époque, c'était le bureau de son grand-père. Clive Armstrong s'y installait chaque jour, bien avant l'aube, pour travailler.

— Parce que j'ai beaucoup à faire, mon garçon.

— Mais personne ne se lève aussi tôt !

— Toi, si, avait répliqué son grand-père avec un clin d'œil complice. Et c'est la raison pour laquelle *nous*, les

Armstrong, gardons toujours une longueur d'avance. Tu es l'avenir de cette famille, Connor.

« Tu es l'avenir de cette famille… » Que d'espoir, que de confiance. Ce matin-là, il s'était senti fier de savoir que le sang de son grand-père coulait dans ses veines. C'était avant qu'il ne découvre qu'il n'était pas vraiment un Armstrong. Avant que ses oncles ne lui fassent clairement comprendre qu'il n'était qu'un bâtard, une pièce rapportée, un *parasite.*

D'autres souvenirs menaçaient, mais Connor les écarta de son esprit et se concentra sur les livres de comptabilité ouverts devant lui.

Comme il le craignait, l'état financier du ranch était catastrophique. Son grand-père avait acheté le Running Y, il y avait un peu plus de cinquante ans, quand l'élevage était encore profitable. Il avait alors bâti sa fortune sur ces terres. Mais, ces cinq dernières années, les coûts de la main-d'œuvre et de l'alimentation pour le bétail avaient continué à grimper, tandis que les cours de la viande s'effondraient. A moins d'un miracle, le Running Y ne s'en remettrait pas. Même un abruti qui avait passé une grande partie de ses études universitaires à faire la fête et à courir les filles était capable de s'en rendre compte.

« Ce sera bientôt la fin », songea Connor. Il n'y avait rien qu'il puisse faire pour changer l'inéluctable. A quoi bon rester assis devant ces livres de comptes, à se creuser la tête pour tenter de trouver des solutions ?

Son grand-père supporterait encore une ou deux années de pertes avant de liquider le Running Y. Connor était d'ailleurs plus ou moins dans la même situation. Comme le ranch, il avait fait des débuts prometteurs, avant de décliner au fil des années. Il avait tout juste réussi à décrocher son diplôme de fin d'études secondaires. Puis il avait laissé tomber l'université, quelques semaines seulement avant d'obtenir son master. Il avait ensuite passé davantage de temps à voyager et à s'amuser qu'à travailler. Il avait bu, joué et dilapidé sa fortune aux quatre coins de la planète. Les voitures de luxe, l'argent facile et les filles, plus faciles encore. C'était ça, sa vie. Jusqu'à ce que son grand-père finisse par lui imposer la limite à ne pas dépasser.

Qui aime bien châtie bien.

Tournant la tête vers la fenêtre donnant sur la prairie, Connor se repassa la scène de leur dernière entrevue. Le vieil homme l'avait convoqué dans son bureau où l'attendaient également ses oncles. Dwight, quarante-trois ans, l'avait invité à s'asseoir d'un air méprisant. Jonathan, trente-huit ans, avait esquissé un sourire satisfait, savourant manifestement l'instant. Et le plus jeune, Stephen, trente-cinq ans, était allé droit au but, en déclarant à Connor que le bon temps était désormais révolu et que, s'il ne se mettait pas au travail, il serait déshérité.

Connor n'en attendait pas moins de ses oncles. Mais son grand-père… Assis derrière son monumental bureau, les doigts croisés sous le menton, Clive Armstrong s'était contenté d'observer et d'écouter. Il avait acquiescé d'un léger hochement de tête quand Stephen avait déclaré qu'ils expédiaient Connor au Running Y. Il n'avait pas décroché un mot jusqu'à ce que son petit-fils se lève pour quitter la pièce. Alors, seulement, il lui avait adressé ces quelques paroles : « Je te renvoie à Dundee, Connor, *là où sont tes racines.* »

Ce qui était parfaitement risible dans la mesure où ce dernier ne possédait aucune racine nulle part.

La sonnerie du téléphone retentit. Il laissa sonner, attendant que Dottie, la veuve embauchée pour assurer l'intendance quotidienne du ranch, réponde. Mais elle ne semblait pas disponible. Il décrocha au moment où le répondeur se mettait en marche : « Vous êtes bien au Running Y. Nous ne sommes pas… » L'annonce s'interrompit dès qu'il parla.

— Allô ?

— Connor, mon chéri !

C'était sa mère. Comme ses trois oncles, Vivian avait été ravie de savoir qu'il retournait à Dundee, mais pour une tout autre raison. En éternelle optimiste, elle considérait que c'était une chance pour son fils.

— Alors, comment ça se passe là-bas ? enchaîna-t-elle. La situation du ranch est-elle aussi catastrophique qu'on le dit ?

— Elle n'est pas brillante.

— Il faut savoir faire feu de tout bois, mon chéri.

Ce cliché, de même que le ton joyeux, confirmait ce que Connor soupçonnait depuis des années : sa mère vivait d'illusions, refusant de voir la réalité en face.

— Grand-père savait ce qu'il faisait en m'envoyant ici, dit-il, tandis que l'exaspération le gagnait déjà. Je n'ai aucune chance de réussir. Je suis tout simplement victime d'un coup monté

— Père ne ferait pas une chose pareille, protesta-t-elle.

Bien sûr que si, au contraire. C'était le moyen rêvé de se débarrasser de lui. Connor avait toujours su que cela finirait ainsi. Mais il était inutile d'argumenter à ce sujet avec sa mère, qui vouait une admiration sans bornes au vieux patriarche.

— Peut-être, grogna-t-il. Quoi qu'il en soit, ce sont bien ses fils à lui qui s'en sont chargés, et il les a laissés faire. Au final, le résultat est le même.

— Le résultat est ce que *toi* tu en feras.

— Maman, tu ne connais rien au cours de la viande ni à l'élevage, ni…

— Je sais seulement que ton grand-père a commencé avec bien moins que ce que tu as aujourd'hui, l'interrompit-elle.

Connor laissa retomber sa tête entre ses mains et se massa les tempes du bout des doigts. Pourquoi avait-il décroché ce maudit téléphone ?

— Pitié, ne me répète pas qu'il était trop pauvre pour s'acheter une paire de chaussures et qu'il a failli avoir les pieds gelés en allant nourrir les veaux en plein hiver, soupira-t-il. De toute façon, je ne vois pas ce que je pourrais apporter au ranch. Roy sait manifestement très bien s'occuper du bétail et Rhonda, la comptable qui travaille ici trois jours par semaine, sait parfaitement tenir une comptabilité. La moindre dépense est accompagnée d'une facture. Quant aux coyotes, ils prélèvent leur part de bétail, mais pas plus que dans les autres élevages de la région. Je ne peux donc guère espérer augmenter les profits en améliorant le fonctionnement du ranch.

— Dans ce cas, trouve autre chose.

— Tu veux que je mette un terme à la sécheresse qui sévit ici depuis trois ans ? Ou bien que je lance un ultimatum aux pays qui font baisser les cours du bœuf dans le monde ?

— Tu es négatif, Connor.

— Non, je suis réaliste, nuance !

— Dans ce cas, si tu étais si sûr d'échouer, pourquoi avoir accepté de relever ce défi ?

Bonne question. Il se l'était posée un millier de fois. Il avait bien failli claquer la porte et tout plaquer, l'autre jour, dans le bureau de son grand-père. Sans les Armstrong, il serait simplement le fils d'une ordure qui croupissait en prison. Il n'aurait rien à prouver, rien à perdre… Mais il y avait sa mère. Elle lui avait donné la vie et l'avait gardé en dépit du viol dont il était le fruit. Et elle l'aimait. C'était là l'essentiel, non ? Il n'avait pas le droit de la décevoir.

— Je l'ai fait pour contrarier mes très chers oncles, mentit-il.

— Alors, vas-y ! Montre-leur ce dont tu es capable. Montre-leur que tu peux sauver le ranch.

Connor réprima un soupir découragé. Ne comprenait-elle pas que c'était sans espoir ?

— Maman, tu ne m'écoutes pas.

— Si, mon chéri. Je t'écoute. Simplement, j'en ai assez entendu. Cesse de te chercher des raisons d'échouer et dis-toi que tu vas réussir.

Avec elle, tout semblait si simple…

— Ton grand-père aimerait te dire un mot, ajouta-t-elle. Ne raccroche pas.

— Attends ! dit Connor. Il faut que j'y aille. Dis-lui que je le rappellerai.

Trop tard. Elle avait déjà reposé le combiné et Connor se força à ne pas raccrocher, même s'il n'était pas certain que son grand-père et lui aient quoi que ce soit à se dire. Ils ne s'étaient pas quittés en très bons termes. Le vieil homme l'avait à peine salué d'un signe de tête lors de son départ.

Une voix retentit à l'autre bout du fil, mais ce n'était pas celle attendue. Au contraire. C'était celle de l'oncle Stephen.

— Quelle surprise ! Il est seulement midi et mon neveu est déjà debout ?

Luttant pour garder son calme, Connor serra les dents. Quand il était enfant, Stephen et ses frères se moquaient de lui constamment, jusqu'à ce qu'il sorte les poings ou s'effondre en larmes. En grandissant, il s'était interdit de leur accorder ce plaisir.

— Tu as besoin de quelque chose, Stephen ? demanda-t-il d'un ton détaché.

— Papa se demandait si tu étais bien arrivé. Il craignait sans doute que tu ne fasses un crochet par Vegas.

— Ce n'est pas encore au programme.

— Je te laisse quelques jours avant de craquer. Je suis certain que tu ne resteras pas longtemps à Dundee.

Il y était déjà depuis quarante-huit heures de trop, soupira mentalement Connor.

— Alors, comment ça se passe, là-bas ? questionna Stephen sur un ton faussement compatissant.

Naturellement, il téléphonait pour s'entendre confirmer que la situation était sans espoir et que son neveu était vaincu avant même d'avoir commencé. Cela dit, même si c'était la stricte vérité, Connor préférait mourir plutôt que de le reconnaître.

— Très bien, répondit-il avec un enthousiasme forcé. Mieux que je ne l'espérais.

— Si c'était le cas, le ranch ferait des profits.

— Il en fera bientôt.

Le silence surpris de son oncle valait bien un mensonge.

— Nous verrons, finit par conclure celui-ci. Les pertes enregistrées ces cinq dernières années parlent d'elles-mêmes et…

— Tu avais quelque chose d'important à me dire ? l'interrompit Connor.

— Pas vraiment, ricana Stephen. Je ne fais que m'informer de l'état des affaires familiales, conformément aux ordres. Je sais que c'est un concept nouveau pour toi, qui n'as pas été habitué comme nous à obéir. Père a été bien indulgent. Seul toi, son petit chéri, pouvais tout te permettre.

Ce fut au tour de Connor de ricaner :

— Toujours aussi jaloux, Stephen ! Oublie-moi et vis ta vie.

— Oh, mais je vis ma vie, Connor. A mes yeux, tu n'existes même pas. Et, d'ici à quelques mois, tu n'existeras plus pour père aussi, quand tu auras laissé tomber le ranch pour repartir en virée avec tes copains.

— Il est certain que je ferais mieux de rester près de lui, à jouer les lèche-culs comme toi et tes frères, dans l'espoir de récupérer un maximum de fric à sa mort, ironisa Connor. Franchement, vous êtes pitoyables tous les trois. J'aime autant ne plus faire partie de ce tableau familial.

— Tu n'en as jamais fait partie, Connor. Ma famille t'a toléré pendant toutes ces années uniquement par égard pour Vivian, mais personne ne s'est réjoui de l'arrivée dans la famille d'un bébé né d'un viol. Nous lui avions tous conseillé de te confier à l'adoption, mais notre sœur n'a rien voulu écouter.

Elle *aurait* dû écouter. C'était ce que Connor avait toujours pensé. De cette façon, il n'aurait pas à vivre chaque jour en sachant ce qui était arrivé à sa mère la nuit où il avait été conçu. Il n'aurait pas à supporter ses oncles lui rabâchant sans cesse qu'il n'était qu'un bâtard.

— On est moins froussard, dès que je suis à des milliers de kilomètres, hein, Stephen ?

— Je n'ai jamais eu peur de toi, rétorqua celui-ci.

C'était faux, et Connor le savait. Stephen et ses frères étaient des lâches qui ne s'attaquaient qu'aux plus faibles. Ils l'avaient tourmenté toute son enfance, en lui donnant des coups et en lui rappelant constamment ses origines. Mais, depuis son seizième anniversaire, ils faisaient très attention à ne pas dépasser les bornes. Avec son mètre quatre-vingt-dix, Connor dominait ses oncles d'une tête. Et, contrairement à eux, il était tout en muscles.

— On en reparlera à l'occasion, promit Stephen, l'air narquois.

Connor s'attendait à une nouvelle repartie, mais le ton de Stephen changea subitement. De même que le discours.

— Bien sûr, je comprends, Connor. Je suis content de

te savoir là-bas pour remettre le ranch à flot. Papa y tient tellement.

L'espace d'un instant, Connor en resta bouche bée. Puis la voix de son grand-père se fit entendre à l'autre bout du fil. C'était donc ça. Ce dernier venait d'entrer dans la pièce et Stephen avait aussi sec basculé dans le registre de l'oncle aimant.

— Sale rapace ! cracha-t-il, écœuré par cette comédie.

C'était exactement ce contre quoi il s'était révolté toute sa vie, ce qui l'avait poussé à sortir du moule familial en affichant un mépris total pour les principes et les conventions. Sa mère continuait de se battre pour préserver ses intérêts, disait-elle, mais, lui, il se moquait de la fortune des Armstrong. Le snobisme, les manigances et les coups bas de ses oncles lui donnaient la nausée.

— Je pense beaucoup à toi, Connor, ajouta Stephen, d'un ton plein de sous-entendus. Père est là. Il souhaite te parler.

Connor ferma les yeux, redoutant ce qui allait suivre. Sans doute parce qu'il avait adoré son grand-père, la moindre de ses critiques le blessait profondément. Pire que tout ce que pouvaient lui dire Stephen et les autres.

— Connor ?

Prenant une grande inspiration, ce dernier posa la main bien à plat sur le bureau devant lui. Il regarda la chevalière que sa mère lui avait donnée juste avant son départ. Elle lui avait dit qu'elle avait beaucoup de valeur à ses yeux, mais elle ne lui avait pas précisé pourquoi — simplement que c'était le symbole de son amour pour lui et qu'elle lui porterait chance.

— Tu es toujours là, Connor ?

— Je suis là.

— Alors, à quoi ressemble le ranch ?

— Il n'a pas changé.

Un instant, il fut tenté de lui avouer que, d'une certaine façon, il était heureux d'être ici. Il avait l'impression d'être chez lui, sentiment qu'il n'avait jamais ressenti en Californie. Mais il était loin le temps où il pouvait discuter librement avec son grand-père.

— Comment ça se passe avec Roy White ? C'est un excellent cow-boy. Tu peux lui faire confiance.

— Je crois qu'il m'aime bien, mentit Connor avec une grimace ironique.

— Mieux vaut être respecté qu'aimé. Souviens-t'en. C'est essentiel pour réussir.

— D'accord. Le respect.

Et gagner le respect de Roy n'allait pas être une mince affaire.

— Je pensais vraiment ce que je t'ai dit juste avant ton départ. Tu le sais, n'est-ce pas, Connor ?

— A propos…

— Tu te ressaisis et tu laisses le passé derrière toi, tu m'entends ? Il est temps de mûrir et de devenir un homme. Il faut que tu sauves ce ranch, fils. Je refuse de le perdre. Le Running Y fait partie de la famille.

— C'est très clair, répondit Connor.

— Parfait. Et, maintenant, mets-toi au travail. Je te rappellerai la semaine prochaine.

Connor raccrocha et pressa le bout de ses doigts sur ses tempes.

« Si ce ranch est si important pour toi, grand-père, s'il fait partie de la famille, pourquoi est-ce moi qui suis là ? Pourquoi m'avoir envoyé à Dundee ? »

Chapitre 6

Avec un soupir las, Delaney se laissa tomber dans le fauteuil au coin de la cheminée et prit une gorgée de chocolat chaud.

Elle avait préparé une vingtaine de tartes et en avait vendu dix-huit en moins de cinq heures. Soit un gain de cent quarante-six dollars qu'elle allait pouvoir mettre de côté. Chaque week-end, la vente de pâtisserie lui assurait un revenu complémentaire conséquent. Et, si elle faisait très attention à ses dépenses, elle devrait réussir à payer l'intégralité du loyer, une fois Rebecca partie. Une chose était sûre : pour rien au monde elle ne retournerait chez tante Millie et oncle Ralph.

Le test de personnalité, téléchargé et imprimé la veille, était posé sur le guéridon à côté d'elle. Après lui avoir jeté un coup d'œil par-dessus sa tasse, elle prit un stylo.

Pour ce qui était de s'affirmer, elle était en progrès. D'accord, elle n'avait toujours pas osé dire à tante Millie qu'elle refusait de revenir s'installer dans sa chambre de jeune fille, mais ce qu'elle avait osé faire à Boise, l'autre soir, avait été une sacrée preuve d'affirmation de soi. Perdre sa virginité à trente ans pouvait être considéré comme une sorte d'accomplissement.

Elle se passa nerveusement la main sur le ventre. Pas facile d'éviter de penser à Connor et aux possibles conséquences de cette nuit fatidique pour se concentrer sur les instructions du questionnaire.

Il existe trois modes de communication dans la relation à l'autre : le mode passif, caractérisé par une gentillesse et une soumission exagérées ; le mode agressif, caractérisé par une attitude intimidante et manipulatrice ; et le mode affirmé caractérisé par un comportement confiant, équitable et honnête. Pour évaluer vos tendances naturelles, veuillez répondre aux questions ci-dessous.

1. Votre colocataire vous emprunte un vêtement sans vous le demander et le change de teinte : vous le retrouvez en tas au fond de votre penderie. Que faites-vous ?

a. Vous ne dites rien parce que vous ne voulez pas de dispute.

b. En représailles, vous mettez en charpie un vêtement de votre colocataire.

c. Vous expliquez calmement à votre colocataire que vous n'acceptez pas ce genre de comportement. Vous lui demandez de vous rembourser le coût du vêtement, en lui précisant qu'à l'avenir, elle devra avoir la politesse de vous demander l'autorisation d'emprunter vos vêtements.

Et les circonstances atténuantes ? s'interrogea Delaney. La colocataire pouvait être quelqu'un de très généreux qui ne s'offusquait pas de voir ses propres vêtements empruntés ou même saccagés. Ce n'était que des vêtements après tout. La réponse *c* aurait l'air un brin collet monté. La réponse *b* était disproportionnée, ce qui ne laissait d'autre choix que la réponse *a*. Delaney la cocha avant de passer à la question suivante.

2. Vous faites la queue pour voir un film. Vous êtes venue tôt pour être bien placée. Deux ados resquillent devant vous et font signe à leurs copains de les rejoindre. Que faites-vous ?

a. Vous ne dites rien, car ça ne vaut pas la peine de faire une scène.

b. Vous les poussez hors de la queue.

c. Calmement mais fermement, vous leur expliquez qu'ils doivent attendre leur tour comme tout le monde, sinon vous appelez la direction.

Les pousser hors de la queue ? D'habitude, Rebecca venait toujours avec elle au cinéma. Si, par hasard, une bande d'ados resquillait devant elles, Beck leur dirait de filer et ils s'exécuteraient sans discuter. Delaney n'aurait donc ni à faire ni à dire quoi que ce soit. Toutefois, si Rebecca n'était pas là, Delaney ne se voyait pas appeler la direction du cinéma pour si peu. Ce n'était que des gamins. Elle cocha donc la réponse *a*.

3. Vous êtes en train de regarder votre émission de télé préférée. Un(e) ami(e) vous demande de venir l'aider à laver sa voiture. Que faites-vous ?

a. Vous éteignez la télévision et vous y allez.

b. Vous lui dites d'aller laver sa voiture sans vous.

c. Vous lui dites que vous viendrez l'aider avec plaisir dès que votre émission sera terminée.

Difficile. Delaney mâchonna la pointe de son stylo et relut les différentes options. De son point de vue, c'était tout de même plus sympa d'être avec un(e) ami(e) que de regarder la télé toute seule. Cela dit, elle commençait à cerner le problème… Si elle cochait de nouveau la réponse *a*, elle serait cataloguée dans le genre passif. Or, le terme *passif* était désormais banni de son vocabulaire. Elle termina donc le reste du questionnaire en cochant uniquement les *c*, démontrant ainsi un caractère étonnamment affirmé.

La sonnette de la porte d'entrée l'empêcha de revenir en arrière pour donner des réponses honnêtes. De toute façon, ce questionnaire était idiot, décida-t-elle. Elle le reposa sur la table et courut ouvrir.

— Salut, Roy, dit-elle. Je me demandais si tu allais venir.

— Il faudrait que je sois à l'article de la mort pour ne pas venir chercher ma tarte aux pommes du dimanche, plaisanta le régisseur du Running Y. J'espère qu'il en reste.

— Il m'en reste une aux amandes et une à la crème pâtissière.

— Je vais prendre celle à la crème pâtissière.

— Entre donc un instant. Je vais la chercher.

Delaney passa dans le petit garage attenant à la maison où se trouvait le congélateur dans lequel elle entreposait ses pâtisseries. Quand elle revint avec la tarte, elle demanda :

— Tu es très occupé ?

Roy se renfrogna.

— Ah, ça, tu peux le dire ! Le proprio n'a rien trouvé de mieux que de m'envoyer son morveux de petit-fils à garder.

— Quel âge a-t-il ?

— Dans les trente ans, mais il faut s'en occuper tout le temps.

— Pourquoi ?

— Il est censé prendre la direction du ranch, sauf qu'il n'y connaît strictement rien. Le premier jour, il m'a demandé quelle race de vaches nous élevions et si toute la propriété était clôturée !

Delaney éclata de rire.

— Il sait se tenir à cheval, au moins ? demanda-t-elle, en prenant les huit dollars que Roy lui tendait pour la tarte.

— D'après ce que j'en ai vu, oui. Mais uniquement parce qu'il est aussi entêté qu'eux.

— Dans ce cas, il devrait faire un excellent cow-boy. Combien de temps va-t-il rester ?

— Il n'a pas précisé. Mais je lui donne trois mois maximum. Il n'a pas l'habitude de se salir les mains et un joli garçon comme lui ne s'éternisera pas dans le coin.

— Ma foi, j'espère que tu en seras vite débarrassé.

— Je l'espère aussi, conclut Roy.

Comme il sortait avec sa tarte, il faillit heurter de plein fouet Rebecca qui arrivait.

— Salut, Roy, dit-elle, en s'agrippant à son bras pour ne pas trébucher dans le parterre boueux bordant l'allée. Je viens de couper les cheveux de Dottie. Il paraît que vous avez de la compagnie au ranch.

— Dis plutôt un problème, grogna Roy.

— Tu n'es pas content d'avoir une nouvelle paire de bras pour t'aider ?

— J'ai besoin d'une cuisinière pour remplacer Dottie quand sa fille aura accouché et qu'elle prendra son congé pour aller voir le bébé. Je n'ai pas besoin d'un gars qui ne connaît rien *ni* dans la cuisine, *ni* à l'élevage.

— Dottie n'a pourtant pas l'air de trouver le petit-fils de Clive Armstrong si nul que ça, observa Rebecca.

— Parce qu'elle aimerait bien le caser avec sa nièce.

— Il est célibataire ? s'enquit Beck, le regard soudain brillant de convoitise.

— Pour autant que je sache, oui, répondit Roy. Mais ce n'est pas la peine que tu rompes avec Buddy. Ce gars-là n'est pas du genre à s'éterniser dans le coin. Il est ici pour faire plaisir au grand-père. Dès qu'il aura les fesses en compote après quelques jours de cheval, il retournera en Californie. Et le plus tôt sera le mieux.

Delaney pouvait comprendre que Roy soit contrarié. Les temps étaient difficiles pour les éleveurs et c'était un homme droit et honnête qui aimait le travail bien fait. Mais elle ne pouvait s'empêcher d'éprouver une certaine sympathie pour le nouveau venu. Elle aussi avait été une étrangère à Dundee, autrefois. Qu'aurait-elle fait si la ville ne lui avait pas ouvert les bras ?

— Attends une seconde, Roy ! dit-elle brusquement. Il me reste une tarte. Tu pourrais la lui apporter de ma part. Une façon de lui souhaiter la bienvenue à Dundee.

— J'ai autre chose à faire que de dorloter ce gars-là.

— Ça ne prendra qu'une minute.

— Pas question ! décréta Roy. Il est déjà pourri gâté. Et, d'après ce que ses oncles disent de lui, il n'a jamais rien fait pour le mériter.

— Je veux simplement lui offrir une tarte !

Delaney avait parlé d'un ton ferme et sans appel. Surpris, Roy écarquilla les yeux et lança un coup d'œil interrogateur à Rebecca. Cette dernière haussa les épaules.

— Exercice d'affirmation de soi, lui dit-elle, l'air taquin, tout en le contournant pour entrer dans la maison.

— Ah ! Bon, d'accord, marmonna Roy. Donne-moi cette tarte. Je vais la lui apporter, si tu y tiens tant que ça.

Delaney hocha la tête. Elle se sentait d'humeur vindicative après ce stupide questionnaire. Et aussi un petit peu surprise et gênée d'avoir affirmé si ouvertement sa volonté.

— Beck, écris-lui un petit mot de bienvenue pour moi, dit-elle, avant de courir chercher la tarte.

Connor se frotta les tempes, sentant pointer une méchante migraine. Il avait passé tout son dimanche sur internet, à se documenter sur l'industrie du bétail et à rechercher d'autres sources de revenus, telles que l'agriculture ou l'exploitation minière. Malheureusement, il n'y avait ni or ni argent dans la région, et pas davantage de molybdène ou de phosphate dans les sols du Running Y, comme on pouvait pourtant en trouver dans d'autres coins de l'Idaho. Quant à l'agriculture, inutile d'y penser. Le relief montagneux n'était guère propice à la culture du maïs ou de fourrage. Il allait donc devoir imaginer autre chose. Mais quoi ? Il était à court d'idées.

« Ne perds pas ton temps avec ça, lui souffla une petite voix, prenant l'avantage en cet instant de découragement. Si tu t'imagines avoir une chance de prouver que tu es digne de porter le nom des Armstrong, tu te trompes. Rien ne sauvera cet endroit. Et, si tu commences à t'y attacher, alors l'échec sera encore plus dur. »

— Allez, secoue-toi un peu ! siffla Connor entre ses dents serrées.

Mais la petite voix le nargua de plus belle.

« Ne prends pas de risques, vieux. Fais tes valises et pars. Tu connais la routine. Tu l'as déjà fait si souvent… »

Quelqu'un frappa à la porte du bureau.

— Connor ? Vous êtes là ?

Roy White. Il ne manquait plus que lui pour clore cette journée.

— Entrez, dit-il en éloignant son fauteuil de l'ordinateur.

La porte s'ouvrit et le régisseur s'avança d'un pas lourd. Il posa une boîte en carton sur le coin du bureau.

— C'est de la part d'une fille de la ville.

— Qu'est-ce que c'est ? demanda Connor.

— A quoi ça ressemble, selon vous ? bougonna Roy, avant de quitter la pièce.

Connor se leva, tira la boîte vers lui et lut la petite carte qui y était attachée.

Bienvenu à Dundee. Je vends des tartes à huir dollars chaque dimanche, mais celle-ci est gratuite.

Delaney Lawson.

Delaney ! Connor ouvrit de grands yeux. Non, ce ne pouvait pas être celle avec laquelle il avait passé la nuit à Boise. Cette Delaney habitait Jerome, à quatre heures de route d'ici.

Traversant rapidement le bureau, il sortit dans le couloir et rattrapa Roy avant qu'il ne sorte.

— Qui est Delaney ?

Sundance et Chance, les golden retrievers du ranch, arrivèrent en remuant frénétiquement la queue.

— Une fille de la ville, je vous l'ai dit, répondit Roy, l'air morne.

Dottie passa la tête par la porte de la cuisine.

— Vous parlez de Delaney Lawson ?

— Elle lui a fait porter une tarte, annonça le régisseur.

— Ça ne m'étonne pas, commenta Dottie en s'essuyant les mains sur son tablier. C'est une fille adorable qui fait les meilleures tartes de tout le pays. Elle gagnait tous les concours de pâtisserie et…

— A quoi ressemble-t-elle ? l'interrompit Connor, trop impatient pour attendre la fin de ce qui promettait d'être une litanie de louanges.

— Elle est mignonne, mais elle commence à prendre de l'âge et ne semble pas près de se marier. Elle donne tout son temps à la bibliothèque municipale qui l'emploie.

La Delaney avec laquelle il avait couché était encore jeune et pas du genre à s'enfermer dans une bibliothèque. Elle lui avait dit être à Boise pour affaires. D'ordinaire, les bibliothécaires ne voyageaient pas pour affaires, non ?

— C'est bête à dire, mais… Elle n'aurait pas une sœur qui travaille pour une grosse entreprise du coin — du style un peu exubérant ? questionna-t-il, tout en essayant de se souvenir des détails que lui avait confiés la mystérieuse jeune femme à propos de sa famille.

— Elle est fille unique, répondit Dottie. Notre petite Delaney a été élevée par Millie et Ralph Lawson, un vieux couple qui a tenu l'épicerie de Dundee pendant des années. Je me souviens que je m'y arrêtais sur le chemin de l'école pour acheter des bonbons. Ils sont à la retraite maintenant. Ils ont vendu le fonds de commerce aux Livingston.

— Et ces Lawson, ils ne posséderaient pas une ferme ou de la famille à Jerome, par hasard ? demanda Connor en se penchant pour accorder une caresse à chaque chien.

— Jerome ? s'étonna Dottie.

— Les Lawson n'ont pas de ferme et aucun parent là-bas, répondit Roy. Laney est la bibliothécaire de notre petite ville et c'est quelqu'un de très serviable. En vous offrant cette tarte, elle veut simplement vous souhaiter la bienvenue. C'est tout. N'allez pas chercher plus loin.

Sur ce, il claqua la porte d'entrée derrière lui.

— Roy a raison, acquiesça Dottie. Je ne crois pas que Millie et Ralph connaissent qui que ce soit à Jerome. Et ils n'ont jamais eu de ferme.

— Ah.

Connor se redressa. Il se sentait idiot d'avoir insisté de cette façon. Et déçu aussi. La Delaney de Dundee portait sans doute de grosses lunettes et des chaussures à semelles compensées. Les gens du coin la considéraient manifestement trop peu séduisante pour pouvoir se trouver un mari. Et, tout bien considéré, l'écriture ronde sur la carte accompagnant la tarte ne ressemblait pas au tracé net et soigné du « Merci » écrit sur un bout de papier par la Delaney avec laquelle il avait passé la nuit.

— Quelque chose ne va pas, monsieur Armstrong? demanda Dottie.

— Hum, non… rien, dit-il, forçant un sourire sur ses lèvres. Je croyais avoir reconnu le nom. J'ai dû confondre.

— Alors? Qu'est-ce que ça dit? s'impatienta Rebecca, postée derrière la porte de la salle de bains.

— Rien pour l'instant. Il faut attendre quelques minutes, répondit Delaney, en se mordillant nerveusement la lèvre inférieure.

Elle avait patienté trois semaines avant d'aller à Boise avec Rebecca pour acheter un test de grossesse. Dans moins de deux minutes, la languette de plastique était censée virer au rose si le test était positif.

— Je ne pense pas que tu sois enceinte, reprit Rebecca. Mes sœurs se plaignaient d'être fatiguées dès leur premier jour de grossesse. Et, toi, tu te sens toujours en forme, n'est-ce pas?

— Oui, répondit Delaney.

En réalité, elle était au bord de l'épuisement. Sans doute parce que depuis trois semaines elle n'arrivait pas à fermer l'œil de la nuit. Elle ne pouvait s'empêcher de culpabiliser au souvenir de Connor et de la façon dont elle l'avait trompé. Ce serait encore pire si elle était enceinte de son enfant.

Elle ouvrit la porte à Rebecca, en espérant que leur force mentale collective pourrait influencer le résultat.

— Je t'en prie, ne vire pas au rose, marmonna-t-elle, tandis qu'elles fixaient toutes deux la languette en plastique.

— Rose signifie qu'il y a un bébé en route? questionna Rebecca.

— C'est ça, soupira Delaney.

— Et tu ne veux pas que ça vire au rose? s'étonna Rebecca, incrédule.

— Plus maintenant. Je veux oublier que j'ai pu faire…

— C'est rose ! l'interrompit Rebecca. Regarde !

Delaney s'agrippa au rebord du lavabo et se pencha sur le test.

— Oh, mon Dieu ! murmura-t-elle, en s'affaissant sur le siège des toilettes, avant que ses genoux flanchent. Je suis enceinte.

Rebecca la dévisagea, l'air inquiet.

— Ne fais pas cette tête-là. C'est bien ce que tu…

— Ne me dis surtout pas que c'est ce que je voulais, sinon je t'étrangle ! s'écria Delaney.

— Mais ça fait des années que tu meurs d'envie d'avoir un bébé. Franchement, je croyais…

La voix de Rebecca s'éteignit. Delaney leva les yeux vers elle. Depuis qu'elles se connaissaient, c'était bien la première fois qu'elle voyait son amie à court de mots.

— Je vais avoir un bébé, dit-elle lentement.

Ses paroles résonnèrent telle une sentence de mort dans la minuscule salle de bains.

Beck esquissa un sourire forcé.

— Ce n'est pas une si mauvaise chose. Je détestais l'idée de partir en te laissant seule. Désormais, je peux me marier en sachant que tu seras aussi heureuse que je le suis.

— *Heureuse*, répéta Delaney, comme si le mot lui était étranger.

— Bien sûr que tu seras heureuse ! Tu finiras par oublier Connor et Boise pour ne plus penser qu'à ton bébé. Et je serai sa marraine. C'est obligé. Comment vas-tu l'appeler ?

L'appeler ? Delaney en était encore à demander pardon à la terre entière pour sa terrible faute. La question était absurde.

— Comme ta tante Millie n'a pas pu avoir d'enfants,

ce serait gentil de donner son prénom au bébé si c'est une fille, poursuivit Rebecca. Millie est un peu vieillot, mais…

— C'est une catastrophe, gémit Delaney.

Beck s'assit sur le rebord de la baignoire et abandonna le registre « réjouissons-nous ».

— Ecoute, Laney, si tu ne veux pas de ce bébé, il y a toujours la solution de l'avortement.

Delaney secoua la tête.

— Je ne ferai jamais une chose pareille.

— Dans ce cas, que suggères-tu ?

— Je vais retrouver Connor pour lui avouer ce que j'ai fait.

— C'est trop tard, Laney. Il est parti. Laisse-le vivre sa vie de son côté. Tu ne le connais pas vraiment. Une fois qu'il saura que tu es enceinte, tu ne pourras peut-être plus t'en débarrasser. Pense au bébé. Que se passera-t-il s'il t'attaque en justice pour obtenir sa garde ? Prendre contact avec lui, ce serait chercher les ennuis. Ce qui est fait est fait. Il faut que tu t'y fasses et que tu ailles de l'avant.

Ne sachant plus quoi penser, Delaney hocha la tête. Rebecca avait sans doute raison. Connor n'était pas prêt à avoir des enfants, il le lui avait dit. Ce n'était qu'un étranger qui avait traversé sa vie. Elle ne connaissait ni son nom ni son adresse. Et lui non plus ne savait rien d'elle.

— D'accord.

Rebecca lui serra affectueusement le bras.

— Quand comptes-tu annoncer ta grossesse ?

— Pas d'ici un bout de temps. Il faut d'abord que je m'y fasse, soupira Delaney en fermant les yeux. Tante Millie et oncle Ralph vont en faire une attaque.

— Pourquoi ? s'étonna Rebecca. Voilà des années qu'ils te demandent de leur donner des petits-enfants.

— Des petits-enfants *légitimes*.

— Je sais. Mais ils finiront par s'y faire. Sortons de cette salle de bains. Ce n'est pas la fin du monde, déclara Beck en tirant sur la main de Delaney, jusqu'à ce que celle-ci se lève et la suive dans le salon où elle se laissa tomber dans son fauteuil préféré : celui à bascule hérité d'oncle Ralph, quand tante Millie lui en avait offert un nouveau pour leur vingt-cinquième anniversaire de mariage.

— Tu ferais peut-être mieux de le leur annoncer tout de suite pour ne pas te torturer l'esprit pendant des semaines, suggéra Rebecca.

— Merci pour la suggestion, mais c'est vraiment trop tôt, répliqua Delaney. Beaucoup de femmes font une fausse couche dans le premier trimestre de leur grossesse. Je préfère attendre d'avoir passé ce cap avant de m'exposer au mépris de toute la ville.

— Tu as raison, reconnut Rebecca. Mais, si tu attends trop longtemps, je serai partie. Je te rappelle que je me marie en juin.

Delaney croisa les bras et s'obligea à respirer lentement, calmement.

— En quoi ton départ affecte-t-il la date à laquelle je devrai annoncer ma grossesse ?

— Si je suis encore là, tout le monde dira que c'est ma faute, à cause de la mauvaise influence que j'exerce sur toi. J'entends d'ici toutes les vieilles pies susurrer : « Regardez donc cette pauvre Delaney. Enceinte hors mariage ! Voilà où ça mène de traîner avec Rebecca Sparks. »

Delaney était émotionnellement trop anéantie pour rire de l'imitation caricaturale de son amie. Et, derrière le sarcasme de Rebecca, elle venait de percevoir une véritable souffrance. Après tout, tenir le rôle de la mauvaise fille dans une si petite ville était peut-être aussi pénible que celui de la gentille fille modèle.

Personne ne voyait les côtés positifs de Rebecca. Et, en refusant de lui accorder une quelconque crédibilité, les habitants de Dundee ne lui laissaient aucune chance de modifier son image. Si Delaney et elle sortaient ensemble et se faisaient arrêter pour infraction au code de la route, peu importe qui était au volant, c'était Rebecca qui écopait de la contravention. Il en avait toujours été ainsi et Delaney s'y était habituée. Mais ce qu'elle devinait dans la voix de son amie l'amenait à réfléchir à cette inégalité flagrante.

— Tout le monde ne te connaît pas aussi bien que moi, dit-elle doucement, essayant momentanément de faire taire ses propres soucis.

Rebecca haussa les épaules.

— Ah oui ? Ils ont pourtant eu trente ans pour apprendre à me connaître. De toute façon, je me moque de ce qu'ils pensent. Dans quatre mois, je ne serai plus là. Mais toi, tu vas devoir rester et je refuse qu'on te traite comme une paria.

Comme toute la ville avait toujours traité Beck ? Delaney hésitait, ne sachant comment adoucir l'amertume de son amie. Il n'y avait pas grand-chose qu'elle puisse dire. C'était trop tard. Le mal avait été fait, peu à peu, année après année. De toute façon, Rebecca ne reconnaîtrait jamais que ça lui faisait de la peine, si bien qu'il était difficile d'en discuter ouvertement. Tout ce que pouvait faire Delaney, c'était la rassurer sur son propre sort.

— Même s'ils me traitent comme une paria, je saurai me défendre. Tu sais pourquoi ?

Rebecca ne répondit pas, mais son regard trahissait sa curiosité.

— Parce que ce bébé, c'est mon choix, poursuivit Delaney. Si j'ai couché avec Connor, ce n'est pas parce que tu m'y as poussée, mais parce que je le voulais bien.

Sinon, je ne l'aurais pas fait. C'est aussi simple que ça. Par conséquent, je suis la seule à blâmer et j'assume l'entière responsabilité de mes actes.

Comme l'inquiétude dans le regard de son amie commençait à s'estomper, Delaney songea à la dernière question du test de personnalité qu'elle avait récemment rempli.

Si vous faites quelque chose de stupide :

*a.*Vous rejetez la faute sur celui ou celle qui vous y a poussé,

b. Vous giflez celui ou celle qui vous y a poussé,

c. Vous assumez la responsabilité de vos actes ?

Delaney sourit. Elle venait de choisir la réponse c. Peut-être était-elle en train de s'affirmer, après tout.

Chapitre 7

— Tiens-le bien, Dwight, murmura Jonathan, tout près de l'oreille de Connor. Mets ta main sur sa bouche, sinon il va appeler sa mère comme un bébé.

Connor savait ce qui allait suivre, mais il ne crierait pas. Jonathan et ses frères prenaient un malin plaisir à le traiter de bébé pleurnicheur et de bien pire encore. Se débattre ne ferait qu'attiser leur colère. Il n'appellerait pas à l'aide non plus. C'était inutile. Ces bagarres avec ses oncles de quelques années plus âgés que lui attristaient sa mère et la faisaient pleurer. Quant à son grand-père, il était rarement présent.

Comme Dwight lui plaquait les mains au-dessus de sa tête, Connor entendit Stephen ricaner :

— Alors, le bébé du viol, tu crois pouvoir t'échapper ?

La dernière fois qu'il l'avait appelé ainsi, Connor avait réussi à se débarrasser de Dwight et à lancer un coup de poing dans le nez de Stephen qui avait pourtant quatre ans de plus que lui.

Mais, cette fois, Dwight ne se laisserait pas surprendre et Jonathan l'aidait, en immobilisant les jambes de Connor.

— Cogne-le, Stephen ! ordonna Jonathan à son frère cadet. Frappe donc ce petit morveux qui croit avoir le droit de vivre ici comme nous.

Connor grimaça sous l'explosion de douleur dans ses

reins et commença à se débattre avec toute son énergie. Il était pourtant conscient que ce serait plus vite terminé s'il se soumettait et laissait ses oncles se défouler sans protester, mais il en était incapable. Sa révolte était trop grande. La colère montait en lui telle la lave d'un volcan sur le point d'exploser. Et, soudain, il fut libre…

Connor se réveilla couvert de sueur, dans un enchevêtrement de draps, sans savoir où il était. Aux Bahamas ? En Europe ? Il adorait dilapider la fortune familiale et, par là même, le futur héritage de ses oncles. C'était un vrai plaisir de les savoir fous furieux parce qu'il s'amusait pendant qu'eux restaient coincés à Napa, à travailler pour l'entreprise familiale, tout en essayant de faire bonne figure. Il était peut-être un *bébé du viol*, mais c'était justement la raison pour laquelle son grand-père lui accordait une liberté que ses oncles n'avaient pas. Et Connor ne se privait pas pour le leur faire savoir.

Il laissa ses yeux errer sur le plafond, le mobilier rustique, la statuette en bronze d'un cheval trônant sur le manteau de la cheminée et les chiens du ranch qui avaient pris l'habitude de venir dormir au pied de son lit.

Il n'était pas aux Bahamas, ni même en Californie. Il était dans sa chambre, au milieu de nulle part, aux Etats-Unis. Et la douleur ressentie dans son rêve n'était que le résultat des courbatures après une rude journée de travail. L'hiver était l'un des plus froids que l'Idaho ait connus. Ces dernières semaines, il avait brassé des tonnes de foin pour nourrir les bêtes affamées. A cheval dès l'aube, il avait aidé l'équipe de cow-boys du Running Y à mener le troupeau vers les ruisseaux qui n'avaient pas gelé. La neige tombait parfois si drue qu'on ne distinguait plus les bêtes. Il avait aussi appris à ferrer les chevaux et à conduire un tracteur. A la nuit tombée, sa journée de travail n'était pas finie pour autant. Il passait ses soirées scotché à l'ordinateur, à la recherche d'informations qui lui permettraient peut-être de sauver le ranch.

Jusqu'à présent, il n'avait malheureusement rien trouvé de très prometteur. Et, par des nuits solitaires comme celles-ci, les vieux cauchemars de son enfance affluaient comme pour lui rappeler que Dwight, Jonathan et Stephen finiraient forcément par gagner.

Avec un grognement, Connor donna un coup de poing dans son oreiller et roula sur le côté, face à la fenêtre. Le vent agitait les arbres dénudés. Une branche martelait la vitre. Il avait l'impression d'être semblable à ces arbres, bousculé, secoué par ses oncles qui essayaient de le déraciner et de le faire disparaître…

« N'y pense pas. »

Refermant les yeux, il écarta de son esprit tout ce qui avait trait au ranch, à sa famille, et à son passé, pour ne penser qu'à la seule chose positive qui lui soit arrivée depuis bien longtemps. Delaney… Elle ne lui avait pas laissé son numéro de téléphone, mais elle lui avait laissé des souvenirs. Et, chaque fois qu'il pensait à elle, un sourire se dessinait immanquablement sur ses lèvres.

Cela dit, Delaney n'était pas la seule femme en Idaho. Et, maintenant qu'il avait pris ses marques au ranch, il allait pouvoir commencer à sortir. Il y avait certainement des filles célibataires à Dundee.

Connor finit par sombrer dans un sommeil plus paisible, rêvant qu'il tenait de nouveau Delaney dans ses bras, son corps chaud et doux blotti contre lui. Mais, quand il rouvrit les yeux au petit matin, il réalisa que le rêve ne lui suffisait pas. Et qu'il ne voulait pas d'une autre fille. C'était Delaney qu'il désirait. Il voulait la revoir, avoir une chance de la connaître. Pour cela, il n'y avait qu'une seule solution : aller à Jerome pour tenter de la retrouver.

Le courrier, quand il arriva, paraissait anodin. C'est juste que tante Millie lui téléphona au mauvais moment, au moment même où Delaney dépliait la lettre portant l'en-tête de la mairie.

— Oh, non ! s'écria-t-elle, en parcourant des yeux les quelques lignes dactylographiées.

Son cri involontaire interrompit sa tante qui était en train de lui demander si elle désirait se joindre à son groupe de chant.

— Qu'y a-t-il, ma chérie ?

— La ville a finalement accordé des fonds pour restaurer la bibliothèque et acheter de nouveaux livres.

— C'est formidable. Le conseil municipal a enfin accédé à ta demande.

— Mais c'est impossible, maintenant !

— Pourquoi ?

Delaney s'effondra sur une chaise de cuisine.

— Parce que nous sommes le 15 avril et qu'il va falloir fermer la bibliothèque pendant trois mois. Et que je ne recevrais qu'un demi-salaire.

Un demi-salaire, alors qu'elle allait devoir économiser pour le bébé…

— Tu trouveras certainement un autre emploi, le temps des travaux, non ? objecta tante Millie. Et, si tu reprends ta chambre de jeune fille, l'argent ne sera pas un problème.

L'allusion était peu subtile, mais Delaney n'avait pas la force d'argumenter sur le sujet ni même de s'en inquiéter. Elle avait des choses bien plus importantes en tête, du genre avoir de quoi acheter des couches-culottes et nourrir son enfant.

— Difficile de trouver un emploi dans la région, marmonna-t-elle. On ne peut pas dire que Dundee soit en plein boom économique.

— Que vas-tu faire ? questionna sa tante d'une voix soudain soucieuse.

— Oh, je trouverai bien quelque chose, s'efforça de la rassurer Delaney.

— Bien sûr, ma chérie. Tu es une honnête fille. Et, quand on est honnête, les bonnes choses finissent toujours par arriver. Je te l'ai toujours dit.

La culpabilité étreignit Delaney. Chaque fois qu'elle voyait tante Millie et oncle Ralph, elle leur mentait, en se comportant comme si de rien n'était. Le poids de ce mensonge était si lourd et elle avait tellement honte qu'elle avait parfois envie de crier son secret sur les toits, afin que tout le monde le sache enfin — pour le meilleur ou pour le pire.

— Je n'ai plus l'âge de revenir vivre à la maison, dit-elle brusquement.

— Qu'est-ce que tu dis, ma chérie ?

— Je dis que je n'ai plus l'âge de revenir vivre à la maison. Je tiens à garder mon indépendance.

— Je n'essaie pas de te priver de ton indépendance, Laney. Je pense juste…

— Je sais ce que tu penses, tante Millie. C'est gentil et j'apprécie énormément. Simplement, je ne peux pas.

Un ange passa.

Delaney ferma les yeux. Ce n'était vraiment pas ainsi qu'elle aurait dû s'y prendre, regretta-t-elle aussitôt. Mais elle était sous le choc de l'annonce de la fermeture de la bibliothèque pour trois mois.

— Je ne veux pas vous déranger, toi et oncle Ralph.

— Mais tu ne nous dérangerais pas, Laney. Nous serions

si contents de t'avoir de nouveau près de nous. Dieu sait que la solitude nous pèse…

Oh, Seigneur. Et, maintenant, la culpabilisation.

— Tante Millie…

— Quoi, ma chérie ?

Delaney posa les coudes sur la table et laissa tomber sa tête entre ses mains.

— Je suis désolée, mais je ne rentrerai pas à la maison.

Il y eut un autre silence.

— Sois raisonnable, Laney, reprit sa tante. Tu viens de perdre en partie ton travail.

— Ce n'est pas si catastrophique. La bibliothèque ne ferme que pour trois mois. Je m'en sortirai. J'ai trente ans. Je ne suis plus une gamine.

— J'ai l'impression d'entendre certaine de tes amies.

Tante Millie parlait toujours de Rebecca comme « certaine de tes amies », ce qui avait le don d'horripiler Delaney.

— Cette amie à qui tu fais allusion va se marier et déménager. Elle n'est pour rien dans mon choix.

— Je ne comprends pas que vous soyez si proches, répliqua sa tante. Elle a mauvaise réputation. Quand on se teint les cheveux dans cette horrible couleur violacée…

— Il s'agit d'un ton aubergine, rectifia Delaney.

— Peu importe. Ce n'est pas digne d'une dame. Je suis bien contente qu'elle parte.

Delaney réprima un soupir exaspéré et s'abstint de répliquer. Ça ne rimait à rien de discuter de la couleur de cheveux de Rebecca quand elle en était à se demander avec quoi elle allait pouvoir acheter des couches-culottes d'ici quelques mois. Elle avait tout juste de quoi vivre maintenant. Alors, qu'est-ce que ce serait quand…

— Je plains notre pauvre monsieur le maire. Avoir une fille pareille ! poursuivait tante Millie.

— Mais qu'est-ce qu'elle t'a fait ? s'emporta brusquement Delaney.

— Rien.

— Alors, qu'as-tu contre elle ?

— Tu veux dire, en plus du fait qu'elle se soit sauvée avec ce motard ? Elle est restée *trois* nuits dans sa chambre d'hôtel. Et ils n'étaient même pas fiancés !

Delaney ferma les yeux, s'efforçant de ne pas penser au choc que ce serait pour Millie quand elle saurait pour le bébé : « Seigneur Dieu, mais pourquoi l'ai-je recueillie ? Je lui faisais confiance, mais j'aurais dû me douter qu'elle était comme sa mère… »

— Les gens commettent parfois des erreurs, tante Millie. Je ne crois pas que ce soit délibéré. Simplement…

Elle hésita.

— … Ils essaient parfois de combler les vides en eux. Tu comprends ?

— Mais de quoi parles-tu, ma chérie ? Tu n'as pas l'air dans ton assiette. Qu'est-ce qui ne va pas ?

Delaney passa la main dans ses cheveux et laissa échapper un long soupir.

— J'ai quelque chose à te dire, tante Millie. Mais je ne peux pas le faire par téléphone.

Le tic-tac de l'horloge résonnait anormalement fort aux oreilles de Delaney. Assise face à tante Millie, dans la cuisine, elle attendait le retour d'oncle Ralph parti faire une course à la quincaillerie.

Millie sirota une gorgée de thé et regarda d'un œil inquiet sa nièce qui n'avait pas touché à sa tasse.

— Tu es malade, ma chérie ?

— Non, répondit Delaney en détournant les yeux vers la fenêtre.

Le nœud dans son estomac se resserra d'un cran quand la vieille Cadillac d'oncle Ralph tourna à l'angle de la rue.

— Enfin, le voilà ! claironna sa tante.

— Oui, marmonna Delaney, incapable de proférer un mot de plus.

Comment avouer à ce couple qui l'avait élevée dans le respect des traditions qu'elle allait avoir un enfant hors mariage ? Ce serait une véritable humiliation pour eux. « Delaney n'est pas volage comme cette Rebecca Sparks. C'est une fille adorable et si honnête, se vantaient-ils souvent devant leurs amis. Comment a-t-elle pu avoir une mère comme ça, on se le demande… »

Elle ravala un soupir. Leur annoncer la nouvelle n'était qu'un début. Elle allait ensuite devoir leur expliquer comment c'était arrivé. Il était de notoriété publique à Dundee qu'elle ne sortait avec aucun garçon.

Oncle Ralph tapa des pieds sous le porche pour ôter la neige de ses chaussures. La porte d'entrée s'ouvrit et se referma. Le parquet grinça, puis il apparut sur le seuil de la cuisine.

— Mais c'est notre petite Laney ! Comment vas-tu, ma chérie ? dit-il, le visage illuminé d'un sourire dès qu'il l'aperçut. Millie ne m'a pas prévenu que tu venais dîner.

— Je ne reste pas dîner, fit Delaney, en se levant pour l'embrasser.

— Ah bon ? Tu es passée voir les vieux, alors ?

Elle se percha sur le rebord de sa chaise, tandis qu'oncle Ralph jetait un coup d'œil à son épouse et semblait comprendre qu'il ne s'agissait pas d'une simple visite de politesse.

— Qu'est-ce qu'il y a ?

Tante Millie haussa les épaules.

— Demande à Laney.

Oncle Ralph passa la main sur son crâne chauve et tourna son doux regard brun vers Delaney.

— Tu as un problème ?

Elle fut tentée de tergiverser en commençant par lui parler de la fermeture de la bibliothèque. Mais elle se ravisa. Elle devait assumer la responsabilité de ses actes et en finir au plus vite.

— Je vais avoir un enfant, dit-elle aussi distinctement que possible.

Tante Millie en lâcha sa tasse de thé et oncle Ralph se précipita pour éponger le liquide avant qu'elle ne se brûle.

— Pardon ? dit-il, une fois cette urgence réglée.

Delaney s'enfonça les ongles dans sa paume.

— Je suis enceinte.

Les mâchoires de tante Millie et oncle Ralph se décrochèrent littéralement et leurs dentiers menacèrent de se fracasser sur le sol.

Sa tante parut se ressaisir la première.

— Ai-je bien compris ce que tu viens de dire, Laney ? questionna-t-elle d'une voix bizarrement étranglée.

Delaney hocha la tête.

— Je suis sincèrement désolée.

Oncle Ralph finit par refermer la bouche.

— Alors... tu vas te marier ? dit-il, hésitant.

Delaney se redressa sur sa chaise et secoua la tête.

— Je crains que non.

— Mais comment est-ce possible ? demanda tante Millie. Qui... je veux dire comment...

— Tu vas avoir un enfant hors mariage ? coupa oncle Ralph.

— Ce... ce fut juste une nuit. Une... une erreur, bredouilla Delaney.

— Un peu que ce fut une erreur ! explosa oncle Ralph. Qui t'a fait ça ?

— Un homme que j'ai rencontré à Boise.

— Eh bien, nous allons le retrouver, lui faire reconnaître les faits et…

Delaney se leva brusquement.

— Non ! Tout est ma faute. J'en prends l'entière responsabilité.

Oncle Ralph en resta sans voix. Il tourna un regard hébété vers son épouse.

— Comment cela a-t-il pu arriver ?

— Je ne sais pas. Elle a toujours été si gentille, si honnête…

— Je suis toujours la même personne, observa timidement Delaney.

— Ah non, tu n'es plus la même ! rétorqua tante Millie. Je ne sais pas ce qui t'a pris, mais tu n'es plus du tout la même, ça non !

Son ton haut perché indiquait que les larmes n'étaient pas loin. Delaney tressaillit en voyant oncle Ralph passer un bras protecteur autour des épaules de son épouse.

— Comment as-tu pu nous faire une chose pareille, Laney ? gronda-t-il. Millie n'a-t-elle pas été comme une mère pour toi ?

— Bien sûr que si ! Vous avez tous deux été merveilleux avec moi.

— Eh bien, c'est une drôle de façon de nous remercier !

Sur ce, sa tante se mit à sangloter. Il la prit dans ses bras pour la consoler.

La mort dans l'âme, Delaney se dirigea vers la porte. Que pouvait-elle bien faire d'autre à part s'en aller ?

C'était un prénom vraiment très rare. Personne à Jerome n'avait jamais entendu parler d'une Delaney. Toutefois, la ville comptait bien dix-huit milles habitants. Impossible d'interroger tout le monde. Cette fille vivait peut-être dans un quartier éloigné. A moins que sa famille ne soit pas aussi connue qu'elle l'avait laissé entendre. Difficile de savoir. La seule chose dont il était certain, c'était qu'il se faisait tard, qu'il était fatigué et furieux contre lui-même d'avoir perdu tant de temps à chercher une femme qui ne tenait manifestement pas à être retrouvée. Si elle avait voulu le revoir, elle lui aurait laissé son numéro de téléphone. Il ferait mieux de l'oublier et de se concentrer sur les affaires du ranch.

Le chauffage dans la voiture menaçait de lui faire piquer du nez. Connor baissa la vitre du vieux pick-up pour laisser l'air frais de la nuit le ranimer. Il mit la radio en marche et chercha une station qui ne diffusait pas uniquement de la country. Mais, tandis qu'il changeait de fréquence, la petite voix intérieure se remit à le harceler.

« Nous sommes un samedi soir, vieux, et regarde-toi, seul au volant d'une camionnette déglinguée, sur une route sans fin, pour rentrer dans une maison déserte. C'est triste de voir à quoi tu en es réduit. N'as-tu pas assez transpiré et travaillé dur ? Tu as le droit de t'amuser un peu, non ? »

S'amuser un peu ? Il jeta un coup d'œil au Honky Tonk Bar, à l'entrée de Dundee. A en juger par la musique qui s'en échappait, l'endroit avait l'air animé. Un verre le remettrait de son dur labeur et l'anesthésierait contre le découragement qui le gagnait un peu plus chaque jour.

« Pourquoi pas, Connor ? Juste un verre. »

Il se gara le long d'une rangée de pick-up tous aussi délabrés que le sien, et qui servaient à transporter du foin, des barbelés et des outils. Les hommes qui les conduisaient — ceux qu'il trouverait à l'intérieur du bar — lui ressemblaient aussi, maintenant qu'il portait des santiags et des jeans ajustés. Il n'en était pas encore à chiquer du tabac, mais il ne tarderait pas non plus à porter un Stetson tout comme eux.

Ce pays lui déteignait dessus. Peut-être était-il en train de se transformer en un véritable cow-boy, après tout. Par moments, il avait l'impression de devenir peu à peu une part du ranch. A moins que ce ne soit le ranch qui devenait peu à peu une part vitale de lui-même.

Un cow-boy ivre sortit en titubant du bar. Vacillant sur ses jambes, il s'avança sur la route. Une voiture klaxonna en passant devant lui. Surpris, l'homme recula et tomba sur les genoux.

Connor n'avait soudain plus très envie de noyer ses idées noires dans l'alcool.

« Allons, insista la petite voix intérieure dans son crâne. Juste un verre. Ça ne peut pas te faire de mal. »

Sauf qu'il avait suffisamment fréquenté les bars pour savoir qu'il ne s'arrêterait pas à un verre. De toute façon, ce n'était pas dans ce genre d'endroit qu'il trouverait des réponses à son découragement. Il ferait mieux de rentrer chez lui et de prendre une bonne nuit de repos pour être en forme le lendemain. Le troupeau allait devoir être de nouveau déplacé et, si les températures continuaient à chuter, il faudrait également remplir les abreuvoirs.

Connor sortit du pick-up et s'approcha du cow-boy inerte. Il le saisit par le bras pour le remettre sur ses pieds.

— Allez, mon pote. Il faut bouger, sinon, tu vas geler. Dis-moi où tu habites pour que je te ramène chez toi.

L'homme marmonna quelque chose à propos d'une caravane derrière l'unique cinéma de la ville. Comme Connor le poussait vers la camionnette, le cow-boy s'écarta brusquement, l'air belliqueux.

— Où tu m'emmènes ?

— Chez toi, répondit-il calmement, en lui reprenant le bras pour l'entraîner vers le pick-up.

— Pour quoi faire ?

Connor ouvrit la portière côté passager.

— Parce qu'il est temps de se mettre au lit. 5 heures du matin, c'est vite là quand il faut se remettre au boulot.

« Il faut se remettre au boulot. » Connor grimaça. Bon sang, qu'est-ce qui ne tournait pas rond chez lui ? Voilà qu'il se mettait à parler comme son grand-père. Pire, il courait après une fille qui l'avait lancé sur une fausse piste, il renonçait volontairement à l'alcool et il rentrait se coucher seul à 22 eures, un samedi soir !

Décidément, il n'y avait pas que son style vestimentaire qui avait changé, songea-t-il, notant pour une fois que sa petite voix intérieure n'avait rien à redire.

Chapitre 8

— Où pourrais-je me faire couper les cheveux ? demanda Connor sans détourner les yeux de la route.

— Vous avez le choix entre le salon de coiffure ou le barbier, répondit Roy, assis dans le siège passager. Personnellement, je vais chez le barbier.

Connor lui jeta un coup d'œil pensif.

— Dans ce cas, j'irai dans le salon de coiffure.

La bouche de Roy se tordit comme s'il était sur le point de sourire, mais cela n'alla pas plus loin. Toutefois, depuis six semaines qu'ils travaillaient ensemble, le vieux cow-boy semblait s'être amadoué à son égard.

— Vous voulez une coupe de citadin qui aille avec votre tête de citadin ? dit-il en repoussant son chapeau sur sa nuque.

— Vous croyez que j'ai envie d'avoir la même coupe en brosse que vous ? rétorqua Connor du tac au tac.

Cette fois, Roy éclata de rire.

— Ne venez pas vous plaindre si vous ressemblez à Boucle d'Or.

— Je prends le risque.

Ils entrèrent dans Dundee. Deux pâtés d'immeubles plus loin, Roy désigna un bâtiment surmonté d'une enseigne rose vif.

— C'est ici pour vous faire mettre des rubans dans les cheveux.

— Qu'est-ce que vous allez faire pendant ce temps ?

— Je ne vais sûrement pas faire le joli cœur à vous attendre sur le trottoir avec toutes ces femmes à l'intérieur qui jacassent, à l'affût du moindre ragot. Déposez-moi à la quincaillerie. Il faut que j'achète de quoi réparer la porte de la grange. Ensuite, j'irai prendre un café et un burger. Le temps que nous rentrions au ranch, il sera trop tard pour dîner. Alors, si ça vous dit, vous pourriez venir me rejoindre.

— Bonne idée, approuva Connor.

Après avoir déposé Roy à la quincaillerie Ellerson, il retourna se garer devant le salon de coiffure. Quand il en franchit le seuil, il fut accueilli par une odeur de produits chimiques qui piquait les yeux.

Dans un coin du salon, une petite brune s'occupait de la manucure d'une dame plus âgée, tandis qu'une blonde coupait les cheveux d'une adolescente, en bavardant comme si les vapeurs chimiques ne l'incommodaient pas le moins du monde. Une troisième femme, portant la traditionnelle blouse rose des coiffeuses, était assise sous un casque sèche-cheveux, des bigoudis au sommet de la tête, une revue sur les genoux. Ce fut la seule qui ne releva pas les yeux quand la sonnette tinta au-dessus de la porte, à l'entrée de Connor.

— J'aime bien ce style de robe, dit-elle. Elle n'est pas vraiment blanche, certes, mais le blanc, c'est d'un banal ! Qui a décrété qu'une robe de mariée devait être blanche ?

Elle leva le magazine pour montrer l'objet de ses commentaires à ses collègues, mais celles-ci avaient toutes les yeux braqués sur Connor. Intriguée, elle leva la tête… et elle se redressa d'un bond, laissant tomber la revue à ses pieds.

— Que faites-vous là ? s'écria-t-elle.

Connor écarquilla les yeux. C'était la femme qui accompagnait Delaney, l'autre soir. Comment s'appelait-elle déjà ? Raylynn ou Rhonda… quelque chose commençant par *R*.

Il l'aurait reconnue n'importe où. D'abord, parce qu'il n'y avait guère de femmes aussi grandes. Ensuite, parce que rares étaient celles qui osaient teindre leurs cheveux de cette couleur… rouge violacé.

— Euh… Bonjour, vous pouvez me dire comment joindre Delaney ? demanda-t-il, tout à la fois surpris et ravi de cette extraordinaire coïncidence.

La coiffeuse ne lui laissa pas le temps de répondre.

— Laney travaille à la bibliothèque municipale, intervint la blonde. Juste en bas de la rue, à deux pâtés de maisons et…

— C'est bon, Katie. Je m'en occupe, l'interrompit Rebecca.

Oui, Rebecca. C'était ça son nom. Etrange. A moins que ce ne soit un tour de son imagination, Connor avait cru déceler une pointe de panique dans sa voix.

— Attendez une seconde ! dit-il, absorbant soudain tout à la fois les paroles de la blonde et l'air affolé de son amie aux cheveux aubergine.

Mais alors, toutes ces recherches à Jerome qui n'avaient abouti à rien…

— Qu'est-ce que…

Avant même d'avoir terminé sa phrase, la vérité le frappa avec une clarté aveuglante : il n'existait qu'une seule Delaney ! Celle qui lui avait envoyé la tarte était la même que celle avec laquelle il avait passé la nuit à l'hôtel Bellemont.

Connor était furieux.

Delaney n'était pas celle qu'elle prétendait être. Elle n'était pas la fille d'un éleveur. Elle n'avait ni frères ni sœurs. Elle n'était pas allée à l'université. Elle n'habitait pas Jerome. Elle vivait à Dundee. Elle lui avait menti avec un aplomb incroyable et il l'avait crue. Elle avait l'air tellement sincère. Dans cette histoire, une seule chose était certaine : c'était *elle* qui avait à tout prix voulu coucher avec lui et il s'était bêtement laissé piéger.

Quel idiot! Ses oncles avaient probablement payé cette fille pour l'intercepter dans ce bar et le détourner du droit chemin, en espérant qu'il ne se montrerait jamais au ranch. Mais soit ils n'avaient pas été assez explicites, soit ils ne l'avaient pas assez grassement payée, parce que, au lieu de resserrer le nœud coulant pour le pendre, elle avait laissé tomber ce plan tordu avant même qu'il puisse remettre en question son arrivée à Dundee.

— J'aimerais lui parler, dit-il. Elle est à la bibliothèque?

Rebecca lança un regard de mise en garde aux autres femmes — à la blonde surtout — puis se précipita vers lui pour l'entraîner dehors.

— Allons quelque part où nous pourrons discuter tranquillement.

La première réaction de Connor fut de ne pas se laisser faire, juste pour le plaisir de résister. Mais face à toutes ces femmes qui le regardaient avec une curiosité non dissimulée, impatientes d'en savoir davantage, il ne voyait pas l'intérêt de répandre la nouvelle comme quoi il s'était fait mener en bateau comme un idiot.

Il suivit donc Rebecca dehors, jusqu'à une vieille Firebird. Elle se glissa derrière le volant et lui fit signe de monter. Il s'était attendu à ce qu'ils discutent sur le parking, mais elle démarra dès qu'il eut fermé sa portière.

— Où allons-nous?

— Faire un tour.

— Vous avez des bigoudis sur la tête.

— Je m'en fiche, répondit Rebecca. Cette ville m'a vue dans des états bien pires.

Ça, Connor n'en doutait pas une seconde.

Ils traversèrent Dundee. L'antique autoradio jouait un air

disco tout aussi antique, tandis que le dégivrage marchait à fond pour éliminer la glace sur le pare-brise.

— Alors ? dit-il, dès qu'ils furent sortis de Dundee.

— Alors quoi ?

— Vous voulez bien m'expliquer ce qui se passe ?

Rebecca ne répondit pas tout de suite, mais elle avait une mine sinistre, ce qui n'était pas du meilleur effet chez une femme avec des bigoudis sur le crâne et des mèches de cheveux violacés pendant sur les côtés.

— Je réfléchis, finit-elle par lâcher.

— A quoi réfléchissez-vous ? Dites-moi seulement pourquoi Delaney m'a menti. Mes oncles sont dans le coup, c'est ça ?

— Vos oncles ?

— Stephen, Dwight et Jonathan Armstrong. Ces noms vous disent quelque chose ?

Rebecca secoua la tête, une expression bizarre sur le visage. Elle quitta la route principale pour s'engager sur un petit chemin verglacé. Quelques mètres plus loin, elle coupa le moteur et se tourna vers lui.

— Je ne sais pas de quoi vous parlez.

— Dans ce cas, pourquoi avez-vous fait tout ce chemin jusqu'à Boise, l'autre soir ? Pourquoi Delaney voulait-elle à tout prix coucher avec moi au lieu de sauter dans le lit d'un gars habitant plus près de chez elle ? Et pourquoi était-elle si pressée de se sauver ensuite ?

Il ne savait pas vraiment à quoi s'attendre — si, une sorte d'excuse, peut-être —, mais la réponse de Rebecca le sidéra.

— Ecoutez, Delaney ne veut pas que ça se sache. Dundee est une très petite ville et elle n'a pas envie d'entendre tout le monde chuchoter dans son dos « Pauvre Laney ». Mais si vous savez garder un secret…

— Je peux être muet comme une tombe, assura Connor.

— Delaney est en phase terminale.

— Quoi ? croassa Connor.

— Elle a un cancer.

La nouvelle le mit d'abord K.-O., annihilant sa colère, jusqu'à ce qu'il se souvienne que ces deux filles n'étaient pas des modèles de crédibilité. Après tout ce qui s'était passé, la rouquine n'imaginait tout de même pas qu'il allait la croire aveuglément ?

— Quel genre de cancer ? questionna-t-il, sceptique.

— C'est… hum…

Rebecca aperçut son paquet de cigarettes posé sur le tableau de bord.

— Les poumons.

Connor croisa les bras et s'adossa contre la portière, de façon à la regarder dans les yeux.

— Elle ne fume pas.

— Avant, si.

Delaney n'avait pas la tête d'une fumeuse. Mais, au cas peu probable où Rebecca dirait la vérité, Connor décida de jouer le jeu.

— Combien de temps lui reste-t-il ?

Rebecca se tordit les mains et les regarda fixement, comme si le sujet était trop douloureux pour en parler.

— Moins d'un an.

— Pour quelle raison une femme mourante irait-elle faire deux heures de route en plein hiver pour coucher avec un inconnu rencontré dans un bar ?

— Un dernier tour de piste, j'imagine.

— Elle aurait pu faire ça plus près de chez elle.

— Elle connaît tout le monde dans le coin.

— Une femme confrontée au cancer n'a-t-elle pas des choses plus importantes à l'esprit que de séduire un homme ?

Rebecca décroisa les doigts et se frotta les bras pour se réchauffer. Elle n'avait pas pris de manteau, mais Connor n'avait pas l'intention de lui prêter sa parka. Pour l'instant, cette femme ne lui inspirait aucune sympathie particulière.

— Elle voulait essayer de draguer un inconnu au moins une fois dans sa vie, histoire de voir l'effet que ça fait. Vous avez sans doute remarqué que ce n'était pas une pro au lit.

— En effet, j'avais remarqué, répondit-il.

— Eh bien, voilà toute l'histoire. Nous avions juste envie de nous amuser un peu avant… vous savez, la fin.

Rebecca baissa la voix avec déférence sur ce dernier mot.

— C'est affreux, commenta platement Connor, sans cesser de la regarder. Je suis désolé.

Rebecca hocha la tête et cligna des paupières comme si elle était sur le point de fondre en larmes.

Il lui prit la main, conscient qu'il se ferait l'effet d'une véritable ordure s'il s'avérait qu'elle lui avait dit la vérité.

— Oui, c'est affreux, répéta-t-elle, en réussissant à verser de vraies larmes.

Déconcerté, Connor hésita.

— Je ne sais plus quoi penser, avoua-t-il. Je savais qu'elle était vierge, bien sûr, mais elle ne m'a absolument rien dit pour le reste.

— Elle était vierge ? s'écria Rebecca d'une voix stridente.

— Vous ne le saviez pas ?

Rebecca lui retira sa main pour s'essuyer les yeux.

— Non. Mais on peut comprendre qu'elle ne voulait pas emmener sa virginité avec elle dans la tombe.

— Elle avait pourtant l'air en parfaite santé, l'autre soir. Je croyais que le corps avait du mal à supporter la chimio et tout le reste.

Rebecca détourna la tête.

— Delaney a renoncé aux traitements. Elle ne tenait pas à se gâcher la vie pour ses derniers mois.

Les larmes avaient été convaincantes, mais quelque chose clochait malgré tout.

— Avez-vous déjà rencontré Stephen Armstrong ?

— Qui ?

— Stephen Armstrong. Mon oncle.

— Je vous ai dit que je ne connaissais pas vos oncles. Que vient faire ce Stephen dans l'histoire ?

— C'est ce que j'aimerais comprendre. Et je me demande aussi pourquoi Delaney ne m'a pas parlé de son cancer.

Il se souvenait de sa question : « Vous voudriez être encore vierge à trente ans ? » C'était ce qui l'avait décidé. Mais elle aurait aussi très bien pu dire : « Il ne me reste plus qu'un an à vivre. »

— Raconter à quelqu'un que vous allez mourir n'est pas franchement aphrodisiaque, souligna Rebecca.

Décidément, cette fille avait réponse à tout.

— Vous ne seriez pas en train de me raconter des histoires, par hasard ?

— Pourquoi ferais-je une chose pareille ?

En effet. Connor ne voyait pas pourquoi. Il songea de nouveau à ses oncles. Soit il sous-estimait les talents de menteuse de Rebecca, soit elle disait la vérité en affirmant qu'elle ne les connaissait pas.

Ils restèrent silencieux quelques minutes. Connor était partagé entre doute, embarras et tristesse. Rebecca remit le contact.

— Bon, je resterais bien à bavarder avec vous, mais il faut que je retourne m'occuper de mes cheveux.

— On dirait que vous n'avez pas beaucoup de peine pour votre amie.

— J'ai eu le temps de me faire à l'idée que j'allais bientôt la perdre.

— Je vais aller à la bibliothèque. Je veux la voir.

Rebecca secoua la tête.

— Surtout pas ! D'après le médecin, la moindre émotion pourrait lui faire perdre des années d'espérance de vie.

— Je croyais qu'il ne lui restait plus qu'un an.

— Je voulais dire des mois. Vous pourriez lui faire perdre des *mois* d'espérance de vie.

— N'ayez crainte, je ferai très attention à ne pas la bouleverser.

— Inutile de prendre le risque, insista-t-elle. Et puis, qu'est-ce que vous lui voulez ?

— La revoir tout simplement. Je ne suis peut-être pas du genre « je-couche-puis-je-me-sauve ».

Rebecca leva les yeux au ciel.

— A d'autres. Vous êtes ce genre de gars.

Etait-ce donc si évident ? s'étonna Connor.

— D'accord, je l'ai peut-être été, admit-il. Mais j'aimerais vraiment connaître Delaney. Elle avait l'air… différente.

— Pourquoi voudriez-vous connaître une fille qui va mourir dans quelques mois ? C'est sans intérêt.

Connor haussa un sourcil réprobateur.

— Quel cynisme !

— Je ne suis pas cynique, je suis pratique, rétorqua Rebecca. C'est dans ma nature.

— Eh bien, moi, il est dans ma nature de soutenir mes amis quand ils traversent une épreuve aussi terrible qu'un cancer.

Rebecca n'avait pas l'air plus convaincue par ses explications que lui par les siennes.

— Ne vous en faites pas pour Laney. Elle a beaucoup d'amis qui l'entourent dans ces moments difficiles.

Elle s'engagea sur la route principale.

— Ne le prenez pas mal, reprit-elle d'une voix plus

douce, mais ce qui s'est passé à Boise était censé être une aventure sans lendemain, vous comprenez ?

— Je n'ai pas signé de clause m'interdisant tout contact, répliqua Connor.

— Je vous rappelle qu'il est interdit par la loi de filer quelqu'un, sous peine d'être accusé de harcèlement.

— Je ne la file pas !

— Alors, retournez d'où vous venez et fichez-lui la paix. Elle désire passer le peu de temps qui lui reste avec les gens qu'elle aime. Soyez sympa, respectez sa volonté.

Avec un soupir exagéré, Connor leva les mains, paumes en l'air, en signe de reddition.

— D'accord, je me tiendrai à l'écart. Mais, dans une ville aussi petite, il va être difficile de ne pas se croiser.

Rebecca coupa l'autoradio.

— Comment ça ?

— Parce que j'habite ici.

— Oh, mon Dieu !

La voiture fit une embardée et Connor rattrapa le volant in extremis avant qu'elle ne quitte la route.

— Pourquoi me regardes-tu ainsi ? questionna Delaney, en relevant les yeux de son livre.

Rebecca détourna aussitôt la tête, l'air absorbée par l'émission de télévision qu'elle suivait depuis le canapé.

— Je ne te regarde pas.

Delaney retourna à sa lecture. Mais, presque aussitôt, elle sentit de nouveau le regard de son amie posé sur elle.

— Qu'est-ce qu'il y a ? s'impatienta-t-elle.

— Rien, répondit Rebecca. Je me demandais juste quand avait lieu ta première consultation prénatale.

— Dans une dizaine de jours.

Rebecca hocha la tête.

— Comment tu te sens ?

— Bien. Pourquoi ?

— Oh, pour rien. Juste pour savoir.

Un drôle de picotement parcourut la nuque de Delaney. Beck n'était pas elle-même.

— Il y a eu un problème dans le salon, aujourd'hui ?

Rebecca se redressa sur le canapé.

— Qu'est-ce qui te fait dire ça ? Katie a appelé ?

— Non. Simplement... je ne sais pas... tu as l'air bizarre.

— Ah bon ? Sans doute parce que je n'ai pas fumé une seule cigarette depuis que je suis rentrée.

Rebecca éteignit la télévision, prit son paquet de cigarettes et sortit sous le porche. Depuis qu'elle savait son amie enceinte, elle faisait très attention à ne pas fumer en sa présence.

Delaney attrapa leurs parkas et la suivit sous le porche.

— Tu t'es disputée avec Buddy ? demanda-t-elle doucement.

Rebecca enfila la parka qu'elle lui tendait, avant de sortir une cigarette du paquet.

— Non.

— Alors, qu'est-ce qui ne va pas ? insista Delaney.

La lueur du briquet éclaira fugitivement le visage de Rebecca. Elle avait l'air gênée — pas du tout son style, d'habitude.

— Que sais-tu du petit-fils de Clive Armstrong ? questionna-t-elle de but en blanc.

— Rien. Tu l'as rencontré ? fit Delaney en boutonnant sa parka, le regard perdu sur le minuscule jardin encore couvert de neige que la lune illuminait.

Le printemps serait tardif cette année. Mars touchait à sa fin, mais les températures restaient glaciales.

Rebecca attendit quelques secondes avant de répondre :

— Non.

Delaney enfonça les mains dans ses poches.

— Alors, pourquoi m'en parles-tu ?

Le bout de la cigarette rougeoyait dans l'obscurité.

— Je me demandais s'il t'avait remerciée pour la tarte.

— Il n'a pas pris cette peine.

— Tant mieux, conclut Rebecca.

Elle tourna la tête et exhala une bouffée de fumée, avant de demander :

— Personne n'est au courant pour le bébé, n'est-ce pas ?

— Seulement tante Millie et oncle Ralph. Je leur ai annoncé la semaine dernière.

— Tu le leur as dit ? s'exclama Rebecca, l'air abasourdie. Et tu ne m'en as pas parlé !

Delaney haussa les épaules.

— Je n'avais pas très envie de m'étendre sur le sujet.

— Comment ça s'est passé ?

— Comme je l'avais plus ou moins prévu. Ils ne m'adressent plus la parole. Tante Millie m'a appelée une fois, mais n'a pas dit un mot sur le bébé. D'après elle, la municipalité va me licencier.

— Nous sommes au XXIe siècle, bon sang ! s'indigna Rebecca. Avoir un bébé hors mariage n'a rien à voir avec ton travail.

— Dundee est une toute petite ville, lui rappela Delaney. Me faire renvoyer parce que j'ai dévié du droit chemin n'aurait rien d'étonnant.

— Mais tu étais vierge ! Ils ne peuvent tout de même pas te virer pour avoir fauté une seule fois !

Stupéfaite, Delaney dévisagea son amie.

— Comment peux-tu savoir *ça* ?

Rebecca fronça les sourcils.

— Savoir quoi ?

— Que j'étais vierge.

Un ange passa. La sonnerie du téléphone retentit et Rebecca ne put dissimuler son soulagement.

— J'y vais ! C'est certainement Buddy.

Delaney l'attrapa par le bras.

— Tu le rappelleras plus tard. Je veux savoir ce qui se passe.

Rebecca ne protesta pas.

— J'ai de mauvaises nouvelles, dit-elle simplement.

— J'ai l'habitude.

— Mais là, ce sont *vraiment* de mauvaises nouvelles.

La situation pouvait difficilement être pire qu'elle ne l'était déjà, songea Delaney.

— De quoi s'agit-il ?

— Tu te souviens de Connor ?

— Evidemment. Ce n'est jamais que le père de mon bébé.

— Eh bien… il est ici.

Delaney ouvrit de grands yeux.

— Il est où ?

— A Dundee. Au Running Y.

Delaney s'agrippa à la balustrade pour ne pas tomber.

— Qu'est-ce qu'il fait là-bas ?

— C'est lui le petit-fils de Clive Armstrong.

Le sang afflua à sa tête, lui battant les tempes, et Delaney se pencha en avant pour lutter contre une soudaine faiblesse et ne pas s'évanouir.

— Connor est le morveux dont Roy nous a parlé ?

— Lui-même.

Elle ferma les yeux. Mais pourquoi tout s'enchaînait si mal depuis ces six dernières semaines ? Une seule faute et le reste de sa vie s'effondrait tel un jeu de dominos…

— Quand comptais-tu me le dire ?

— Je ne voulais pas que tu te précipites là-bas pour lui

annoncer que tu attendais un bébé, répondit Rebecca, mal à l'aise. Tu as entendu ce qu'a dit Roy, l'autre dimanche. Selon lui, Connor ne restera pas. On peut donc supposer qu'il sera reparti en Californie avant que ta grossesse ne se voie.

Beck pressa affectueusement la main de Delaney.

— Je crois que tu ferais mieux de te taire et de le laisser partir.

Delaney ne savait plus quoi penser. Elle avait l'impression d'avoir reçu un coup de massue sur la tête.

— Où l'as-tu vu ?

— Au salon de coiffure.

— Il t'a reconnue ?

Rebecca haussa les sourcils.

— Oui. Mais, ne t'inquiète pas, il ne viendra pas t'embêter.

— Pourquoi ?

— Je lui ai raconté que tu étais en train de mourir d'un cancer et que tu désirais être seule.

— Tu es complètement folle !

— Il fallait bien que je trouve quelque chose, se défendit Rebecca. Il était furieux à cause de tous les mensonges que tu lui avais déjà racontés et il s'apprêtait à foncer te voir à la bibliothèque.

— C'est pour ça que tu lui as dit que j'avais un *cancer* ?

— Oui.

— Tu m'as laissé combien de temps à vivre ?

— Un an.

— Génial, marmonna Delaney. Toute la ville va pouvoir commencer à préparer mes funérailles. Comme ça, ce sera réglé. Il ne devrait plus y avoir de problème.

Chapitre 9

Et si Delaney avait réellement un cancer ? s'interrogeait Connor, tandis qu'il traversait la ville au volant du vieux pick-up brinquebalant dont il ne se séparait plus. Il se sentirait affreusement mal — pire que mal — de ne pas avoir cru Rebecca. Toutefois, il n'arrivait toujours pas à se faire à l'idée que la femme qu'il avait tenue dans ses bras n'avait plus que quelques mois à vivre. Delaney avait peut-être semblé nerveuse au départ, mais elle avait l'air en excellente santé et absolument pas perturbée par quoi que ce soit d'aussi dévastateur sur le plan émotionnel qu'une mort prochaine.

Mais quelle autre explication avait-il à tous ces mensonges ? Il avait aussitôt appelé Stephen, l'autre soir, et quand, mine de rien, il avait mentionné avoir rencontré Delaney Lawson, celui-ci n'avait absolument pas réagi. De toute évidence, ce nom n'évoquait rien pour lui. Connor avait également contacté Dwight et Jonathan et obtenu la même absence de réaction. Les trois super-ego n'auraient certainement pas raté l'occasion de se vanter d'avoir failli le piéger, même si le résultat n'était pas celui escompté. Par conséquent, ses oncles n'avaient rien à voir avec cette histoire. Dans ce cas, il y avait forcément une autre explication à l'attitude étrange de Delaney et de sa copine.

Peut-être voulait-elle, en effet, tout simplement perdre

sa virginité. Autre possibilité : elle avait entendu dire par l'un des employés du ranch qu'il venait à Dundee et que Roy passerait le prendre à l'hôtel Bellemont. Elle s'était alors délibérément glissée dans son lit, sachant que le grand-père était plein aux as et s'imaginant qu'il en était de même pour le petit-fils.

Connor fronça les sourcils au souvenir de ce qu'elle lui avait dit, quand il avait abordé le sujet de la contraception : « Ne vous en faites pas pour ça. » Et il ne s'en était pas fait. Mais si elle lui avait menti là aussi… ? Ridicule. Si elle avait voulu se faire mettre enceinte dans l'espoir d'obtenir une pension de sa part, elle se serait déjà manifestée. Elle se serait accrochée au lieu de se sauver…

Connor laissa échapper un soupir. Il ferait mieux de faire demi-tour et de retourner au ranch s'occuper de ses affaires.

Mais il n'en fit rien. La bibliothèque s'élevait sur sa droite. Il s'arrêta le long du trottoir, à quelques mètres de l'entrée. Puis il augmenta le chauffage et croisa les bras. Si cette fille n'était toujours pas sortie d'ici dix minutes, il rentrerait chez lui et laisserait faire le destin, décida-t-il.

Les minutes s'égrenèrent une à une. Et, trente minutes plus tard, il était toujours là.

Et pourquoi n'entrerait-il pas dans cette fichue bibliothèque ? Il allait finir par attraper une pneumonie à rester assis dans le froid.

Connor descendit du pick-up et s'avança sur le trottoir verglacé jusqu'à l'entrée du bâtiment. Un panneau sur la porte indiquait que la bibliothèque fermait à 17 heures, le mercredi, soit depuis déjà deux bonnes heures. Mais, quand il posa la main sur la porte, celle-ci s'ouvrit.

Depuis qu'elle était enfant, la bibliothèque était son refuge. Et aujourd'hui, plus que jamais. Entre tante Millie qui marmonnait « Mais où va ce monde ? » et oncle Ralph qui s'enfermait dans sa chambre jusqu'à ce qu'elle parte, Delaney n'osait plus franchir le seuil de la maison de son enfance. Elle n'avait pas non plus envie de rentrer chez elle pour entendre Rebecca lui seriner qu'elle ne devait surtout pas parler du bébé à Connor. Et elle avait aussi très peur de croiser ce dernier dans la rue. Par conséquent, elle préférait se cacher dans la paix et le silence de la bibliothèque.

Assise en tailleur entre deux rayonnages, Delaney se pencha sur la pile de livres à côté d'elle. Elle prit celui du dessus : *Votre grossesse semaine après semaine,* illustré par la photo d'un fœtus dans l'utérus de sa mère. Du bout de l'index, elle suivi le tracé délicat des orteils minuscules du bébé, s'émerveillant de sa perfection.

Le premier chapitre débutait avec l'image d'un spermatozoïde pénétrant l'ovule.

> *Premier mois : que se passe-t-il ?*
>
> *Cette semaine a lieu une rencontre : un spermatozoïde traverse la membrane de l'ovule. C'est la fécondation. Un bébé est en route !*

Elle avait déjà dépassé ce stade. Delaney poursuivit sa lecture, souriant à la vue du texte et des illustrations.

> *A la onzième semaine, le fœtus mesure cinq centimètres, à la dix-neuvième semaine, il donne ses premiers coups de pied. Il peut sucer son pouce à trois mois…*

— Bonsoir. Il y a quelqu'un ?

Delaney bondit sur ses pieds, le cœur battant à cent à l'heure. Elle connaissait cette voix. Même après six semaines, elle l'aurait reconnue n'importe où.

— La bibliothèque ferme à 17 heures, cria-t-elle, espérant gagner de précieuses secondes.

Que faire ? Elle poussa les livres sous un rayonnage, hors de vue.

— Mademoiselle Lawson ? Je peux vous parler ? C'est Connor Armstrong.

Elle n'avait d'autre choix que d'affronter cette situation. Et elle devait le faire maintenant.

Elle émergea des rayonnages. Il se tenait là, debout devant elle. Un nœud lui serra le ventre — juste de l'angoisse, ou un peu d'attirance aussi ? C'était comme si une partie d'elle-même voulait ignorer les conséquences désastreuses de cette brusque apparition pour ne s'accrocher qu'aux instants merveilleux qu'ils avaient passés ensemble.

Connor était encore plus beau que dans ses souvenirs. Le simple fait de le voir éveillait en elle des sensations qu'elle avait éprouvées pour la première fois dans ses bras. Mais il ne souriait pas. Il avait l'air méfiant.

S'armant de courage, elle s'approcha.

— Rebecca m'a dit que vous étiez dans le coin.

Il haussa les épaules.

— Je me doutais qu'elle vous préviendrait, même si vous le saviez déjà.

— Pardon ?

— Eh bien, oui. Vous saviez que j'habitais Dundee et que j'étais le petit-fils de Clive Armstrong. C'est bien pour cette raison que vous m'avez abordé, l'autre soir, à Boise, non ? Et, si vous n'avez rien demandé sur moi, c'est parce que vous saviez déjà tout ce qu'il y avait à savoir sur mon compte.

Elle l'avait abordé parce qu'il était l'homme le plus attirant, ce soir-là, au bar de l'hôtel Bellemont. Et, si elle n'avait posé aucune question sur lui, c'était justement parce qu'elle ne voulait *rien* savoir de lui, de crainte de ne pas réussir à l'oublier facilement. Toutefois, même s'il ne lui avait pas confié ses rêves et ses attentes, d'où il venait et où il allait, elle avait appris sur lui bien d'autres détails tout aussi importants : combien il adorait être caressé, sa tendresse et sa prévenance qu'il cachait derrière une apparente indifférence, la protection de ses bras autour d'elle, sa façon de la serrer contre lui dans le sommeil…

— Je ne savais pas qui vous étiez quand je vous ai rencontré dans ce bar, rectifia Delaney. Je vous ai abordé parce que… parce que vous sembliez être le genre de gars qui pourrait être…

— Une proie facile ?

Le ton était accusateur. Delaney tressaillit.

— Je cherchais une aventure sans lendemain et vous étiez là.

— Alors, pourquoi tous ces mensonges ?

Rougissant au souvenir de l'enfance de rêve qu'elle s'était inventée pour lui, Delaney réussit à esquisser un sourire crispé. Ses mensonges dévoilaient ce qu'il y avait au fond de son cœur. Ils mettaient à nu celle qu'elle était réellement. Mais ça il ne pouvait pas le savoir. Et elle ne voulait pas qu'il le sache. Elle ne voulait pas qu'il connaisse la véritable Delaney. Elle ne montrait aux autres que celle qu'elle voulait bien leur montrer, celle qu'ils accepteraient.

— Je suis vraiment désolée.

Connor haussa un sourcil incrédule.

— C'est tout ce que vous avez à dire ? Je suis *désolée* !

Le cœur de Delaney se serra. Elle ne pouvait pas continuer à lui mentir. Elle ne pourrait pas le croiser dans les rues de Dundee, sachant que c'était son enfant qui grandissait en elle. C'était déjà difficile de vivre avec le poids de sa faute, quand elle était certaine de ne plus jamais le revoir. Alors, maintenant…

— Je… je ne cherchais pas une relation durable, expliqua-t-elle. Je vous ai menti parce que je ne voulais pas que vous puissiez me retrouver.

— Ne me dites pas que vous avez un cancer. Parce que, pour le coup, je me sentirais vraiment mal.

— Je n'ai pas de cancer. Rebecca a dit ça pour me couvrir.

Connor hésita. Ses yeux cherchèrent les siens.

— Donc, vous êtes en bonne santé.

Delaney hocha la tête.

— Vous vouliez simplement perdre votre virginité et mettre suffisamment de distance entre nous pour que je ne cherche pas à vous revoir, c'est ça ?

D'une certaine façon, Delaney avait le sentiment qu'il avait déjà compris. Simplement, il ne voulait pas affronter l'évidence. Il essayait de se sortir de ce mauvais pas, en espérant qu'elle l'y aiderait, même si cela exigeait davantage de mensonges. Malheureusement, la réalité était là.

Comme elle ne répondait pas, il passa une main nerveuse dans ses cheveux.

— Vous vouliez tomber enceinte, c'est ça ?

— Oui.

Il ferma brièvement les yeux.

— Et ça a marché ?

Delaney eut l'impression de voir défiler dans sa tête tout ce que Rebecca lui avait dit ces derniers jours concernant les risques si, par malheur, Connor apprenait pour sa grossesse : la bataille pour la garde de l'enfant, la crainte qu'il puisse lui causer des ennuis, les critiques de Roy à son égard.

Elle ne voulait rien faire qui puisse mettre en péril l'avenir de son bébé. Mais elle ne pouvait cacher plus longtemps la vérité à cet homme. Elle l'avait trompé et son sens du devoir exigeait qu'elle le reconnaisse.

— Oui.

C'était dit. Trop tard pour reculer. Connor inspira une

grande bouffée d'air comme si elle l'avait giflé. Puis il enfonça les mains dans ses poches et pivota vers la porte. Delaney crut qu'il allait la planter là sans un mot, mais deux pas plus loin, il se retourna brusquement

— Je ne peux pas le croire, dit-il entre ses dents, le regard glacé. Je ne peux pas croire qu'une femme soit capable d'être si calculatrice !

L'incrédulité, la douleur dans sa voix étaient telles que le poids de la culpabilité et du remords écrasa Delaney encore un peu plus. Pire que tout ce qu'elle avait imaginé.

— Je suis désolée.

Les mots s'embrouillaient dans sa tête. De toute façon, c'était trop tard.

— Mais qu'est-ce que vous espériez y gagner ? hurla-t-il, hors de lui.

— Rien, articula Delaney. Je désire un enfant, c'est tout.

— Très bien, conclut Connor, la mâchoire serrée.

Et il sortit.

Le silence retomba sur la bibliothèque. Mais la paix avait disparu.

Rebecca était au téléphone — à coup sûr, avec Buddy — quand Delaney ouvrit discrètement la porte. Elle posa son sac à main sur la banquette, unique pièce de mobilier du minuscule hall d'entrée, et tenta de traverser rapidement le salon pour gagner sa chambre. Elle n'avait pas envie de parler mais, dès qu'elle l'aperçut, Beck dit à son fiancé qu'elle allait devoir raccrocher.

— Non, non, ne t'interromps pas pour moi, protesta Delaney.

Rebecca reposa le combiné et baissa le volume du CD de Sarah McLachlan.

— Que t'est-il arrivé ?

— Rien.

— Ne me raconte pas d'histoires, Laney. On dirait que tu viens de voir un fantôme. Tu es blanche comme un linge. Où étais-tu ?

— A la bibliothèque, répondit-elle. Connor est passé me voir.

— Oh, Laney ! Tu ne lui as rien dit, j'espère.

— Je n'ai pas pu faire autrement. Comment aurais-je pu continuer à lui cacher que j'attends son enfant ?

Rebecca se frappa le front du plat de la main.

— Je le savais ! Tu trouvais que j'étais folle avec cette histoire de cancer, mais…

— Tu *étais* folle d'avoir sorti un truc pareil, s'insurgea Delaney. Imagine que ce soit arrivé aux oreilles de tante Millie. Elle en aurait eu le cœur brisé.

— Peut-être, mais Connor se serait tenu à l'écart.

Delaney leva les mains en l'air avec un soupir exaspéré.

— Pendant une semaine ou deux ? La belle affaire ! Rien ne nous dit qu'il va retourner en Californie, Beck. S'il reste, il aurait forcément fini par comprendre en me voyant avec un bébé sur les bras, tu ne crois pas ?

Son amie grogna et se couvrit les yeux, mais ne répondit pas. Delaney se mit à faire les cent pas sur le vieux tapis usé jusqu'à la corde qui ornait le sol.

Que faire maintenant ? Elle ne connaissait pas les intentions de Connor. Tante Millie et oncle Ralph ne lui adressaient plus la parole. Et elle n'aurait bientôt plus de travail.

Rebecca fut la première à rompre le silence.

— Tu as déjà songé à quitter Dundee ? Tu pourrais déménager dans une grande ville, repartir de zéro, échapper à Connor, à tante Millie et aux critiques que tu vas devoir subir, une fois que tout le monde sera au courant pour le bébé.

Elle se pencha par-dessus l'accoudoir du canapé pour éteindre la chaîne stéréo.

— Tu pourrais venir au Nebraska avec moi.

Delaney s'assit dans le fauteuil à bascule et croisa les jambes. Elle se sentait épuisée.

— Tu sais combien j'aimerais te suivre au Nebraska, Beck. Mais je ne peux pas partir d'ici. Pour le moment, tante Millie et oncle Ralph sont fâchés contre moi, mais ils ont besoin que quelqu'un prenne soin d'eux. Et leurs amis aussi.

— Leurs *amis* ?

— Oui. Mme Shipley, par exemple. Ses enfants sont partis s'installer à des milliers de kilomètres. Qui va s'occuper d'elle ?

— C'est à sa famille de s'en occuper.

— Elle n'a pas dit ça quand ma mère est morte. Elle ne l'a jamais dit pendant toutes ces années où elle m'a prise sous son aile à la bibliothèque.

— Allons, Laney, tu n'avais que sept ans quand ta mère est morte et ton aide lui a été précieuse.

— Peu importe. Quand j'avais besoin de quelqu'un, elle était là. A présent, c'est elle qui a besoin de moi.

— Si je comprends bien, même si tante Millie et ses amis bien-pensants te critiquent et te blâment, tu resteras pour prendre soin d'eux ?

— Ils ne sont pas vraiment méchants. Ce n'est qu'une question d'éducation. Alors, oui, je prendrai soin d'eux, malgré leurs critiques.

— C'est dingue ! soupira Rebecca. Surtout si Connor reste ici.

— Je sais. Mais je ne peux pas partir, insista Delaney. Et puis, j'adore mon métier de bibliothécaire… J'espère pouvoir récupérer mon emploi après les travaux.

Rebecca poussa un soupir et entortilla une mèche de cheveux autour de son doigt — geste habituel quand elle avait envie d'une cigarette, mais qu'elle ne pouvait pas ou ne voulait pas céder à la tentation.

— Bon, récapitulons. Qui est au courant pour le bébé ?

— Toi, moi, Connor, tante Millie et oncle Ralph.

— Et qui sait que Connor est le père ?

— Juste toi, moi et Connor. Et je veux que ça reste entre nous trois, d'accord ?

— Je te rappelle que c'est toi qui diffuses la nouvelle à tout le monde, répliqua Rebecca.

— Oui, mais c'est toi qui travailles dans le salon de coiffure, un endroit où il y a autant de commérages que de soins capillaires, observa Delaney. Et je ne veux surtout pas que tante Millie et oncle Ralph apprennent qui est le père. Ils seraient capables de courir au Running Y pour exiger de Connor qu'il m'épouse.

Comme Rebecca continuait de jouer avec ses cheveux, elle ajouta :

— Pourquoi ne prends-tu pas une cigarette ?

— J'ai décidé d'arrêter.

Delaney renversa la tête en arrière avec un gémissement.

— Pitié, pas maintenant !

Son amie avait déjà fait plusieurs tentatives. Elle tenait généralement quelques semaines sans fumer avant de craquer. Et ces quelques semaines étaient un enfer pour toutes les deux. Rebecca compensait le manque de nicotine en mangeant comme quatre, elle laissait traîner un peu partout des pots de glace vides, des emballages de barres chocolatées et se plaignait pour un rien, ce qui avait le don d'horripiler Delaney.

— Merci pour tes encouragements, observa Rebecca, l'air blessée.

— Tu sais très bien que j'aimerais que tu arrêtes la cigarette, Beck. Depuis des années, je te fais la guerre contre le tabac. Mais, là tout de suite, je ne me sens pas la force de te voir te triturer les cheveux, te ronger les ongles et piquer des crises pour un oui ou pour un non à longueur de journée. On ne pourrait pas d'abord régler le problème Connor ? Un drame à la fois dans cette maison, c'est suffisant.

— Cette fois, tout se passera bien, assura Rebecca. J'ai la volonté. Je peux le faire.

Certes, Delaney s'inquiétait pour la santé de son amie. Sans compter qu'elle n'appréciait pas cette odeur de tabac froid qui traînait dans son sillage. Seulement, Rebecca fumait depuis l'âge de seize ans et cette habitude n'était pas facile à perdre. Elle avait déjà essuyé plusieurs échecs.

— Pourquoi maintenant ? questionna Delaney.

Rebecca s'empara de la télécommande et mit la télévision en marche.

— Beck, pourquoi maintenant ? insista Delaney. Parce que je suis enceinte ?

— C'est une des raisons, répondit Rebecca. E j'ai vu Josh aujourd'hui. A l'épicerie.

Josh. Voilà plus de deux mois que Rebecca n'avait pas parlé de lui.

— Vous avez discuté ? s'enquit Delaney.

Mais en quoi cette récente entrevue avec lui pouvait constituer un facteur d'arrêt de la cigarette ?

— Il s'est arrêté pour me féliciter pour mon prochain mariage.

— Très gentil de sa part, murmura Delaney, attendant des explications supplémentaires.

Comme rien ne venait, elle ajouta :

— Il fréquente toujours Mary Thornton ?

— Ouais. Elle était avec lui, répondit Rebecca, en

esquissant une moue écœurée. Son sourire hypocrite me donne envie de la gifler. Elle ne te tape pas sur les nerfs, à toi ?

Delaney n'avait jamais beaucoup apprécié Mary, mais c'était tout de même curieux que Beck soit subitement si remontée contre elle.

— C'est quoi le rapport avec ta décision d'arrêter la cigarette ?

— J'ai entendu cette sainte-nitouche chuchoter à Josh que je sentais le tabac.

C'était donc ça. Rebecca avait été blessée par la remarque de Mary. Bizarre. D'habitude elle se moquait de ce que les gens pensaient d'elle. Surtout Josh. Delaney avait grandi avec ces deux-là. Elle les avait vus se bagarrer, s'insulter et se snober. Il y avait bien eu cette soirée au Honky Tonk… Ils avaient dansé collés l'un contre l'autre, avant de quitter la piste de danse ensemble. Mais, depuis que Buddy était entré en scène, Delaney pensait que c'était de l'histoire ancienne.

— Je parie qu'ils vont bientôt se marier, reprit Rebecca.

— Sans doute, acquiesça Delaney. Je suis surprise que Josh ait attendu si longtemps pour se trouver une épouse.

— Il était trop occupé à monter son affaire d'élevage de chevaux. C'est le genre de gars qui ne fait pas les choses à moitié.

Etait-ce une pointe d'admiration qu'elle percevait dans ces paroles ? Désorientée, Delaney secoua la tête. La minute précédente, le ton de Rebecca était méprisant. Et la suivante, il était presque… nostalgique.

Ces picotements dans la nuque, de nouveau… Et cela n'avait rien à voir avec sa propre situation, cette fois-ci.

Elle hésita. Mieux valait tirer les choses au clair maintenant. Après le mariage, il serait trop tard.

— Beck, si tu éprouves quoi que ce soit pour Josh…

— Arrête ! Je n'éprouve rien pour lui. C'est tout juste si je peux le supporter.

Mais le ton de sa voix était sans conviction. Delaney crut bon d'insister :

— Ce ne serait pas juste vis-à-vis de Buddy, si…

— Je t'ai dit que je n'éprouvais rien pour Josh. Les gars comme lui sont destinés aux filles comme Mary Thornton. Celles qui entrent dans le moule. Ce dont je suis incapable, et tu le sais bien.

Sur ce, Rebecca se leva et éteignit la télévision.

— Je vais me coucher.

Delaney resta silencieuse. Jusqu'à présent, elle avait toujours cru Rebecca sur parole. Toutefois, elle commençait à se poser des questions : Beck disait-elle vraiment la vérité quand elle affirmait ne rien ressentir pour Josh ? Ou bien au contraire l'aimait-elle un petit peu trop ?

Chapitre 10

— Vous êtes de mauvais poil ? questionna Roy.

Contrairement à son habitude, il s'était attardé après dîner, au lieu de retourner directement dans son bungalow.

— Pourquoi me demandez-vous ça ? rétorqua Connor en s'enfonçant dans le canapé en cuir du salon.

Le vieux cow-boy enjamba les deux chiens étendus aux pieds de Connor et s'accapara le fauteuil le plus proche de la cheminée dans laquelle flambaient deux grosses bûches.

— Vous avez fait la tête toute la journée.

Connor prit une gorgée de bière. Il avait de sacrées bonnes raisons de faire la tête. Sa famille l'avait expédié ici pour qu'il sauve le ranch, pas pour qu'il mette enceinte la bibliothécaire de la ville. A la seconde où le scandale exploserait, son grand-père le jetterait probablement à la rue.

— Je commence peut-être à vous ressembler, ironisa-t-il.

— Ça m'étonnerait.

Connor étira ses longues jambes en espérant que la chaleur du feu soulagerait les courbatures dans ses muscles et apaiserait un peu sa colère. Il n'avait pas fermé l'œil la nuit dernière. Et, toute la journée, il avait parcouru les vingt mille acres de prairie avec Roy pour apporter de l'eau et de la nourriture au bétail. Il était épuisé. Pas assez cependant pour oublier ce que lui avait avoué Delaney la veille. Le sale tour qu'elle lui avait joué…

— Alors ? dit Roy, l'arrachant à ses idées noires.

— Alors, quoi ?

— Vous allez me dire ce qui ne va pas ?

Connor prit une nouvelle gorgée de bière. Sans doute ferait-il mieux de se soûler pour tout oublier. Il pourrait aussi partir en virée en Europe avec quelques vieux copains et laisser son grand-père et ses oncles se débrouiller pour sauver ce maudit ranch.

« C'est ça. Laisse tomber avant que tout le monde s'aperçoive que le Running Y commence à compter pour toi », s'empressa d'approuver la petite voix intérieure.

— Il ne compte pas pour moi, murmura Connor, perdu dans ses pensées.

— Pardon ? dit Roy.

Connor sursauta. Il avait pensé tout haut.

— Rien, dit-il.

Roy émit un grognement. Il avait terminé sa bière, mais ne semblait pas vouloir partir. Connor regardait fixement les flammes dans la cheminée. Il y voyait le visage de Delaney, encore et encore. Mais quel crétin il était pour être si facilement tombé dans ce piège ! Cette petite robe noire…

— Nous pourrions peut-être nous lancer dans l'élevage de chevaux, déclara subitement Roy.

Connor releva les yeux sur le visage du vieil homme tanné par le grand air.

— Quoi ?

— Le jour où vous êtes arrivé, vous m'avez demandé s'il n'y avait pas moyen de renverser la situation.

C'était il y a deux mois ! Connor fronça les sourcils.

— J'avais cru comprendre que c'était mon problème.

— Ma foi, peut-être que j'aime bien votre nouvelle

coupe de cheveux. Ou peut-être que je commence à apprécier votre personnalité si chaleureuse.

Connor ne releva pas. Il avait finalement atterri chez le barbier pour éviter de revoir Rebecca. Et il détestait sa nouvelle coupe de cheveux. Le résultat était atroce mais, tant pis, son look était le cadet de ses soucis. Ses oncles allaient jubiler quand ils apprendraient pour le bébé.

— J'ai l'impression que les frères Hill s'en sortent plutôt bien, reprit Roy. Ils élèvent des chevaux, vous savez. Des pur-sang.

Connor s'en fichait. La proposition de Roy arrivait trop tard pour changer quoi que ce soit.

Les coudes sur les genoux, le vieil homme se pencha en avant vers lui, comme pour mieux capter son attention.

— Vous vous souvenez de Josh ? Nous l'avons rencontré la dernière fois que nous sommes allés au magasin d'alimentation.

Oui, Connor se souvenait d'un homme légèrement plus grand que lui, plutôt sympa à première vue.

— Lui et son frère sont propriétaires d'une centaine de juments et d'un cheval de course qui vaut pas loin du million de dollars, poursuivit Roy avec un sifflement qui fit se dresser les oreilles des chiens. Vous devriez voir combien ils font payer une saillie par leur étalon !

— J'étudierai la question, marmonna Connor dans l'espoir de clore la discussion et que Roy regagne ses pénates.

A vrai dire, il avait déjà songé à l'élevage de chevaux, mais il ne disposait pas d'un capital suffisant pour débuter cette activité. Qui plus est, Josh Hill et son frère Mike détenaient un quasi-monopole sur ce secteur du marché dans la région.

— Il y a autre chose qui pourrait nous aider, insista Roy.

Connor ne répondit pas. Il était trop occupé à se repasser le film de sa nuit avec Delaney.

Bon sang, pourquoi n'était-il pas sorti acheter des préservatifs ? Mais parce qu'elle lui avait dit qu'elle était vierge et qu'il n'avait pas à s'inquiéter ! « Vous avez de quoi vous protéger ? »… « Ne vous en faites pas pour ça », voilà ce qu'elle lui avait répondu.

Elle était bien vierge. Sur ce point précis, elle n'avait pas menti.

Combien de temps mettrait-elle avant de lui réclamer de l'argent ?

— Connor ? Vous m'écoutez ?

— Hum ?

— Je disais qu'il y a énormément de touristes qui viennent se balader dans le coin, en été. Ils campent le long de la rivière. Nous ne les faisons jamais payer, mais ils utilisent nos terres et laissent très souvent leurs poubelles derrière eux. Nous pourrions installer des sites de camping et demander seize ou dix-huit dollars la nuit.

— Il faudrait contrôler, encaisser l'argent et courir après ceux qui essaient de frauder, objecta Connor, pas franchement emballé par l'idée.

De toute façon, compte tenu de la situation, trouver une solution pour le ranch n'était plus vraiment d'actualité. Sauf si c'était réalisable dans la nuit…

— Nous pourrions tout de même nous faire entre deux et trois cents dollars par nuit, insista Roy.

Connor lui jeta un coup d'œil.

— Comment ? Le BGS gère une bonne partie des parcelles le long de la rivière. Et, jusqu'à nouvel ordre, le camping est gratuit sur les terres appartenant à l'Etat.

Roy roula sa moustache, puis sourit.

— Vous aurez au moins appris quelque chose depuis que vous êtes ici, pas vrai ?

— Pas besoin d'être prix Nobel de mathématiques pour savoir que nous ne gagnerons pas d'argent en essayant de vendre quelque chose que les gens peuvent avoir gratis.

— Je le pensais aussi, jusqu'à ce que le prix de l'eau atteigne trois dollars le gallon dans certaines régions.

— Ce n'est pas près d'arriver ici, objecta Connor.

— Parce que c'est nous qui exploitons notre eau. Et c'est pour cela que les gens viennent ici. Mais, si nous commençons à faire payer les campeurs, le BGS nous suivra peut-être. Et s'il ne le fait pas, tant pis ! Les touristes s'installeront sur leurs sites de camping gratuits et nous n'aurons plus à faire le ménage derrière eux.

Connor approuva d'un hochement de tête. L'idée n'était pas mauvaise, après tout, mais il n'avait pas envie d'en discuter. Ils restèrent assis dans un silence pesant jusqu'à ce que Roy se décide enfin à se lever pour partir. Ce fut ce moment que choisit Connor pour lui demander :

— Vous connaissez bien Delaney Lawson ?

— Comme tout le monde, ici. Elle a grandi à Dundee. C'est une chic fille qui prépare des tartes absolument délicieuses. Elle est célibataire, si c'est ce que vous voulez savoir. Vous vous intéressez à elle ?

« Possible. Pour lui faire payer sa traîtrise », répondit mentalement Connor.

— Et Rebecca ? ajouta-t-il. Vous la connaissez ?

— Il suffit d'aller traîner ses bottes au Honky Tonk ou chez le barbier pour tout savoir sur Rebecca Sparks, s'esclaffa Roy. C'est la fille du maire.

— Elle est célèbre dans le coin ?

— Je dirais plutôt qu'elle est… *tristement* célèbre, précisa Roy avec un sourire entendu.

— Comment ça ?

— Il y a quelques années, elle s'est enfuie avec un motard. Même lui n'a pas réussi à la contrôler. Il l'a renvoyée direct à Dundee, gloussa Roy, tout en se grattant la tête. Croyez-moi, il vaut mieux éviter de s'accrocher avec elle. Demandez à Josh. Ils ont eu une dispute qui dure depuis des lustres. Et Mme Reese elle aussi en a fait l'amère expérience.

— Que s'est-il passé ?

Roy haussa les épaules.

— Le fils de Mme Reese en pinçait pour Rebecca. Ils sont sortis ensemble pendant quelque temps. Mais ce n'était pas du goût de sa mère qui s'en est mêlée pour que leur flirt n'aille pas plus loin. Rebecca l'a remerciée à sa façon. Elle l'a prise en traître et elle lui a teint les cheveux en bleu, la veille où celle-ci devait tenir un meeting pour les filles de la révolution Américaine.

Souriant au souvenir de la chevelure punk de Mme Reese, Roy tendit ses mains vers le feu.

— Rebecca et Delaney sont amies ? reprit Connor.

— Oh, oui ! Deux tempéraments différents, mais elles sont totalement dévouées l'une à l'autre, répondit Roy avec un sourire pensif. Un jour, Gilbert Tripp a embouti avec sa camionnette la voiture de Delaney, sur le parking de la supérette. Il a essayé de se sauver, mais Rebecca a pris le volant et s'est lancée à ses trousses. Quand le malheureux a osé prétendre que Delaney était mal garée et que c'était sa faute, Rebecca l'a attrapé par le col de sa chemise et lui a mis un œil au beurre noir.

— Sans blague ? s'exclama Connor, tout en gravant ce détail dans un coin de son cerveau. Cette Rebecca m'a l'air d'être un sacré phénomène. J'ai entendu dire qu'elle allait se marier. Quel homme a bien pu accepter d'épouser une femme pareille ?

— Un homme qui ne la connaît pas vraiment. Un étranger. Elle part s'installer au Nebraska après le mariage.

— Quand ça ?

— En juin, je crois. Dottie doit le savoir, fit Roy, en voyant sortir de la cuisine l'intendante du Running Y, une coupe de glace dans chaque main.

— Que suis-je censée savoir ? demanda-t-elle, tandis que Sundance et Chance s'avançaient à sa rencontre en agitant la queue.

— La date du mariage de Rebecca.

— 26 juin. Ensuite, elle nous quitte pour le Nebraska.

Connor et Roy prirent les coupes de glace qu'elle leur tendait.

— Je ne sais pas ce que je vais faire quand elle ne sera plus là, soupira Dottie. Personne ne réussit ma permanente comme Becky. Elle va aussi terriblement manquer à notre pauvre Delaney. Depuis l'école primaire, elles sont inséparables.

Connor s'abstint de tout commentaire. Cela dit, il pensait que l'absence de permanente ne ferait pas de mal aux cheveux de leur cuisinière. Et il n'arrivait pas à plaindre Delaney non plus.

— Mettez vos coupes dans l'évier, quand vous aurez fini, dit Dottie en retournant dans la cuisine.

Mais, avant de quitter le salon, elle s'immobilisa sur le seuil.

— Vous avez trouvé quelqu'un pour me remplacer ? Lydia ne va pas tarder à accoucher, vous savez.

Connor réprima un soupir. Il n'avait pas la tête à s'occuper des problèmes domestiques pour le moment. Heureusement, Roy répondit pour lui.

— Nous avons été très occupés, mais nous allons commencer à chercher.

— Vous avez intérêt si vous ne voulez pas mourir de faim, commenta-t-elle. Comment va votre grand-père, Connor ?

— Très bien, merci.

— Je pensais que nous le verrions plus souvent maintenant que vous êtes là.

Connor n'avait pas envie de parler de son grand-père. Ni même d'y penser. Après tout le mal qu'il s'était donné depuis deux mois, ses efforts allaient bientôt être réduits à néant. Dès qu'il saurait pour Delaney, il en conclurait que son petit-fils était toujours le même. Un irresponsable.

— Vous avez la migraine ? s'inquiéta Dottie quand elle le vit presser ses doigts contre ses tempes. Je vous apporte de l'aspirine ?

— Non, merci.

Incapable de rester assis une seconde de plus, Connor se leva brusquement.

— Je sors, dit-il. A demain matin.

— Monsieur Armstrong ?

La voix haut perchée lui vrilla le crâne. Connor éloigna le combiné de son oreille avec une grimace.

— Oui ? dit-il d'une voix pâteuse, en se demandant quelle heure il pouvait bien être.

Roy était venu le chercher à la fermeture du Honky Tonk. Pourtant, Connor ne se souvenait pas lui avoir demandé quoi que ce soit et il ne comprenait toujours pas comment son régisseur avait su où le trouver.

Dans une ville aussi petite que Dundee, il devait être facile de localiser quelqu'un, conclut-il. Il était cependant surpris que Roy se soit inquiété de le ramener au ranch. Qu'est-ce que ça pouvait bien lui faire qu'il passe ou non la nuit dehors ?

Connor cligna des yeux et jeta un coup d'œil fatigué sur le réveil. 7 heures. Qui osait appeler si tôt, un dimanche ?

— Millie Lawson, fit la voix. Vous ne me connaissez pas, mais je suis une amie de votre grand-père.

— Qui ? demanda Connor en remontant les couvertures sous son menton.

— Millie Lawson. En fait, je n'appelle pas pour moi. J'appelle pour ma nièce, Delaney.

Le nom de Delaney sortit instantanément Connor de son état semi-comateux. Il se redressa d'un bond, ce qu'il regretta aussitôt quand le martèlement sous son crâne reprit de plus belle.

« Nous y voilà, songea-t-il, en se rallongeant lentement. Première demande d'argent. »

— Laissez-moi deviner. Je parie qu'elle a besoin de quelques milliers de dollars pour la dépanner.

— Quoi ?

— Il s'agit bien d'argent, non ?

— Je suppose, répondit son interlocutrice. D'après ce que j'en sais, Dottie reçoit un salaire tout à fait correct.

Il fallut un moment à Connor pour absorber cette dernière remarque.

— Que vient faire Dottie-là-dedans ?

— L'autre soir, au club de bridge, Dottie Richens a dit à Elzina Brown et Sheila Smith que vous cherchiez quelqu'un pour la remplacer pendant qu'elle serait chez sa fille. Je me suis dit que Delaney pourrait postuler.

— Delaney, votre fille… Elle n'est pas bibliothécaire ?

— Oui, mais la bibliothèque ferme pour des travaux de rénovation. Si bien que Delaney se retrouve momentanément sans emploi.

— Et vous souhaiteriez qu'elle vienne travailler ici ?

— Exactement. C'est une jeune fille charmante, intelligente et bien éduquée. Elle sait cuisiner. Peu de jeunes femmes sont capables de préparer un repas de nos jours, précisa fièrement Millie Lawson.

Delaney était capable de bien d'autres choses dont il ne parlerait pas…

— Pourquoi ne m'appelle-t-elle pas elle-même ?

— En fait… Je ne lui en ai pas encore parlé. J'aimerais vous inviter à déjeuner, dimanche prochain, pour Pâques. Vous pourriez ainsi faire sa connaissance.

Abasourdi, Connor passa la main dans ses cheveux emmêlés. Que manigançaient ces deux femmes ? Delaney lui avait dit ne rien vouloir de lui. Naturellement, il n'était tout de même pas bête au point de la croire, mais ce type d'approche était pour le moins bizarre. La vieille dame au bout du fil avait l'air toute douce.

— Je ne sais trop quoi vous dire, madame Lawson.

— Excusez-moi, monsieur Armstrong. Je tenais à vous parler avant que Delaney ne postule à ce travail, parce qu'il y a quelque chose que vous devez savoir.

— De quoi s'agit-il ?

— Eh bien, j'hésite… cette information doit rester entre nous, mais…

— Mais quoi ?

Millie Lawson s'éclaircit la gorge.

— Delaney a certaines… limites physiques.

— Quel genre de limites physiques ?

— Eh bien, je ne pense pas qu'elle puisse pulvériser des insecticides autour des fenêtres comme le fait Dottie. Elle ne doit pas non plus porter de charges trop lourdes.

Connor se pinça l'arête du nez. Cette femme était complètement folle. Ou tout simplement sénile.

— Pourquoi ne voulez-vous pas qu'elle pulvérise des insecticides ?

— Parce que cela pourrait être nocif pour le bébé qu'elle attend… un bébé *hors mariage*, précisa Millie Lawson d'une voix gênée.

Et voilà, elle l'avait dit. Eberlué, Connor ne savait que répondre.

— J'apprécierais que vous gardiez *cela* pour vous, reprit Millie Lawson.

— Hum… oui. Pas de problème.

— Et si vous pouviez fermer les yeux sur sa situation et considérer la possibilité de l'embaucher, enchaîna Millie. Je vous en serais très reconnaissante. Je m'inquiète tellement pour ma Laney. Elle n'est pas le genre de fille qu'elle paraît être, vous savez. Mais elle s'est mise dans un tel… pétrin.

Oh, elle n'était pas la seule à être dans le pétrin.

Connor devait prendre une décision, et vite.

— Ecoutez, madame Lawson, si votre fille le souhaite, le job est à elle.

Les mots étaient sortis tout seuls.

— Merveilleux. Et vous viendrez dîner chez nous pour Pâques ?

Il y eut un silence. Connor serra le combiné un peu plus fort.

— D'accord. A quelle heure ?

Chapitre 11

Avec un soupir résigné, Delaney se gara devant chez tante Millie. Celle-ci avait insisté pour qu'elle vienne dîner, mais Delaney appréhendait son silence désapprobateur, d'autant plus qu'elle avait le moral à zéro. Pour Pâques, elle avait préparé deux fois plus de tartes, dans l'espoir d'un boom de ses bénéfices — qui ne s'était pas concrétisé. Sa recherche d'un nouveau travail était au point mort. Et les nausées matinales commençaient à la tourmenter même pendant la journée.

Ouvrant la boîte à gants, elle sortit les clichés de l'échographie réalisée quelques jours auparavant à Boise et s'abandonna quelques instants dans leur contemplation pour chasser ses idées noires. Un œil non exercé comme le sien ne distinguait pas grand-chose, mais en regardant ces photos — les premières de son bébé — l'émotion était la même que dans le cabinet du médecin. Elle était émerveillée. Même si, depuis son entrevue avec Connor à la bibliothèque, elle en était presque à retenir son souffle, en attendant que le ciel lui tombe sur la tête. Ce soir-là, il avait littéralement explosé, mais depuis il ne s'était pas manifesté. Et plus le temps passait sans nouvelles de lui, plus elle reprenait espoir.

Elle remit les clichés dans la boîte à gants, prit les tartes qu'elles avaient apportées et descendit de voiture. A en juger par les véhicules garés devant la maison, toute la bande était là. La Sedan bleu de Lula et Vern Peterson était collée au pare-chocs de l'antique Cadillac de Ruby McCarrel. Tiens, il y avait également un pick-up à la carrosserie piquée de rouille, de propriétaire inconnu.

Un mouvement derrière les rideaux lui signala qu'on guettait son arrivée. Delaney s'avança vers la porte d'entrée. Elle avait grandi avec les amis de tante Millie et elle les aimait tous autant qu'ils étaient. Le vieux Vern, qui portait toujours son pantalon en polyester remonté jusque sous les aisselles, lui avait appris à conduire. Le jour de ses quatorze ans, c'était Ruby qui lui avait montré comment s'épiler les jambes. Et Lula, avec ses cheveux couleur argent toujours impeccablement coiffés, lui avait offert sa première paire d'escarpins à l'occasion du bal du lycée. Tous ensemble, ils l'avaient emmenée à Disneyland. Evidemment, à l'époque, ils se déplaçaient un petit peu plus vite qu'aujourd'hui. Vern s'était voûté, mais Lula portait toujours des talons aiguilles assortis à son sac à main, et Ruby… Ma foi, Ruby n'avait guère changé. Toujours aussi coquette. Elle se teignait les cheveux en noir corbeau, et ne sortait jamais sans se mettre du fard à paupières et du rouge à lèvres.

Tous, ils étaient adorables avec elle, mais aujourd'hui Delaney avait trop de soucis en tête pour supporter le rythme ralenti du troisième âge. Elle allait faire connaissance du nouveau membre du groupe — celui qui conduisait le pick-up — faire honneur au repas, aider à débarrasser la table, et vite rentrer chez elle éplucher les petites annonces. La bibliothèque fermait dans deux semaines et, d'ici là, elle devait à tout prix trouver un moyen de gagner de l'argent au cours des trois prochains mois.

— Enfin, te voilà ! dit oncle Ralph, dès qu'elle franchit la porte d'entrée.

Il ne lui avait guère adressé plus de deux ou trois mots depuis l'annonce de sa grossesse, mais il semblait plus cordial aujourd'hui.

— Il y a quelqu'un ici que nous aimerions te présenter, dit-il avec un sourire impatient.

— Qui est-ce ?

— C'est un gars…, commença Ralph, aussitôt interrompu par la voix haut perchée de tante Millie en provenance du salon.

— Laney ? Viens vite, chérie. Il ne manquait plus que toi.

Seigneur, ils ne l'attendaient tout de même pas pour participer à leur habituel jeu des charades ! s'inquiéta Delaney, tout en retirant son manteau. A moins que tante Millie n'ait choisi ce jour pour lui présenter Preston Willigut, son nouvel accordeur de piano. Mais, quand elle s'avança dans le salon, le seul regard jeune qui se leva sur elle n'était pas celui de Preston Willigut. Ces yeux couleur d'ambre, bordé de longs cils bruns, appartenaient à Connor Armstrong.

Delaney se figea.

— Nous avons un invité spécial aujourd'hui, annonça Millie, la mine réjouie. Il va nous aider à solutionner ton… petit problème.

— Mon petit problème ? répéta Delaney, assommée.

— Tu sais bien, la fermeture de la bibliothèque ! Tu n'as plus à t'inquiéter. Connor accepte de t'engager pour remplacer Dottie. N'est-ce pas gentil de sa part ?

Les genoux de Delaney se dérobèrent sous elle, et elle s'agrippa au piano pour ne pas s'effondrer sur le sol tel un ballon de baudruche qui se dégonfle.

— Mais… mais je n'ai pas besoin de son aide.

— Allons, chérie, est-ce une façon de remercier les gens pour leur gentillesse ? fit Millie, l'œil désapprobateur.

— C'est le petit-fils de Clive Armstrong, précisa Lula,

comme si cela pouvait faire une différence. Et, ne t'inquiète pas, il ne dira rien à personne concernant le bébé.

Delaney sentit l'air lui manquer. Lula savait pour le bébé ! Tante Millie l'avait dit à *tout le monde* ? Ce n'était donc plus un secret ?

— Je serai muet comme une tombe, confirma Connor, d'une voix basse et calme.

Malgré son affolement, Delaney se rendait bien compte qu'il prenait un malin plaisir à la voir en mauvaise posture. Il lui sourit, mais il n'y avait aucune chaleur dans ses yeux. L'angoisse la submergea. Qu'était-il donc en train de manigancer ?

Il lui tendit la main.

— Connor Armstrong. Ravi de vous rencontrer.

Elle accepta la poignée de main, tout en évitant son regard ironique, et joua le jeu de ceux qui ne se sont encore jamais vus. Elle était trop perturbée pour faire autrement. Tante Millie avait manifestement mis tout son cercle d'amis dans la confidence à propos du bébé et de sa situation professionnelle. Et tous avaient l'air décidés à résoudre ses problèmes, qu'elle le veuille ou non.

— Avec nous, ton secret est bien gardé, crut bon de la rassurer Ruby.

Si tante Millie elle-même n'avait pas réussi à garder ce secret, Delaney n'avait aucune confiance dans le reste de la petite assemblée. D'ici demain, toute la ville serait au courant.

— Je croyais que tu ne voulais parler du bébé à personne, observa Delaney à l'adresse de sa tante.

— C'était avant, répondit celle-ci avec un petit geste désinvolte de la main. Maintenant, c'est sans importance, puisque Connor s'est montré très compréhensif et qu'il veut bien t'embaucher, malgré ton état. N'est-ce pas, très cher ?

— Tout à fait, acquiesça-t-il avec un sourire mielleux.

Delaney retint avec peine un soupir exaspéré.

— Bon, tout le monde est prêt à passer à table ? déclara-t-elle brusquement, en prenant soin d'éviter le regard de Connor.

Par chance, tous les membres du petit groupe avaient besoin d'une loupe pour lire le journal. Aussi, s'il y avait quoi que ce soit sur son visage qui puisse trahir le fait qu'elle connaissait déjà « le si gentil petit-fils de Clive Armstrong » — de façon très intime, qui plus est —, personne ne s'en apercevrait.

— Tu ne veux pas discuter de l'offre d'emploi de M. Armstrong ? s'étonna Ruby.

— Je n'ai pas besoin d'un emploi, répliqua Delaney un peu trop hâtivement.

Tante Millie la regarda, l'air surpris.

— Tu as trouvé quelque chose ?

— Pas encore.

— Alors, pourquoi chercher ailleurs ? Ce travail au Running Y est parfait pour toi. Dottie va s'absenter quatre semaines. Connor te propose de rester après son retour, jusqu'à Thanksgiving, si la municipalité ne reconduit pas ton contrat. Tu ne trouveras jamais une offre aussi généreuse.

Thanksgiving. C'était dans sept mois. En d'autres termes, il lui proposait de rester jusqu'à la naissance de l'enfant… *son* enfant. Qu'avait-il donc derrière la tête ?

— Nous pourrons en discuter pendant le dîner, proposa tante Millie. Ruby a préparé une dinde qui ne peut attendre. La viande est déjà assez sèche comme ça.

— Ma dinde n'est jamais sèche, protesta Ruby, indignée.

— C'est toujours sec, insista Millie. C'est bien pour cela que je t'avais demandé d'apporter une terrine de poisson. Mais, non, il a fallu que tu nous amènes ta fameuse dinde.

Ruby se dressa de toute la hauteur de son mètre cinquante.

— Je prépare la dinde comme personne. Et tu le sais très bien, Millie Lawson, *toi* qui ne sais même pas cuisiner un poulet.

D'ordinaire, Delaney intervenait pour rétablir la paix, mais aujourd'hui elle était trop préoccupée pour cela. Le regard de Connor était rivé sur elle, elle le sentait, et elle n'osait imaginer ce qu'il mijotait dans sa tête.

— Millie est un véritable cordon-bleu, déclara oncle Ralph. Et j'adore ta dinde, Ruby. Ne nous disputons pas devant notre invité.

— Ralph a raison, renchérit Lula. Ceux qui ne sont pas capables de se comporter de façon civilisée ne goûteront pas à mes petits pains maison.

Tous se calmèrent dans l'instant. Parce que les petits pains de Lula étaient un délice et que tante Millie sembla soudain se souvenir de la raison initiale de ce repas…

— Delaney aurait pu préparer ce dîner, précisa-t-elle à l'adresse de Connor, tout en le poussant gentiment vers la table. Mais, le dimanche, c'est le jour où elle vend des tartes.

Elle l'installa face à Delaney et s'assit à côté de lui pour continuer à lui énumérer les nombreuses qualités de sa chère nièce.

— Elle fait le ménage aussi.

— C'est un plus, acquiesça Connor. Mais, dans la liste de mes priorités, l'honnêteté arrive en tête, bien avant les qualités domestiques. Je ne pourrais pas travailler avec une personne en qui je n'ai pas toute confiance.

Delaney lui décocha un coup d'œil, mais il n'ajouta rien et fit mine de se contenter de la réponse catégorique de Lula.

— Oh, vous pouvez avoir toute confiance en notre Laney. Il n'y a pas plus honnête. A vrai dire, nous ne savons pas comment elle a pu se mettre dans ce… cette situation fâcheuse. Elle n'a jamais été une fille…

— … volage.

Dans un chuchotement, Lula venait d'achever sa phrase pour elle.

— Bon, d'accord, elle est enceinte, intervint Ruby, en agitant la main comme s'il n'était pas nécessaire d'en faire tout un plat. Mais, au moins, elle ne se drogue pas.

Un muscle au coin de la bouche de Connor s'était crispé au mot *enceinte.*

— Je suis certain de pouvoir lui faire toute confiance, dit-il d'un ton doucereux qui mit Delaney affreusement mal à l'aise.

Puis la conversation dériva sur ses qualités de cavalière et son savoir-faire avec les animaux. Ignorant les commentaires pleins d'esprit de Connor à propos de chaque sujet soulevé, Delaney gardait les yeux rivés sur son assiette. Elle voyait clair dans son jeu. Il s'appliquait à gagner la sympathie de tous. Pour quelle raison, elle n'en avait aucune idée.

— Qu'est-ce qui ne va pas, Laney ? s'inquiéta oncle Ralph, tandis qu'elle l'aidait à rapporter les plats dans la cuisine.

— Rien.

— Tu as à peine touché à ton assiette et tu es aussi silencieuse qu'une souris. Pourquoi laisses-tu ces vieilles dames monopoliser la conversation ?

— Connor n'est pas en reste, marmonna Delaney.

Elle lui en voulait pour son charme facile et sa vivacité d'esprit dont il se servait comme d'une arme.

— Tu ne le trouves pas sympathique ?

— Oh, si ! mentit-elle.

Pour le moment, il lui était tout sauf sympathique. Elle avait manifestement commis une erreur en lui avouant la vérité sur le bébé. Elle aurait mieux fait d'écouter Rebecca et d'oublier ses scrupules.

— C'est gentil de sa part de te proposer la place de Dottie. Il n'a encore vu personne d'autre.

— Je préfère ne pas trop miser sur son aide, observa Delaney.

— Pourquoi ?

— Parce que, d'après Roy, il ne devrait pas tarder à retourner en Californie.

Oncle Ralph haussa ses épais sourcils blancs.

— C'est bizarre. Il ne me fait pas l'effet d'un gars sur le point de partir.

Delaney partageait elle aussi cette impression, ce qui la rendait d'autant plus inquiète. Elle ne tenait pas à affronter l'hostilité de Connor Armstrong pendant des années.

— Je trouverai un autre emploi, dit-elle avec une assurance qu'elle était loin d'éprouver. Je ne veux pas compter sur une offre provisoire.

— Il suffit de lui poser la question, objecta oncle Ralph. Dans ta situation, tu ne peux pas faire la difficile.

Tante Millie appela pour réclamer la pelle à tarte. Aussitôt, il courut la lui apporter. Delaney, quant à elle, prit tout son temps pour nettoyer les plats, mais le moment vint où elle ne put faire autrement que de retourner à table.

— Connor dit que tu pourrais commencer lundi, annonça Ruby en lui tendant une part de tarte.

— Impossible, répondit Delaney. La bibliothèque ne ferme que dans deux semaines.

— Dans ce cas, vous commencerez dans deux semaines, répliqua Connor. Je ne suis pas pressé.

A la vue de son petit sourire satisfait, Delaney grinça des dents et prit une énorme bouchée de tarte, essayant de gagner du temps pour se trouver une excuse valable.

Maintenant qu'ils s'imaginaient avoir trouvé la solution idéale, tante Millie et oncle Ralph n'étaient pas près de lâcher le morceau. Et Connor en profitait avec une jubilation manifeste.

— Je préférerais trouver un travail plus proche. Le ranch est à plusieurs kilomètres de Dundee et les routes sont verglacées le matin. Mes pneus ne sont pas neufs, ajouta-t-elle pour faire bonne mesure, espérant un peu de soutien de la part d'oncle Ralph qui s'inquiétait toujours de l'usure des pneumatiques.

— Bah ! C'est bientôt le printemps, déclara celui-ci.

— Et vous pourriez faire comme Dottie, suggéra Connor. Rester toute la semaine au ranch et rentrer chez vous le week-end.

— Nous disions justement que ce serait la meilleure solution dans ton état, renchérit tante Millie. Cela t'éviterait les trajets en voiture.

Delaney replia sa serviette de table, incapable d'avaler une bouchée de plus.

— C'est gentil, mais je compte poursuivre la vente de tartes. Il faudra que je rentre chez moi, le soir, pour les préparer…

— Il serait plus simple de les préparer au ranch, observa Connor d'un ton empreint de sollicitude. La cuisine est immense. Vous auriez tous les ustensiles et le temps nécessaires à votre disposition.

— Tu vois ? C'est parfait ! s'exclama Ruby. De toute façon, il a promis de te verser le même salaire que tu recevais en tant que bibliothécaire. Alors, avec le demi-salaire que tu vas encore toucher de la municipalité, tu n'auras même plus besoin de vendre des tartes et tu auras de quoi économiser pour le bébé.

Delaney s'obligea à esquisser un faible sourire.

— C'est très généreux, mais…

Connor leva les yeux sur elle, la frappant de toute l'intensité de son regard couleur d'ambre.

— Il y a un problème ?

Tante Millie s'empressa de le rassurer.

— Bien sûr que non. Elle commencera dans deux semaines, dès la fermeture de la bibliothèque.

— Connor, permettez-moi de vous dire que vous êtes un jeune homme absolument charmant, déclara Vern.

« Oh oui, absolument charmant ! » renchérit mentalement Delaney. Il croyait peut-être l'avoir piégée et la tenir à sa merci, mais elle allait lui montrer. Elle allait leur montrer à tous qu'elle était capable de dire non, pour une fois.

Sauf qu'elle avait beau se creuser les méninges, elle ne trouvait pas la moindre objection à opposer à la proposition de Connor. Cet homme était d'une intelligence redoutable. Et, si elle insistait trop, il y avait un risque pour qu'il annonce à la ronde qu'il était le père du bébé. Pire, il pourrait expliquer très exactement de quelle façon il s'était fait *piéger,* et détruire ainsi définitivement sa réputation d'honnête fille.

— Venez donc visiter le ranch demain, proposa-t-il négligemment.

Delaney se força à soutenir son regard.

— Dottie sera là ?

— Pour quelques semaines encore. Ensuite, nous serons entre nous, conclut-il avec le sourire que décoche un alligator à la proie qui s'est approchée un peu trop près de l'eau.

Delaney approuva d'un faible hochement de tête.

— Super.

— Oui, super, renchérit-il. Joyeuses Pâques.

***

Sa tête allait exploser si cette maudite sonnerie ne cessait pas. Lançant un bras hors de l'édredon que Rebecca avait dû jeter sur elle au milieu de la nuit, Delaney faillit tomber du canapé tandis qu'elle tâtonnait à la recherche du téléphone sur la table basse. Elle poussa un soupir de soulagement quand elle réussit à le déconnecter de sa base et que le silence revint.

Deux secondes après, elle se souvint que, lorsqu'un téléphone sonnait, il y avait généralement quelqu'un à l'autre bout du fil.

— Allo ? marmonna-t-elle, en rapprochant le combiné de son oreille.

— Rebecca ?

Décidément, l'audition de tante Millie se dégradait. Delaney jeta un coup d'œil à l'horloge au-dessus du téléviseur, surprise de voir les aiguilles afficher 10 heures. La pièce se mit à tournoyer. *Nausée matinale après une très très mauvaise nuit. Merveilleux.*

— Bonjour, tante Millie. C'est moi, Delaney.

— Tu as l'air bizarre. Je t'ai réveillée ?

— Euh, non. Enfin, oui. Mais il faut que je me lève, de toute façon. J'ai des courses à faire avant d'aller à la bibliothèque.

— Je voulais juste savoir à quelle heure tu pensais aller au ranch Armstrong.

Mon Dieu, le ranch ! Connor... Ce n'était donc pas un cauchemar.

— Je ne sais pas. Il faut que j'appelle.

— Tu préfères que je m'en occupe ?

— Non !

Delaney écarta les cheveux de ses yeux et batailla pour s'asseoir.

— Tu en as assez fait. Merci, tante Millie. Je vais m'en charger.

Il y eut un long silence. Elle ne s'en était pas rendu compte tout de suite, mais en fait sa tante se comportait avec elle de façon quasi normale — enfin ! La veille, elle l'avait même serrée dans ses bras au moment de partir.

— Je sais que tu fais de ton mieux pour m'aider, ajouta-t-elle. Et je t'en remercie.

— C'est normal, ma chérie. Je t'aime, fit tante Millie d'une voix émue. Même si je ne te félicite pas pour ce que tu as fait.

— Je comprends.

Delaney n'était pas fière non plus de ce qu'elle avait fait. Mais elle n'avait d'autre choix que d'en assumer les conséquences.

Il y eut un nouveau silence que rompit sa tante.

— Finalement, je suis contente d'être bientôt grand-mère. Je ne suis plus toute jeune. Alors, mieux vaut maintenant que plus tard.

En dépit de la boule au creux de son estomac, Delaney sourit.

— Merci, tante Millie. Tu crois qu'oncle Ralph voudra bien me pardonner lui aussi ?

— Ralph t'adore. Il s'en remettra.

Une boule serra la gorge de Delaney.

— Vous avez toujours été là pour moi, articula-t-elle, émue.

— Et nous le serons toujours quoi qu'il arrive, la rassura sa tante. A présent, fais-moi plaisir. Appelle ce cher Connor Armstrong et débrouille-toi pour obtenir ce travail. C'est exactement ce qu'il te faut, surtout maintenant que tu attends un enfant.

« Son enfant », précisa mentalement Delaney. Cette place

au Running Y était bien la dernière chose qu'elle voulait, mais il n'était pas question de se disputer avec tante Millie à ce sujet, alors qu'elle semblait décidée à passer l'éponge. Delaney promit de la rappeler une fois qu'elle aurait parlé avec Connor, puis elle raccrocha et regarda fixement le téléphone, tandis que le nœud dans son estomac se resserrait d'un cran.

« Salut, Connor. On ne se connaît pas. Nous n'avons rien en commun. Alors, si vous préférez poursuivre votre vie de votre côté et m'oublier, moi et notre bébé, je n'y vois aucune objection. Je peux très bien m'occuper seule de cet enfant. »

Quelle blague ! Il savait qu'elle n'avait pas d'emploi stable.

Rassemblant son courage, elle prit le téléphone. Oh, pourvu qu'une idée géniale lui vienne à l'esprit, ou que Connor soit déjà parti pour sa journée de travail ! Malheureusement, Dottie décrocha dès la première sonnerie et lui annonça qu'il n'était pas loin.

— Je vais le chercher. Il attendait votre appel.

Delaney tenta de résister à la nausée qui lui tordait l'estomac, mais, dès qu'elle entendit la voix de Connor, elle ne put faire autrement que de courir à la salle de bains.

Il était toujours au bout du fil quand elle revint cinq minutes plus tard.

— Où étiez-vous passée ?

Elle reprit son souffle.

— Je ne me sentais pas très bien.

— Il paraît que c'est le lot des femmes enceintes.

— En effet.

— Ne m'en veuillez pas si j'ai du mal à compatir. Quand passerez-vous au ranch ?

Delaney grimaça sous l'effet d'une nouvelle nausée.

— Je crois que nous devrions d'abord parler.

— N'est-ce pas un peu tard ? Parler ne résoudra rien.

— Vous me croiriez si je vous disais que ce bébé n'est peut-être pas le vôtre ?

— Non.

— Et j'imagine qu'il n'y a aucune chance que vous puissiez nous oublier et mener votre vie de votre côté, n'est-ce pas ?

— Aucune.

— C'est bien ce que je pensais, soupira Delaney.

— Je vois que nous nous comprenons, observa Connor, sarcastique.

— Comment cela ?

— C'est très simple. Jusqu'à présent, nous avons joué le jeu selon vos règles, mais il est temps de changer.

Delaney avait l'impression de discuter avec un parfait inconnu, en colère de surcroît et totalement hermétique.

— Ecoutez, tenta-t-elle malgré tout. Je comprends que vous soyez contrarié, mais sachez qu'il n'a jamais été dans mon intention de vous courir après pour réclamer de l'argent.

— Ah bon ! Vous pensiez vous adresser directement à mon grand-père ?

— Je ne sais pas de quoi vous parlez. Je ne veux pas vous causer d'ennuis.

— Tiens donc ! Combien vous a payée Stephen ?

— Je ne connais aucun Stephen.

— Naturellement. De toute façon, c'est sans importance. Vous allez rester au ranch jusqu'à la naissance du bébé. Ensuite, vous partirez. Compris ? Nous allons solutionner ce petit problème à ma façon.

Une peur panique saisit soudain Delaney au ventre.

— Je ne partirai pas *sans* mon enfant.

— Nous verrons. Pour le moment, contentez-vous de

faire vos bagages pour venir vous installer au ranch dès que la bibliothèque aura fermé.

— Je ne vais pas rester seule avec vous au milieu de nulle part.

— Au cas où vous n'auriez pas remarqué, vous êtes déjà au milieu de nulle part, à Dundee. Mais peut-être est-ce pour cela que vous m'avez mis le grappin dessus. Vous espériez avoir décroché votre billet de sortie ?

— Je n'ai pas besoin d'un billet de sortie. Je veux rester ici, chez moi !

— Vous allez déménager au ranch, sinon je causerai un tel scandale que vous ne pourrez même pas rester dans la région. Pauvre tante Millie ! Pauvre oncle Ralph ! Et tous vos vieux amis... Ils n'oseront plus relever la tête quand j'en aurai terminé avec vous.

Delaney imaginait sans peine le mal que pourrait faire Connor. Elle hésita. Dans l'immédiat, il était trop en colère pour l'écouter, mais, tôt ou tard, il finirait par se calmer. Elle pourrait alors le convaincre qu'elle n'était nullement intéressée par son argent ou celui de son grand-père.

— Très bien, capitula-t-elle. Je remplacerai Dottie jusqu'à son retour, mais c'est tout ce que je peux promettre.

— A dans deux semaines, *chérie.*

Puis il raccrocha.

Elle tenait toujours le combiné quand Rebecca fit irruption dans le salon, en nuisette, les cheveux en bataille.

— Qui était-ce ?

— Connor.

Delaney reposa le combiné et se couvrit le visage de ses mains.

— Qu'est-ce qu'il voulait ? questionna Rebecca en bâillant.

— Il a dit que j'avais intérêt à venir m'installer au ranch ou ça irait mal.

Rebecca haussa les épaules.

— Tu aurais mieux fait de t'en tenir à cette histoire de cancer, marmonna-t-elle en retournant dans sa chambre.

Après quoi, Delaney prit une profonde inspiration et rappela tante Millie pour lui annoncer la « bonne » nouvelle.

Chapitre 12

Deux semaines plus tard, Delaney était en route pour le ranch. Sur sa droite, la prairie s'étendait à l'infini et l'herbe jaunie de l'hiver commençait à verdir. Sur sa gauche, le soleil décrivait un arc de cercle au-dessus des Rocheuses dont les flans étaient encore couverts de neige. Le paysage était magnifique, mais elle n'était pas venue admirer la vue.

Elle s'engagea dans le chemin caillouteux qui conduisait à l'entrée du ranch et ralentit pour franchir le portail. Elle jeta un coup d'œil nerveux sur les bagages empilés à l'arrière. Elle avait pris de quoi s'habiller pour le printemps, car elle n'avait pas l'intention de rester sous le même toit que Connor Armstrong plus longtemps que nécessaire. Juste le temps de gagner sa confiance.

Elle reconnut le pick-up aperçu devant chez tante Millie, le dimanche de Pâques, et eut soudain envie de foncer dedans, histoire de passer ses nerfs. Mais elle ne le fit pas.

Delaney n'agissait jamais sous le coup de l'impulsion. Ses actions étaient toujours mesurées. Elle ne faisait jamais rien qui puisse donner une mauvaise image d'elle-même, rien qui puisse être blessant ou stupide, rien qui puisse avoir la plus petite conséquence négative. Cependant, aujourd'hui, elle en avait marre. Elle avait une furieuse envie de piquer une colère monstrueuse, une colère comme personne n'en avait jamais vu. Bon sang, tout ce qu'elle voulait, c'était un bébé ! Elle s'était toujours bien conduite, elle avait suivi ses principes à la lettre, elle était allée à l'église et s'était sacrifiée pour le bien de la communauté. Un bébé, était-ce trop demander ?

Apparemment oui. Depuis cette fameuse nuit à Boise, elle avait l'impression que son monde avait commencé à s'effriter et que la situation ne faisait qu'empirer. Elle était à présent l'otage du père de son bébé. Car à en juger par le message laconique laissé sur son répondeur, la veille, précisant qu'elle devait se présenter au ranch à 8 heures tapantes, Connor avait manifestement l'intention de profiter au maximum du pouvoir qu'il s'imaginait exercer sur elle.

Mais, s'il croyait pouvoir lui enlever le bébé, il se faisait des illusions ! Delaney posa une main sur son ventre. Personne, absolument *personne*, ne se dresserait entre elle et son enfant.

Bien décidée à ne pas se laisser faire, elle se gara à côté du pick-up, descendit de voiture et sortit ses deux valises qu'elle hissa sur le perron. Puis elle pressa la sonnette de la porte d'entrée une dizaine de fois sans interruption et ne put s'empêcher d'éprouver une intense satisfaction quand Connor finit par lui ouvrir, l'air contrarié et n'ayant pas terminé de boutonner sa chemise.

— Une seconde, bon sang ! grogna-t-il, le regard noir.

— Vous avez dit 8 heures tapantes, répliqua Delaney avec un sourire pincé.

Elle poussa ses valises près de la porte.

— J'en fais quoi ?

Sans prendre la peine de lui répondre ou de finir de boutonner sa chemise, Connor s'empara de ses bagages. L'air sombre, les pans de sa chemise flottant derrière lui, il précéda Delaney le long d'un couloir jusqu'à une chambre de taille moyenne.

Elle resta sur le seuil, tandis qu'il posait ses bagages au pied d'un lit double. La chambre était d'une austérité monacale : murs blancs et nus, parquet sombre, des rideaux bleu fané encadrant l'unique fenêtre, un fauteuil judicieusement disposé face à un petit téléviseur, et une commode surmontée d'un miroir. Au fond de la pièce, une porte donnait sur ce qui semblait être un minuscule cabinet de toilette dépourvu de baignoire. Dans l'ensemble, la pièce était propre, même si son mobilier datait d'une trentaine d'années.

— Voici votre nouveau foyer pour les prochains mois, déclara Connor. Défaites vos valises et retrouvez-moi dans la cuisine.

Delaney n'avait aucune envie de défaire ses bagages. En revanche, discuter avec lui de ces prochains mois et du bébé à venir aurait été une priorité. Mais il avait l'air pressé et le moment semblait mal choisi pour attaquer cette discussion. La raison de son air préoccupé était peut-être liée à l'atroce puanteur qui provenait manifestement de la cuisine.

— Dottie est là ? demanda-t-elle, en s'effaçant pour le laisser sortir de la chambre.

— Non. Sa fille a accouché plus tôt que prévu. Elle est partie pour Salt Lake, samedi soir.

Delaney le suivit dans le couloir.

— Qui fait la cuisine, alors ?

— Moi.

— Ah ! Je comprends pourquoi vous vouliez que je sois là à 8 heures.

Comme il ne répondait pas, elle regagna sa chambre et se laissa tomber sur le dessus-de-lit en chenillette. Elle resta ainsi plusieurs minutes à contempler fixement ses valises. Elle pourrait les vider, ainsi qu'il le lui avait *ordonné*. Sauf qu'elle n'avait pas l'intention de lui obéir au doigt et à l'œil.

Elle croisa les bras dans une attitude de défi, avant de pousser un soupir. En fait, il devait bien se moquer qu'elle déballe ou non ses affaires, du moment qu'elle restait ici. Et malheureusement, que ce soit pour sa réputation ou pour l'honneur de tante Millie et oncle Ralph, elle n'avait d'autre choix que de s'y plier. Pour le moment, du moins.

Elle se leva et fit lentement le tour de la pièce, examinant de plus près des affiches encadrées d'un certain W.H. Bartlett, représentant Londres au siècle dernier. Puis elle vérifia la literie, testa la télévision et se mit à la recherche de la salle de bains qu'elle trouva au bout du couloir.

Vingt minutes s'étaient écoulées. Bon, il était peut-être temps d'aller dans la cuisine, décida-t-elle sans enthousiasme. Mais la même obstination qui l'avait empêchée de défaire ses valises la renvoya vers sa chambre. Si Connor désirait la voir, il n'avait qu'à venir la chercher !

Un bruit de pas dans le couloir la fit sursauter. Elle se retourna, s'attendant à voir Connor lui aboyer après, comme il l'avait fait quand elle avait sonné. Mais ce fut Roy qui passa sa tête par la porte.

— Le patron brûle tout ce qu'il touche, dit-il en lançant un coup d'œil en direction de la cuisine. Vous voulez bien venir voir ce qui peut être sauvé pour notre petit déjeuner ?

Frustrée que Connor ait aussi facilement esquivé son petit accès de rébellion, Delaney hésita. Soit elle refusait et s'expliquait avec lui, ici et maintenant, devant Roy. Soit elle cédait et attendait qu'une meilleure opportunité se présente.

Elle pensa à oncle Ralph. Avant de partir chez le barbier, hier après-midi, il l'avait félicitée pour son nouvel emploi. Elle était manifestement revenue dans ses bonnes grâces. Il ne fallait pas perdre de vue non plus son objectif initial : amadouer Connor et le rallier à sa cause. Se quereller avec lui dès le départ serait contre-productif. Sans parler de ses économies en chute libre et de la possibilité de gagner un peu plus d'argent… Elle finit par hocher la tête. Elle avait devant elle sept mois avant l'arrivée du bébé — assez de temps pour reprendre le contrôle de la situation.

— Je viens, dit-elle. C'est quoi cette odeur ?

— Vous verrez.

Porridge carbonisé. Delaney déglutit et s'efforça de ne pas regarder la bouillie de flocons d'avoine débordant sur la cuisinière. Elle allait montrer à ces cow-boys qu'elle savait cuisiner. Connor pouvait bien la prendre pour une minable, elle possédait tout de même certaines qualités compensant ses défauts. Encore fallait-il qu'elle ne soit pas prise de nausées chaque fois qu'elle sentait l'odeur de la nourriture…

Posant une main sur le comptoir pour ne pas vaciller, elle s'efforça de sourire aux quatre cow-boys en train de boire leur café autour de la table. Qu'est-ce que Connor avait bien pu leur raconter à son sujet ? Pourvu qu'elle n'ait pas une tête horrible…

— Salut, les gars, dit-elle, tentant de recouvrer une contenance.

Elle connaissait de vue le petit brun trapu se balançant sur sa chaise, ainsi que son voisin de droite, plus grand et moins costaud. Roy fit les présentations. Le premier s'appelait Grady et l'autre Ben. Puis il se tourna vers un jeune homme blond d'une vingtaine d'années qui se tenait légèrement en retrait.

— Et voici Isaiah.

Delaney les salua, tout en réfléchissant à un plat simple et rapide à faire, qui ne sentirait pas le porridge.

— Une omelette, ça vous dit ?

— N'importe quoi plutôt que cette bouillie infâme,

répondit Isaiah, en pointant du doigt le bol posé devant Connor.

Ce dernier l'ignora. Tournant la page d'une revue posée près de lui, il prit une cuillère de son porridge et poursuivit sa lecture.

— Ce sera donc une omelette, déclara Delaney avec une gaieté forcée.

Roy s'empressa de lui apporter une poêle à frire, des œufs, du fromage, du bacon et une spatule. Le temps que Connor termine son porridge et pose son bol dans l'évier, la première omelette était prête.

— Vous en voulez ? lui demanda Delaney.

Il lui jeta un regard noir suffisamment clair. Il ne voulait rien venant d'elle.

— A tout à l'heure, les gars, lança-t-il avant de sortir.

Elle le regarda s'éloigner. Sept mois seraient-ils suffisants pour réussir à se faire comprendre de cet homme ? Certes, elle l'avait trompé et il avait le droit de lui en vouloir. Mais s'il voulait bien l'écouter, s'il voulait bien la *croire*…

— Ne vous en faites pas pour lui. Il cherche encore ses marques, lui dit Roy avec un clin d'œil.

Delaney força un sourire sur ses lèvres. Elle ne s'en faisait pas pour Connor — du moins, pas trop. Pour l'instant, elle se souciait surtout de pouvoir terminer la préparation du petit déjeuner, avant de se précipiter dans la salle de bains.

L'écurie sentait le crottin. La première fois qu'il y était entré, Connor avait trouvé l'odeur épouvantable, comparée au parfum de la terre riche et humide des vignobles de son grand-père dans la Napa Valley. Mais, au fil des jours, il avait fini par s'y habituer. Et, bizarrement, il en était presque venu à l'aimer. Cette odeur avait quelque chose de rassurant, elle était synonyme de travail et de sueur, mais aussi de grands espaces et de traditions.

Inspirant profondément, il s'efforça d'oublier le goût de brûlé de son petit déjeuner, Delaney et ses omelettes, ainsi que le silence désapprobateur de Roy face à son manque d'amabilité pour leur nouvelle cuisinière. Il prit sa selle et s'avança vers les box des chevaux.

Roy et les autres ne pouvaient pas comprendre. Ils ne savaient pas de quelle façon cette fille s'était servie de lui, ils n'avaient aucune idée du pétrin dans lequel elle l'avait mis. S'il existait une possibilité de sauver le ranch, il devait agir vite, avant que le secret de la grossesse de Delaney ne parvienne aux oreilles de son grand-père, sabotant ainsi la dernière chance que celui-ci lui avait accordée.

Connor posa la selle sur le dos de son cheval attitré, un hongre alezan répondant au nom de Trigger. Il lui flatta l'encolure, boucla les sangles et régla le harnais, impatient de retrouver l'air des grands espaces, là où rien d'autre ne semblait exister que la beauté âpre des montagnes, la condensation de son souffle dans le froid et la puissance de son cheval sous lui. Mais la sonnerie du téléphone l'interrompit avant qu'il ait pu sortir Trigger du box.

Il termina de resserrer les sangles, tout en jetant un coup d'œil par-dessus son épaule au téléphone mural dont la sonnerie incessante l'avertissait que quelqu'un — Roy probablement — essayait de lui passer un appel. Il finit par décrocher, mais, quand il porta le combiné à l'oreille, il le regretta aussitôt. C'était Stephen.

Un mauvais pressentiment l'étreignit. Ses oncles le contactaient régulièrement pour s'informer sournoisement de ses progrès, mais d'ordinaire ils appelaient le soir.

— Qu'est-ce qui se passe ? Ma mère va bien ?

— Vivian va bien, si on peut parler ainsi de quelqu'un

qui vit en ermite. Elle devrait songer à faire quelque chose de sa vie. Se dévouer à sa famille est certes d'une grande noblesse, mais notre père ne sera pas éternel. Quant à toi, nous savons tous quelle joie et quelle fierté tu lui apportes.

Le ton était ironique. Les mâchoires de Connor se contractèrent.

— Pourquoi appelles-tu ?

— Pour te faire part de nos décisions concernant le ranch.

— Quel genre de décisions ?

— Père a contacté un agent immobilier spécialisé dans la vente de propriétés et…

— Pour quelle raison ? l'interrompit Connor.

— Allons, Connor, tu le sais très bien, gloussa Stephen.

— Grand-père m'a donné un an. Je ne suis ici que depuis deux mois. Pourquoi diable a-t-il contacté cet agent immobilier ? Il veut déjà vendre le ranch ?

— En réalité, c'est moi qui ai organisé cette rencontre, précisa son oncle d'un ton plein de suffisance. Compte tenu du temps nécessaire à la vente de ce genre de produit, il est préférable de mettre le Running Y sur le marché dès maintenant. A moins d'une chance extraordinaire, il faudra bien une année pour le liquider en l'état.

— J'avais pourtant cru comprendre que grand-père souhaitait le garder.

— Question de sentiment. Mais c'est un homme d'affaires avant tout. Il sait que nous devrons finir par le vendre et qu'il est inutile de retarder l'inévitable.

— Tu mets la pression parce que tu as peur que les pertes du Running Y rognent ta part d'héritage, Stephen ? demanda Connor, tout en regardant distraitement Chance courir après les poules, devant l'écurie. Ou bien parce que tu crains que je ne fasse quelque chose de ce ranch, si on m'en donne l'occasion ?

— Comme si, *toi*, tu pouvais en faire quelque chose !

— Alors pourquoi tant de précipitation ?

— Ce n'est qu'une question d'argent, Connor. Rien de personnel, bien sûr.

A d'autres ! Avec ses oncles, tout était personnel. Stephen commençait à devenir nerveux, parce que Connor avait finalement décidé de rester pour tenter de renflouer le ranch.

— Quand sera-t-il mis sur le marché ?

— La semaine prochaine.

— A quel prix ?

— Il n'est pas encore fixé. L'agent immobilier a besoin d'établir des comparatifs. Mais, si j'ai mon mot à dire, nous le mettrons au prix qui permettra de le liquider au plus vite.

Connor regarda autour de lui les animaux, les harnais et le foin, s'imprégnant de cette odeur qu'il avait un jour détestée et qu'il en était venu à aimer. Ça faisait vraiment mal. Son grand-père ne lui faisait pas confiance, il l'avait su dès le départ. Pourtant, au fil des jours et des semaines, il s'était mis à y croire…

Mais peu importe ce qu'il croyait. Autant voir la réalité en face. Ses oncles avaient réussi à convaincre son grand-père de vendre le ranch. Et, quand la grossesse de Delaney ne serait plus un secret, ils disposeraient d'une arme supplémentaire contre lui.

Dire qu'il avait été assez bête pour s'imaginer qu'il pourrait réussir ! Il savait pourtant que Stephen et ses frères se ligueraient contre lui et finiraient par gagner. Impossible de rivaliser avec leurs ressources financières et leur absence de scrupules. Après toutes les raclées reçues de leur part, ses efforts ridicules pour leur résister, il ne s'était toujours pas mis ça en tête ! Mais comment avait-il pu avoir l'audace de croire que les choses pourraient tourner autrement ?

De sa chambre, Delaney prêta l'oreille. Les hommes

rentraient. Sa tension monta d'un cran quand elle distingua la voix de Connor. Elle avait passé la journée à se familiariser avec le ranch. Le dîner était prêt : purée de pommes de terre, viande braisée, carottes confites, soufflé aux épinards et petits pains confectionnés selon la recette de Lula. Elle avait visité l'écurie, nourrit les chiens, ramassé les œufs dans le poulailler et fait l'inventaire du cellier. Elle avait même trouvé le temps de préparer des tartes. Dans l'ensemble, c'était une bonne journée. Elle avait bien travaillé en dépit des nausées, et l'atmosphère au ranch était agréable et accueillante. Mais elle détestait ne pas savoir ce que lui réservait l'avenir. Elle devait à tout prix discuter avec Connor et cela ne pouvait pas attendre. Elle lui parlerait après dîner.

Elle enfila un pull propre, se donna un coup de peigne et courut dans la cuisine. Elle allait faire manger ces cowboys afin qu'ils rentrent rapidement chez eux et la laissent seule avec Connor.

Roy releva la tête quand elle entra et laissa échapper un petit sifflement admiratif.

— Vous êtes aussi jolie qu'une gravure de mode, Laney. Et le repas sent délicieusement bon.

Du coin de l'œil, elle vit Connor se renfrogner. Pour l'instant, autant ne pas s'en soucier. Elle sortit les plats du four et les disposa sur la table.

Le jeune Isaiah ne l'avait pas quittée des yeux depuis qu'elle était arrivée. Il lui adressa un sourire timide.

— Puis-je vous aider, mademoiselle Lawson ?

Connor se renfrogna encore davantage et le sourire de Delaney n'en fut que plus éclatant.

— Appelez-moi par mon prénom, Isaiah. Pas de cérémonie entre nous. Je crois que tout est prêt. Vous n'avez plus qu'à vous asseoir pour faire honneur au dîner.

— Vous ne dînez pas avec nous ?

— Pas ce soir, répondit Delaney, trop nerveuse pour avaler quoi que ce soit.

Le jeune homme accrocha de nouveau son regard.

— J'espère que vous allez vous plaire ici, et que vous resterez. Ce n'est pas tous les jours que des cow-boys ont la chance de trouver une aussi jolie dame pour leur préparer les repas.

— Bon sang, tu vas t'asseoir et manger ? aboya Connor.

Surpris par cette soudaine explosion de colère, tous les hommes le regardèrent, mais il fit comme si de rien n'était et prit le plat de carottes devant lui pour se servir.

Delaney s'éclipsa discrètement. Elle ne tenait pas à se mettre Connor à dos avant même d'avoir eu le temps de lui parler. Elle choisit donc de s'asseoir dans le salon, en attendant de pouvoir retourner dans la cuisine pour débarrasser la table et faire la vaisselle. Mais, aussitôt assise dans le canapé, elle réalisa qu'elle pouvait entendre tout ce qui se disait dans la cuisine.

— Qu'est-ce qui t'a pris ? demanda Roy.

Pas besoin d'être devin pour savoir à qui s'adressait la question.

— Rien, marmonna Connor.

— Je la complimentais juste pour le repas, dit Isaiah. Ça pose problème ?

— Tu es trop jeune pour elle, répliqua Connor. Garde tes distances.

A en juger par le silence qui suivit, Delaney imaginait sans peine la scène. Les fourchettes suspendues à mi-parcours entre l'assiette et la bouche, tous devaient regarder Connor avec des yeux ronds.

— Qu'est-ce que ça peut te faire ? protesta Isaiah. Ce n'est pas parce que la présence d'une jolie fille au ranch te transforme en ours qu'il en est de même pour moi. J'aimerais bien faire un peu plus connaissance, c'est tout.

— Tu n'as que vingt-deux ans !

— Et après ? J'ai le droit de préférer les femmes plus âgées.

— Je t'ai dit de garder tes distances.

Delaney tendit l'oreille. Isaiah allait-il encore argumenter ? Mais non, finalement il battit en retraite.

— Comme tu veux, dit-il, avec une pointe de mépris dans la voix.

Fin de la discussion. Plus un mot, rien que le bruit des couverts contre les assiettes et le grincement d'une chaise de temps en temps. En fait, plus personne ne parla jusqu'à ce que Roy et les employés du ranch se lèvent de table et commencent à sortir un par un de la cuisine.

— Merci pour le dîner, Laney… C'était délicieux… à demain matin, murmuraient-ils en passant devant elle.

Elle gratifia chacun d'un bonsoir, avant de retourner dans la cuisine où elle trouva Connor, toujours à table, le regard absent. Ils étaient enfin seuls.

— On peut se parler, maintenant ?

— Je n'ai rien à vous dire.

— Dans ce cas, vous pouvez peut-être m'écouter.

— J'en ai assez entendu. A moins que vous ne vouliez m'indiquer où je dois envoyer le chèque mensuel pour la pension alimentaire ?

— Je ne veux pas de votre argent, rétorqua Delaney. Et, si c'est tout ce qui vous inquiète, vous pouvez vous détendre. Parce que, en ce qui me concerne, vous êtes dégagé de toute responsabilité, de tout devoir, et de tout le reste. Je peux vous le mettre par écrit, si vous le souhaitez. Je veux que ce bébé soit entièrement à moi.

Connor se leva et glissa sa chaise sous la table.

— Dans ce cas, ce sera la dernière chose que vous obtiendrez, conclut-il d'une voix dangereusement calme.

Et il quitta la pièce.

Delaney se tournait et se retournait dans son lit, incapable de trouver le sommeil. Après sa brève discussion avec Connor, elle avait d'abord été tentée de jeter ses affaires dans la voiture et de rentrer chez elle. Puis la voix de la raison lui avait soufflé de patienter et d'attendre son heure. Il avait des moyens financiers dont elle ne disposait pas — elle n'avait pas de travail à l'exception de celui qu'il lui proposait —, si bien qu'elle avait peu de chances de l'emporter devant un tribunal s'il réclamait la garde de l'enfant. Et, quelque part au fond d'elle-même, elle s'accrochait aussi à l'image de l'homme doux et attentionné qu'elle avait rencontré à Boise. Un homme qui s'était inquiété de son plaisir quand ils avaient fait l'amour. Un homme qui avait eu l'air tellement déçu quand elle l'avait quitté... Il finirait certainement par surmonter sa rancœur et les choses s'arrangeraient.

Rejetant les couvertures, Delaney sortit du lit, enfila sa robe de chambre et prit la direction de la cuisine. Une tisane l'aiderait peut-être à se détendre, qui sait. Oui, mais si au contraire ses nausées empiraient après ? Elle se ravisa et alla donc s'asseoir dans le salon, le regard rivé sur les dernières braises du feu de cheminée qui rougeoyaient dans l'obscurité.

Sous le coup de l'impulsion, elle appela Rebecca, en se promettant de raccrocher si son amie ne répondait pas d'ici la troisième sonnerie. Beck décrocha aussitôt. Elle non plus ne dormait pas.

— Qu'est-ce que tu fais encore debout à cette heure-ci ? demanda Delaney.

— J'étais au téléphone avec Buddy.

— Comment va-t-il ?

— Bien. Il te transmet le bonjour. Je lui ai proposé d'avancer la date de notre mariage.

— Pourquoi ? s'étonna Delaney, se sentant étrangement démunie.

Rebecca allait se marier et déménager loin d'elle, l'abandonnant à son triste sort.

— Maintenant que tu n'es pas là de toute la semaine, je ne vois pas l'intérêt d'attendre, expliqua Beck. Je m'ennuie sans toi. Et j'ai hâte de commencer ma nouvelle vie.

Rebecca marqua une pause. Et Delaney savait bien pourquoi.

— Je croyais que tu avais arrêté la cigarette.

— C'était la semaine dernière. Comment ça se passe avec notre donneur de sperme ?

— Il me déteste.

— Ça te surprend ?

— Pas vraiment.

— Et tu comptes rester là-bas ?

Delaney s'enveloppa dans le plaid posé sur l'accoudoir du canapé. Elle commençait à avoir sommeil.

— Je ne sais pas. L'ambiance au ranch est sympa, mais…

Elle bâilla.

— … Connor, lui, n'est pas sympa du tout.

Chapitre 13

Pour la première fois depuis son arrivée à Dundee, Connor se dit qu'il ferait mieux de rester dehors, dans le froid glacial, plutôt que de rentrer au ranch. Il s'y sentait mal à l'aise depuis que Delaney en avait franchi le seuil, trois jours plus tôt. Quel homme serait heureux de vivre sous le même toit qu'une femme qui lui avait menti et s'était délibérément servie de lui ? Chaque fois qu'il la croisait, le sentiment de trahison était si fort qu'il alimentait sa colère en continu. Il ne pouvait se sortir Delaney de la tête, ça tournait à l'obsession. Sans compter que, dans sept mois, il lui faudrait aussi penser à l'enfant — *son* enfant.

Il n'avait pas l'étoffe d'un père. Il n'était même pas certain d'avoir encore un job cet été. Stephen avait appelé la veille pour le prévenir qu'un mandat de vente avait été signé avec l'agence immobilière. Une fois le ranch vendu, Connor n'avait aucune idée de ce qu'il allait faire, si ce n'est qu'il ne retournerait pas à Napa. Il en avait fini avec cet endroit, les copains de débauche, ses oncles, les disputes familiales, la jalousie et la cupidité. Ces quelques semaines au Running Y lui avaient au moins appris une chose : il adorait les grands espaces. Il y éprouvait une sensation de liberté comme il n'en avait jamais connu ailleurs.

Toutefois, l'arrivée d'un gamin changeait tout. Un enfant avait besoin d'argent, de soins, d'éducation, de racines…

— Pourquoi faites-vous cette tête-là ? questionna Roy en poussant son cheval à la hauteur de Trigger.

Mais comment diable pouvait-il voir son visage ? La nuit commençait à tomber, son chapeau était rabattu sur ses yeux et le col de sa parka remonté jusqu'aux oreilles pour se protéger du vent glacial.

— Quelle tête ?

— On dirait que vous en voulez à la terre entière.

Connor jeta un coup d'œil aux hommes de l'équipe qui les précédaient, puis se tourna vers Roy.

— Mon oncle Stephen a téléphoné, hier soir.

Roy cracha sa chique de tabac.

— Vous lui avez dit que nous allions faire payer les sites de camping ?

Connor secoua la tête.

— Inutile. Ils ont décidé de vendre.

— Ils ont *quoi* ?

— Ils ont mis le ranch en vente.

— Et vous allez les laisser faire ?

— Ce n'est pas moi qui décide, tenta d'argumenter Connor.

Roy resta silencieux quelques minutes.

— Je suppose que vous allez laisser tomber, finit-il par dire.

Le reproche implicite dans sa voix irrita Connor. Il serra les dents. Il était à deux doigts d'exploser.

— Que voulez-vous que je fasse ? Ce ranch n'est pas à moi.

— Avez-vous jamais songé à l'acheter ?

Connor lui jeta un regard noir.

— Vous savez très bien que je n'en ai pas les moyens.

— Depuis quand les problèmes d'argent arrêtent un Armstrong ?

Furieux, Connor tira sur les rênes de Trigger. Roy ralentit à son tour et se tourna vers lui.

— Je ne suis pas un Armstrong, grogna Connor.

Et puis, d'abord, où son régisseur voulait-il en venir ? Toute personne ayant vécu dans le coin depuis aussi longtemps que lui avait forcément entendu parler de son père biologique et des circonstances de sa conception. Il devait aussi savoir que sa mère avait été adoptée.

Quand Connor se mettait en colère, la plupart des gens préféraient s'éloigner prudemment plutôt que de l'affronter directement. De toute évidence, Roy était l'exception. Rapprochant son cheval, il regarda Connor droit dans les yeux et se pencha même vers lui.

— Vous n'êtes peut-être pas un Armstrong par le sang, dit-il. Mais vous me rappelez votre grand-père à tous points de vue. Et le Running Y est un endroit formidable pour y élever un enfant.

Sur ce, il effleura le bord de son Stetson pour le saluer et fit pivoter sa monture sous le regard ébahi de Connor.

— Qui vous a dit pour le bébé ?

Roy sourit.

— Vous n'êtes plus en Californie, répondit-il avant de lancer son cheval au galop pour rejoindre les autres.

C'était tout bonnement incroyable ! Il avait cessé de boire, de faire la fête, de se coucher à point d'heure, il avait cessé de gaspiller son temps et son argent, il avait même renoncé aux voitures de luxe et aux conquêtes féminines. Et c'était *maintenant* qu'il se retrouvait confronté au problème d'avoir un enfant illégitime ? Quelle ironie du sort ! songea Connor, en refermant le livre de comptes qu'il épluchait depuis une heure.

Certes, il avait pris sa part de risques, mais jamais il n'avait eu affaire à une femme comme Delaney. Comment aurait-il pu prévoir une telle catastrophe ? Il était seul dans un bar, en plein examen de conscience, quand — *vlan !* — cette fille était arrivée de nulle part dans sa petite robe noire. Dans le cas d'une femme plus expérimentée, il aurait pu se douter de quelque chose. Mais une vierge ? C'était là que ça ne collait pas.

Connor voulait voir en elle une personne froide et calculatrice, parce que c'était plus facile. Maintenir une ligne de défense dure, réfléchir à ce qu'il allait faire du bébé sans se soucier d'elle, oui, ce serait tellement plus simple. Malheureusement, le souvenir de la nuit passée avec elle ne collait pas avec une Delaney manipulatrice. Et plus il la côtoyait, plus il devenait difficile de garder d'elle cette image.

Se renversant contre le dossier de sa chaise, il ferma les yeux. S'il éprouvait parfois de la compassion à son égard, c'était uniquement parce qu'elle avait l'air malade, tenta-t-il de se convaincre. Elle avait maigri et, de toute évidence, elle ne dormait pas beaucoup. Il l'entendait souvent se promener la nuit dans la maison et ne pouvait que constater les cernes sous ses yeux au petit matin. Rien d'étonnant à ce qu'elle lui fasse pitié...

Mais c'était elle qui s'était mise dans ce pétrin, bon sang !

— Roy m'a dit que le ranch était en vente.

Connor rouvrit les yeux pour apercevoir l'objet de ses pensées debout sur le seuil du bureau. Il était près de minuit et il ne s'attendait pas à voir qui que ce soit. Encore moins Delaney qu'il évitait comme la peste. Pourquoi ne l'avait-il pas entendue arriver ?

Un rapide coup d'œil lui indiqua qu'elle était pieds nus.

— C'est vrai ? questionna-t-elle.

— Qu'est-ce qui est vrai ?

Il avait oublié sa question. Elle s'était avancée dans

la pièce et le discret mouvement de ses seins indiquait qu'elle ne portait pas de soutien-gorge sous son long pull gris. L'espace d'un instant, l'image mentale de son corps nu priva Connor de toute pensée cohérente, comme une sorte de court-circuit cérébral.

— … Que le ranch va être vendu ?

Il s'éclaircit la gorge et rouvrit le livre de comptes pour concentrer son regard sur les chiffres. En dépit de tout ce qu'il pouvait lui reprocher, il la trouvait toujours aussi attirante.

— C'est exact. Un mandat de vente a été signé, admit-il sans relever la tête.

Il avait répondu à sa question. Qu'elle le laisse donc tranquille à présent. Il pourrait de nouveau essayer de se convaincre que c'était une fille froide et calculatrice. Une opportuniste. Mais elle ne bougea pas et son regard resta posé sur lui.

— A votre avis, ça va prendre combien de temps pour le vendre ?

— Impossible à dire. Un mois, un an, peut-être plus.

— Que se passera-t-il ensuite ?

Connor haussa les épaules, comme s'il s'en moquait. Comme si le ranch n'était rien pour lui. Ce qu'il ressentait vraiment n'y changerait rien. Alors à quoi bon s'y attacher ? Les décisions concernant le Running Y ne lui appartenaient pas.

« Je suppose que vous allez laisser tomber… »

— Quelqu'un reprendra la suite, dit-il suffisamment fort pour effacer l'écho des paroles de Roy dans sa tête.

— Vous allez retourner en Californie ?

Connor laissa tomber ses comptes qu'il faisait semblant de relire. Il croisa les mains derrière sa tête et allongea les jambes.

— Ça reste à voir. Vous n'espériez tout de même pas réussir à vous débarrasser si facilement de moi ?

Le visage de Delaney s'empourpra. Elle le fusilla du regard.

— Ça suffit ! Rien ne m'obligeait à vous dire que j'attendais cet enfant.

— Sauf si vous comptez sur une aide financière.

— Vous savez très bien que je n'en veux pas.

— De toute façon, j'aurais fini par savoir pour le bébé.

Delaney haussa les épaules.

— Peut-être. Peut-être pas.

Connor la dévisagea et réalisa brusquement qu'il avait du mal à rester en colère.

— Alors, pourquoi me l'avoir dit ?

— Parce que j'avais honte de ce que j'avais fait. Mais je désirais un enfant et j'en avais marre d'attendre l'âme sœur. J'ai donc décidé d'être mère célibataire. J'ai eu tort. Je reconnais avoir commis une erreur Il y a cependant une chose que vous devez savoir.

— Quoi donc ?

— Je ne laisserai personne s'interposer entre moi et mon enfant.

Sur ce, elle tourna les talons et sortit, abandonnant Connor au tourbillon d'émotions qu'elle laissait dans son sillage. Quand il pensait à la façon dont elle s'était servie de lui, le sentiment de trahison était toujours aussi fort. Mais ça ne l'empêchait pas de garder ancrés en lui les souvenirs des instants partagés avec elle, et dans ces moments il avait presque envie de lui pardonner. Et puis il y avait le ranch, le bébé, l'avenir…

Connor se massa les tempes du bout des doigts. Qui aurait cru qu'il puisse attacher tant d'importance à tout ça ?

Le lendemain matin, il ne fut pas particulièrement ravi de trouver Rebecca dans la cuisine au lieu de Delaney.

— Où est votre copine ? demanda-t-il en se servant un café.

Occupée à préparer des œufs au bacon, elle lui jeta un coup d'œil par-dessus son épaule.

— Elle avait rendez-vous chez le médecin.

Connor en fut secrètement soulagé. Tout de même, cette perte de poids, il y avait de quoi s'inquiéter. Mais qu'attendait donc son médecin pour soulager ses nausées ? Il s'assit à sa place habituelle avec Roy, Grady, Ben et Isaiah qui sirotaient leur café en attendant leur petit déjeuner.

— Vous n'étiez pas obligée de venir la remplacer. Il suffisait qu'elle me demande de prendre sa matinée.

Rebecca se tourna vers lui.

— Elle n'a peut-être pas envie de vous demander quoi que ce soit.

— Il y a pourtant deux ou trois petites choses qu'elle aurait mieux fait de me demander, il y a deux mois, marmonna Connor dans sa barbe.

Malheureusement pour lui, Rebecca n'était pas sourde. Brandissant une spatule, elle se pencha par-dessus la table, prête à en découdre.

— Ce qui s'est passé ce soir-là était de ma faute. Pas la sienne !

Il jeta un coup d'œil gêné autour de lui.

— Ne parlons pas de ça maintenant.

— Pourquoi ? objecta-t-elle. Toute la ville est au courant !

Les collègues de Connor plongèrent le nez dans leurs tasses, comme si le café était soudain devenu un breuvage fascinant. Tous, sauf Roy qui avait manifestement du mal à retenir un sourire.

Connor le fusilla du regard, histoire de l'aider à se reprendre.

— Je me fiche des ragots qui circulent en ville. Cette affaire ne regarde que moi.

— Parfait. J'essaie seulement de vous expliquer que c'est moi qui l'ai poussée à faire ce qu'elle a fait.

— C'est donc vous que je dois blâmer ?

Rebecca haussa les épaules.

— Vous pouvez me reprocher ce que vous voulez, mais cessez de vous apitoyer sur vous-même. Ce qui s'est passé vous a plu autant qu'à elle.

Cette fois, Roy avait bien gloussé, c'était sûr et certain. Et, même si les autres avaient toujours le nez plongé dans leur tasse, il était sûr qu'ils souriaient de toutes leurs dents.

Repoussant sa chaise, il se leva, traversa la cuisine, arracha la spatule des mains de Rebecca et la tendit à Roy.

— Surveillez les œufs, d'accord ? lui dit-il.

Puis il entraîna Rebecca dans le couloir.

— Que cela m'ait plu ou non n'est pas la question, chuchota-t-il d'une voix âpre. Delaney a bouleversé ma vie et je n'ai pas eu mon mot à dire.

— Vous avez pris un risque, d'accord ? Vous avez fait confiance à une complète inconnue. Mais que votre vie soit bouleversée ou non dépend uniquement de vous.

Connor l'entraîna un peu plus loin dans le couloir, de crainte que ses collègues ne puissent entendre.

— Que dois-je comprendre ?

— C'est pourtant simple. Tout ce que désire Delaney, c'est un bébé. Rien d'autre. C'était soit vous, soit l'insémination artificielle, vu ? Et, soyons francs, vous étiez moins cher que la méthode scientifique.

Sidéré, Connor secoua la tête.

— Si je comprends bien, elle s'est servie de moi comme d'un vulgaire procédé de reproduction.

— Je dirais que vous vous êtes servis l'un de l'autre, rectifia Rebecca.

— Le plaisir mutuel est une chose. Un bébé en est une autre, rétorqua-t-il.

— Uniquement parce que vous savez qu'il y a un bébé en route. Si Delaney n'avait pas écouté sa conscience, à l'heure qu'il est, vous vivriez heureux dans l'ignorance absolue. Alors, vous voyez ? Toute cette histoire n'est qu'un énorme malentendu. Selon moi, vous feriez mieux d'oublier ce qui s'est passé.

— Je vais être père dans moins de sept mois, et vous me demandez d'oublier ?

— Pourquoi pas ? De toute évidence, cette situation ne vous enchante guère. Alors, restez à l'écart. Rien ne vous en empêche. Et c'est tout ce que demande Delaney.

Connor fronça les sourcils.

— C'est vraiment ce qu'elle veut ?

— Absolument.

Les paroles de Rebecca auraient dû le rassurer. Il aurait dû se sentir mieux. Bizarrement, c'était l'inverse. Il était blessé d'avoir si peu d'importance aux yeux de Delaney.

Que se passerait-il s'il saisissait l'échappatoire offerte par Rebecca et qu'il tirait un trait sur le bébé et sa maman ? Tout ce qui pesait si lourd sur ses épaules — ses craintes de ne pas être un bon père, sa peur des répercussions familiales et un avenir incertain — disparaîtrait alors en un clin d'œil. Il lui suffisait de tourner le dos à cette situation embarrassante.

Impossible. Il ne pouvait pas tourner le dos à son propre enfant.

— Désolé. Delaney a également pris un risque en se servant de moi. Il est hors de question que ce petit grandisse sans son père.

*
* *

— Je crois que tu as un sérieux problème, annonça Rebecca dès que Delaney revint de sa consultation chez le médecin.

— Quel problème ?

— Ne parle pas si fort. Connor pourrait nous entendre. Il est dans le bureau.

— Qu'est-ce qu'il fait ? questionna Delaney, en posant un plein sac de courses sur la table de la cuisine.

— Aucune idée.

— Alors, pourquoi ai-je un problème ?

Rebecca lui pressa affectueusement le bras.

— Il ne va pas te laisser tranquille, Laney.

— Que compte-t-il faire ?

— Je ne sais pas, mais il vient de me dire que ce bébé ne grandirait pas sans son père.

— C'est plutôt bien, commenta Delaney, s'efforçant de voir l'aspect positif.

Rebecca haussa les épaules.

— Crois ce que tu veux si ça peut te rassurer. Personnellement, je persiste à penser que c'était une erreur de lui parler du bébé. Dieu sait que j'ai essayé…

Delaney l'arrêta d'un regard.

— Beck, menaça-t-elle. Si tu prononces encore une fois les mots « je te l'avais dit »…

Son amie prit sa veste posée sur le dossier d'une chaise.

— Mais *je te l'avais dit*, c'est vrai, fit-elle remarquer non sans raison.

Delaney se mit les poings sur les hanches.

— Tu m'as aussi dit : « Aucune chance de croiser à Dundee le Donneur Lambda de Boise. »

Une expression coupable traversa le visage de Rebecca qui s'empressa de changer de sujet.

— Tu suis toujours ces cours d'affirmation de soi sur internet ?

— Non, j'ai laissé tomber.

— Pourquoi ?

— Parce que la vie suffit à m'enseigner tout ce que j'ai besoin de savoir.

Rebecca éclata de rire.

— On fait une sacrée paire, nous deux ! Moi, trop agressive. Et toi, pas assez.

— Si Connor essaie de m'enlever ce bébé, il verra à quel point je peux être agressive moi aussi, déclara Delaney, l'air déterminée.

Les mots n'avaient pas plutôt franchi ses lèvres que la porte de la cuisine s'ouvrit sur Connor.

Les deux amies échangèrent un regard inquiet.

S'il avait entendu quoi que ce soit de leur conversation, il n'en laissa rien paraître.

— Qu'a dit le médecin ? demanda-t-il.

Surprise par la question, Delaney échangea un nouveau regard avec Rebecca.

— Rien. Il m'a prescrit des vitamines.

Connor enfonça les mains dans les poches de son jean et appuya une épaule contre le chambranle de la porte.

— Il n'a rien dit concernant la perte de poids ?

Il avait donc remarqué ? s'étonna Delaney.

— Il pense que les nausées finiront par passer.

— Quel est votre médecin ?

— Le Dr Wiseman, à Boise.

— Il n'y en a pas de plus près ?

— Il y a un médecin généraliste à Dundee qui pratique également les accouchements, répondit-elle. Mais, si je vais chez lui, toute la ville sera au courant de mon état. Et je ne suis pas pressée de le crier sur les toits.

— Il semble que ce soit déjà fait, observa Connor.

— Comment ça ? demanda Delaney, prise d'une soudaine angoisse.

— Quelqu'un a vendu la mèche. Roy m'a parlé du bébé, l'autre jour.

— Il sait que je suis enceinte ?

— Il en sait bien davantage. Il sait que je suis le père.

— Mais… mais comment…, bredouilla Delaney, avant de se tourner vers Rebecca.

Cette dernière était anormalement silencieuse. Elle n'avait tout de même pas…

— Rebecca ?

Baissant brusquement la tête, celle-ci regarda sa montre.

— Waouh, déjà 10 heures ! Faut que j'y aille. J'ai des clientes qui m'attendent.

— Beck ! Comment as-tu pu ? hurla Delaney, indignée. Tu étais censée ne rien dire à personne !

Son amie pointa du menton vers Connor.

— Du moment que *lui* le savait, il n'y avait plus de danger. Et tout le monde se demandait si le père était Billy ou Bobby. Personne ne voulait me croire quand je leur disais que ce n'était ni l'un ni l'autre, expliqua-t-elle, la mine penaude. Alors, il a bien fallu que je donne quelques précisions.

— Du genre…

— Eh bien, que le père de ton bébé était nouveau venu dans le coin, quelqu'un que personne ne soupçonnait… ce genre de détail, quoi.

— Autrement dit, tu les as directement orientés sur Connor.

— Vous auriez préféré que tout le monde croie que le père était l'un des frères West ? lança Rebecca.

— Certainement pas, répondit Connor.

Puis il tourna les talons et quitta la pièce.

— Arrête-moi, mais… Il a bien dit qu'il préférait qu'on sache que c'est lui le père ? articula Rebecca, les yeux ronds. C'est quoi le message ?

Delaney secoua la tête.

— Je ne sais pas.

Chapitre 14

Tout le monde était parti. Assis dans son bureau, Connor feuilletait sans conviction le dernier numéro de *L'Eleveur de l'Idaho*.

Dès son arrivée, il s'était plongé dans toutes les revues d'élevage qui lui tombaient sous la main, pour apprendre le boulot d'une part, mais aussi et surtout pour récupérer tout type de renseignement susceptible de l'aider à sortir le ranch du rouge. Maintenant que celui-ci était mis en vente, il était inutile de se creuser la tête. Roy trouvait sans doute qu'il baissait les bras un peu trop facilement, mais il ne connaissait pas ses oncles. Ceux-ci n'auraient de cesse d'avoir récupéré l'argent de la vente pour investir dans un nouvel hôtel ou un nouveau vignoble. Pour eux, seul comptait le profit. Rien d'autre.

Mais pourquoi l'idée de laisser partir le Running Y le contrariait-il à ce point ? Le ranch mis en vente, il n'avait plus à se soucier de le remettre à flot. Et la question « serait-il capable de suivre les traces de son grand-père ? » ne se posait plus. Tout compte fait, ses oncles lui offraient une porte de sortie honorable. Cela dit, accepter lui donnait l'impression d'un terrible échec.

Il referma la revue. Et s'il appelait sa mère ? Il avait besoin d'entendre quelqu'un lui dire qu'il avait fait ce qu'il pouvait, mais que le sort du Running Y ne lui appartenait plus. Alors, seulement, il pourrait décrocher. Toutefois, Connor savait qu'elle penserait probablement comme Roy, qu'il était trop tôt pour baisser les bras.

— Vous allez rester assis ici toute la nuit, à regarder dans le vide ?

Roy avait passé la tête par la porte entrebâillée. Il sentait l'eau de Cologne à plein nez. Connor cligna des yeux.

— Je vous croyais en ville avec les autres.

— Non. Isaiah sort avec une fille, ce soir. Quant à Ben et Grady, ils prétendent être trop fatigués. Et vous ? Ça vous dirait un tour au Honky Tonk ?

Au souvenir de son dernier passage dans ce bar, Connor grimaça. Après la gueule de bois mémorable qu'il s'y était pris il n'y était plus retourné.

— Je ne crois pas. Je devrais plutôt…

En fait, il ne savait pas ce qu'il *devrait* faire. Maintenant que le ranch était passé sous le contrôle de ses oncles, sa liste des « choses à faire » n'avait plus grand intérêt.

— Allez, venez, fit Roy, en ajustant sur sa tête le Stetson qu'il portait pour les grandes occasions. Il est temps que vous sortiez le nez de ce bureau.

Connor n'aurait jamais imaginé entendre un jour quelqu'un lui dire une chose pareille.

— Delaney sera probablement là-bas, elle aussi, ajouta Roy.

Connor haussa les épaules comme si cela lui était égal. En réalité, il s'était tellement habitué à sa présence au ranch qu'elle lui manquait dès qu'elle n'était plus là. Surtout quand elle rentrait chez elle, le week-end…

— Alors ? demanda Roy.

— Pourquoi pas, répondit finalement Connor.

*
* *

— Ne te retourne pas tout de suite. Ton patron vient de passer la porte, chuchota Rebecca à l'oreille de Delaney, tandis qu'elles attendaient leurs consommations au bar.

— Flûte ! Impossible de lui échapper.

— Je ne l'avais encore jamais vu ici. Pourquoi est-il venu à ton avis ?

Delaney jeta un regard furtif sur la salle. Roy et Connor se frayaient un chemin à travers la foule. Le vieux cow-boy portait une chemise de style western et son Stetson en cuir. Connor, lui, était habillé plus simplement. Il ne portait pas de chapeau, uniquement un de ses jeans Wrangler qui lui allaient si bien et un pull décontracté qui soulignait ses larges épaules et attirait l'attention des femmes. Il s'arrêta pour répondre à quelqu'un qui l'interpellait. Il salua la personne en question d'un bref signe de la main, et Delaney en profita pour voir de qui il s'agissait. Gloria Palmer, une ancienne copine de lycée.

— Il est sans doute ici pour les mêmes raisons que nous, dit-elle, tout en éprouvant une pointe de jalousie — totalement injustifiée et inopportune. Il est venu chercher un peu de distraction.

— Ignore-le, commenta Rebecca. Ne le laisse pas te gâcher ta soirée.

Delaney prit la limonade que lui tendait son amie et toutes deux se dirigèrent vers le coin des jeux de fléchettes où les attendaient les frères West.

— Je viens de faire un triple Bull, annonça fièrement Billy en désignant la cible.

— Ça ne compte pas, protesta Rebecca. Nous n'avons pas encore commencé la nouvelle partie.

— Ça ne compte pas ? s'indigna Billy. Je savais que nous allions faire une autre partie, alors j'ai lancé le premier.

— C'est ton problème, rétorqua Rebecca. J'étais censée être la première.

— Qu'en penses-tu, Laney ? questionna Billy.

N'écoutant qu'à moitié, cette dernière cligna des yeux.

— Euh, oui… Quoi ?

Il pointa du menton vers la cible.

— J'ai le droit de garder ce triple, non ? C'est notre troisième partie et c'est à moi de commencer.

— Tu as déjà tiré le premier, observa son frère.

— Et après ? Si c'était *moi* que Rebecca épousait, je lui céderais peut-être mon tour. Mais comme elle nous préfère un gars du Nebraska, pas de pitié ! De toute façon, Laney est d'accord pour que je garde le triple, pas vrai, Laney ?

— Bien sûr, répondit-elle distraitement, en jetant un nouveau coup d'œil par-dessus son épaule pour voir Connor discuter avec un petit groupe de cow-boys près du juke-box.

— Ne faites pas attention à ce qu'elle dit, soupira Rebecca en levant les yeux au ciel. Depuis cinq minutes, elle n'a plus toute sa tête.

— Ce n'est pas vrai, protesta Delaney, brusquement tirée de ses pensées. Que vouliez-vous savoir ?

Billy haussa un sourcil interrogateur.

— Rassure-moi, Laney, tu ne bois pas, hein ? Tu sais que ce n'est pas bon pour le bébé.

Elle leva son verre de limonade.

— Je ne bois pas, juré.

— Alors, qu'est-ce qui ne va pas ? s'inquiéta Bobby. Tu ne te sens pas bien ?

— Pas du tout.

— Si tu es soucieuse parce que tu aimerais donner un père à ce bébé, Laney, fais-le-moi savoir, plaisanta Billy. Tu ne veux tout de même pas d'un petit-fils de millionnaire ? Tu veux un homme, un vrai. Un cow-boy comme moi.

Delaney réprima une grimace. Grâce à Rebecca, toutes les personnes qu'elle croisait savaient pour Connor et le bébé. Billy et Bobby l'avaient taquinée toute la soirée à ce propos. Au fond, elle était soulagée que ce ne soit plus un secret. Mais ce qui l'inquiétait, c'était la réaction des gens qui avaient le pouvoir de décider de son avenir de bibliothécaire. Quand ils connaîtraient son état, ils ne le prendraient sans doute pas aussi bien.

— A ton tour, fit Rebecca après avoir lancé ses trois fléchettes et terminé avec un triple dix-sept.

— Joli début, commenta Delaney.

— Ce n'est pas elle qui a commencé, c'est moi, rectifia Billy. Avec un triple Bull.

Delaney lança ses trois fléchettes et obtint un Bull à la première et un vingt à la troisième. Cela dit, elle avait du mal à se concentrer sur le jeu, avec Connor à quelques mètres à peine, entouré d'une nuée de femmes se pâmant à sa vue.

— Il n'est pas *si* séduisant que ça, marmonna-t-elle.

— Laney, tu peux dire ce que tu veux de cet homme, sauf qu'il est moche, protesta Rebecca. Moi, je le trouve beau comme un dieu. Et je ne suis pas la seule !

— Tu es de quel côté ? maugréa Delaney, en jetant un nouveau coup d'œil furtif par-dessus son épaule.

Cette fois, Connor la regardait et elle faillit en laisser tomber sa limonade. Détournant aussitôt les yeux, elle posa son verre sur le guéridon à côté du jeu de fléchettes et attrapa Billy par le bras pour lui demander de danser avec elle. Un peu surpris par cette requête soudaine, il obtempéra cependant. Quelques instants après, son frère et Rebecca les rejoignaient sur la piste de danse.

— Qu'est-ce qui vous arrive, les filles ? demanda Bobby, tandis qu'ils tournaient lentement au son de *I hope You Dance* de Lee Ann Womack.

— Connor est ici, expliqua Rebecca.

— Le petit-fils du millionnaire ?

Rebecca confirma d'un hochement de tête.

— Où ? questionna Billy avec un sourire espiègle.

— Ne regarde pas maintenant, gémit Delaney. Il nous observe peut-être.

— Dans ce cas, offrons-lui un peu de spectacle, mon chou.

Serrant Delaney contre lui, Billy enfouit sa tête dans son cou et s'accrocha à elle comme s'ils étaient amoureux.

— Je crois que tu as trop bu, marmonna Delaney en se tortillant pour revenir à une position plus décente.

Billy éclata de rire et posa un rapide baiser sur ses lèvres.

— Voyons si le spectacle lui plaît, glousse-t-il.

Mais Rebecca et Bobby ne semblaient pas partager son hilarité. Et, quand Delaney releva les yeux, elle comprit tout de suite pourquoi. Connor se frayait un passage à travers les danseurs et fonçait droit sur eux.

Elle regarda son cavalier.

— Si tu veux ta réponse : je crois que ça ne lui plaît pas.

— Tu as raison, ça ne lui plaît pas, répéta Billy, redevenu sérieux d'un seul coup.

Delaney n'eut pas le temps d'en dire plus. Connor avait déjà posé une main possessive sur son bras.

— C'est ma danse.

Billy hésita une seconde, puis recula.

— Bien sûr. Je la félicitais juste pour le bébé.

— Merci, dit Connor d'un ton sans appel. J'apprécie.

Mais ses mâchoires serrées, son regard indiquaient

clairement qu'il n'appréciait pas du tout. Et Billy était suffisamment lucide pour savoir quand s'effacer.

— Que faites-vous ? protesta Delaney, lorsque Connor glissa les bras autour de sa taille.

— Je danse.

Elle renversa la tête en arrière pour le regarder dans les yeux.

— Vous n'aviez pas le droit de nous interrompre.

— Le fait que vous portiez mon enfant me donne certains droits, vous ne croyez pas ?

Delaney voulut s'écarter, mais, pressant sa main dans le bas de son dos, il l'obligea à se balancer avec lui sur la musique.

— Vous n'êtes pas d'accord avec moi, *Laney* ?

— Tout dépend du genre de droits dont vous parlez, répondit-elle entre ses dents. Vous vous comportez comme si vous aviez votre mot à dire sur tout ce que je fais.

— Qu'est-ce qui ne va pas ? fit mine de s'étonner Connor. Maintenant que vous avez obtenu de moi ce que vous vouliez, je ne vous intéresse plus, c'est ça ?

« Je ne vous intéresse plus… ? » Au contact de son corps tout contre le sien, Delaney luttait pour refouler ses souvenirs. Il lui avait fait l'amour. Avec ses mains, sa bouche, il l'avait affolée de plaisir jusqu'à ce qu'elle oublie tout — sauf lui. Dans son esprit, et malgré leurs différends, il restait associé à l'image de l'amant idéal.

— Que voulez-vous que je vous dise ? dit-elle, en regardant autour d'elle, comme si la vue de têtes familières pouvait lui faire oublier qu'elle était de nouveau dans les bras de Connor. Je ne peux pas effacer ce qui s'est passé à Boise.

Rebecca lui tapota l'épaule par-derrière.

— Laney, nous retournons faire une partie de fléchettes.

— J'arrive, dit-elle, en essayant de s'écarter de Connor.

Mais, cette fois encore, il l'en empêcha et resserra l'étreinte de ses bras autour de sa taille.

— Elle vous rejoindra plus tard, dit-il à Rebecca.

Cette dernière regarda son amie, ne sachant si elle devait ou non insister. Delaney lui fit un petit signe de la main.

— Ne t'inquiète pas. J'arrive dans une minute.

Rebecca hésita encore une seconde, mais finit par hocher la tête et s'éloigna. Connor la suivit des yeux.

— Votre complice.

— Elle veut bien faire.

— Vous aussi, Delaney, vous voulez bien faire ?

Elle pouvait sentir le parfum de son eau de toilette, son souffle sur sa joue, la caresse de ses mains sur son dos. Où voulait-il en venir. Etait-ce une forme de torture pour la punir ? Manifestement, il lui en voulait toujours autant et ne pourrait sans doute jamais lui pardonner. Alors, pourquoi dansait-il avec elle ?

— Vous voulez que je m'excuse une fois de plus, c'est ça ? dit-elle d'une voix qui trahissait son trouble.

Il fronça les sourcils, puis secoua la tête.

— Je ne sais pas ce que je veux, en fait.

Sur ce, il la relâcha et s'éloigna, la laissant plantée seule au milieu de la piste de danse.

Connor vida son verre d'un trait. Avec un peu de chance, l'alcool apaiserait le tourbillon d'émotions conflictuelles qui transformait son esprit en champ de bataille. Il était furieux, mais c'était une réaction normale, compte tenu des circonstances. Ce qui n'était pas normal, en revanche, c'était la jalousie qu'il éprouvait chaque fois qu'il voyait Delaney danser ou rire avec quelqu'un. L'enfant qu'elle portait était à lui. Mais pas *elle,* nuance. Comme elle le lui avait précisé, elle était libre de faire ce qu'elle voulait. Il n'avait rien à dire là-dessus et il ne comprenait pas pourquoi la voir avec d'autres hommes le contrariait tant.

Ce qui s'était passé à Boise n'était pourtant qu'une aventure comme tant d'autres. Il avait couché avec des dizaines de conquêtes d'un soir dont il n'aurait accepté aucune réclamation. Mais, cette fois, il y avait un bébé en route. Et cet enfant les liait l'un à l'autre qu'elle le veuille ou non. Ce qui signifiait qu'ils se devaient mutuellement *quelque chose.* Et, selon lui, elle n'avait rien à faire sur le marché des « célibataires ».

Sauf qu'elle était toujours célibataire. Et lui aussi.

— On dirait que vous vous amusez comme un fou. Ça fait plaisir à voir, ironisa Roy, en se détournant du petit groupe d'hommes avec lesquels il discutait à la table voisine.

— Je m'éclate, répliqua Connor tout aussi sarcastique.

Ce faisant, il remarqua que le grand cow-boy blond, rencontré au magasin d'alimentation, s'approchait de leur table.

— Salut, Josh. Comment vont les affaires? demanda Roy.

— Je ne me plains pas. Et le Running Y?

Roy secoua la tête.

— On a connu mieux. Tu te souviens de Connor Armstrong?

— Bien sûr.

Connor serra la main que Josh lui tendait, ce qui l'obligea à ne plus penser à Delaney pendant quelques secondes.

— Content de vous revoir, dit-il. Asseyez-vous.

Josh tira une chaise, passa un bras sur le dossier et commanda une bière à la serveuse qui s'était précipitée vers leur table dès qu'elle l'avait vu.

— Une aussi pour moi, lança Connor.

La serveuse interrogea Roy du regard qui fit non de la tête. Puis elle s'empressa d'aller chercher leur commande.

Josh fit pivoter sa chaise de façon à avoir un œil sur la piste de danse.

— J'ai entendu dire que vous aviez mis le ranch en vente.

— C'est exact, répondit Connor.

— Combien vous en demandez ?

— Vous êtes intéressé ?

— Possible. Mon frère et moi recherchons des investissements à long terme. Nous pensons que la terre sera un bon placement, dès que la croissance reprendra. En attendant, nous pouvons toujours utiliser ces parcelles pour étendre notre affaire d'élevage de chevaux.

Connor ne put s'empêcher de songer à son grand-père. Il avait économisé sou après sou pour acheter ce morceau de prairie et il avait bâti une fortune à partir de rien. Au fond de son cœur, il n'avait pas envie de voir le symbole de cet héritage lui glisser entre les doigts. Mais toute la nostalgie du monde ne pourrait sauver le ranch de la faillite.

— Je vous enverrai une copie de l'annonce.

— Roy sait où me trouver, répondit Josh avec un sourire amical.

La serveuse revint avec leurs bières et Connor insista pour payer. Josh proposa d'offrir la tournée suivante. Mais, à la façon dont il lorgnait le coin de la salle où Delaney et ses amis jouaient aux fléchettes, Connor doutait qu'il y ait une prochaine tournée.

— Vous voyez quelque chose d'intéressant ? finit-il par demander, agacé.

— Quoi ?

Connor indiqua Delaney et sa bande de copains d'un mouvement de tête.

Josh fit la grimace et tourna le dos au petit groupe.

— Non. Beck est fiancée et je sors avec quelqu'un d'autre.

C'était donc Rebecca qui attirait son regard. Pas Delaney.

Connor avait du mal à comprendre qu'un homme puisse être attiré par Rebecca plutôt que par Delaney, mais, en cet instant, il décida que Josh Hill était un gars sympathique, tout compte fait.

— Josh ne pourrait pas sortir avec Rebecca même si elle était libre, gloussa Roy. Ils sont comme chien et chat. Ils ne peuvent pas se croiser sans se chamailler. Pas vrai, mon garçon ?

— C'est vrai. Je ne suis pas maso, plaisanta Josh.

Mais il y avait quelque chose dans sa façon de le dire qui incita Connor à se demander si ce n'était pas tout simplement de l'autopersuasion.

— Tu te souviens de la fois où elle avait écrit « Josh est un naze » avec de l'eau de Javel, sur la pelouse de tes parents ? Vous étiez encore au lycée.

Josh éclata de rire.

— Je ne suis pas près de l'oublier. Mon père était fou de rage. Il a fallu tout l'été pour remettre le gazon en état.

— Que lui aviez-vous fait ? demanda Connor.

— J'avais piqué une culotte dans son sac de gym et je l'avais accrochée au mât du drapeau de la mairie, répondit Josh avec un sourire espiègle. C'était déjà vache. Mais, le pire, c'est qu'à l'époque, Rebecca portait déjà des strings. Alors, évidemment, c'était encore plus gênant pour elle. Toute la ville était au courant.

— Tu n'as pas besoin de faire quoi que ce soit pour qu'elle se mette en pétard contre toi, précisa Roy. Elle n'a jamais pu te sacquer.

Josh lança un nouveau coup d'œil sur Rebecca.

— Mouais. C'est une bonne chose qu'elle se marie et finisse par se ranger.

Il y avait comme une pointe de nostalgie dans sa voix.

« Décidément, songea Connor, il n'est pas si convaincu de ça non plus. » Sur ce, une jolie brune s'approcha.

— Enfin, te voici ! dit-elle à Josh. Je t'ai cherché partout.

— Je vous présente Mary, fit le jeune homme. Tu connais le petit-fils de Clive Armstrong ?

La jeune femme secoua la tête avec un grand sourire.

— Je ne l'ai jamais rencontré, mais j'ai *beaucoup* entendu parler de lui.

Ça, Connor l'imaginait sans peine…

— Au fait, félicitations pour le bébé ! claironna-t-elle. Je ne savais pas que vous connaissiez déjà Delaney avant de venir vous installer ici.

« Nous ne nous connaissions pas », aurait pu rectifier Connor, mais il n'en fit rien. Mary sondait le terrain, il le sentait, et, que Delaney le mérite ou non, il ne la laisserait pas se faire ridiculiser par cette femme ou n'importe qui d'autre.

— Nous nous sommes connus à Boise, dit-il, en faisant comme si c'était il y a longtemps.

— Une rencontre inoubliable, j'imagine, minauda Mary.

Connor lui sourit.

— En effet.

« Un peu trop même », ajouta-t-il en son for intérieur.

— De quoi peuvent-ils bien discuter ? marmonna Rebecca, en jetant des coups d'œil furtifs sur Connor et Josh, pendant que Billy et son frère étaient allés leur chercher des boissons.

Delaney reposa ses fléchettes et se percha sur un tabouret, en prenant soin de tourner le dos à Connor pour ne pas être tentée de le regarder.

— Ils discutent de nous, forcément, dit-elle. Ils passent leur temps à nous observer.

Et, si elle le savait, c'était parce qu'à chaque fois qu'elle regardait Connor, il la regardait lui aussi.

Rebecca se mordilla les lèvres, signe qu'elle mourait d'envie de griller une cigarette, mais elle ne le ferait pas tant que Josh Hill serait là.

— Je n'avais pas vu Josh depuis des mois et, maintenant, voilà que je le croise partout, râla-t-elle. Et là où il y a Josh, il y a Mary.

Delaney dévisagea son amie.

— Beck, tu me fais peur ! Tu vas te marier dans un mois, et… je te l'ai déjà dit, mais je commence à croire que Josh ne t'est pas aussi indifférent que tu le prétends.

— Tu plaisantes ! Je me fiche complètement de lui. Je… je ne le trouve même pas beau.

Delaney plissa les yeux.

— Alors là, c'est un gros mensonge.

Rebecca la regarda d'un air boudeur avant de répondre :

— Bon, d'accord. Avec son mètre quatre-vingt-dix de muscles et son sourire de play-boy, Josh Hill ferait se pâmer n'importe quelle fille. Mais les seuls sentiments qu'il m'inspire sont de *mauvais* sentiments.

— Tu protestes trop pour être honnête, Beck.

— Quand j'avais huit ans, il m'a fait tomber de ma bicyclette et j'ai eu les deux genoux écorchés, s'indigna Rebecca, comme si cet incident avait une quelconque importance aujourd'hui.

— Et après ? Tu t'es vengée en lui mettant un œil au beurre noir. Et c'était il y a vingt-deux ans. Où veux-tu en venir ?

— C'est pourtant simple ! Je ne l'aime pas plus aujourd'hui qu'hier.

Delaney dévisagea son amie.

— Alors, tu es sûre ? Je veux dire… tu es sûre de vouloir te marier avec Buddy ?

— Evidemment, répondit Rebecca avec un petit geste désinvolte de la main.

— Vraiment sûre ? insista Delaney.

Son amie prit une fléchette et la lança en plein dans le mille.

— Il m'aime pour ce que je suis. C'est l'essentiel.

Elle en lança une seconde qui frappa un dix, ce qui comptait pour rien.

— Et Josh ? hasarda Delaney.

Cette fois, la troisième fléchette de Rebecca n'atteignit pas la cible. Elle s'écrasa au sol. Ceux qui jouaient juste à côté d'elles les regardèrent avec des yeux ronds. Rebecca leur décocha un regard assassin qui leur disait clairement de se mêler de leurs affaires. Ce qu'ils firent sans discuter.

— Il est fait pour Mary, répondit-elle. Les gentils garçons épousent les gentilles filles. Les quarterbacks épousent les pom-pom girls. C'est la vie.

Delaney attendit que Rebecca ait retiré ses fléchettes avant de lancer les siennes à son tour.

— J'espère que tu as raison… à propos de Buddy et de Josh, dit-elle. Parce que, franchement, je ne connais aucune fille aussi peu chanceuse que nous deux en amour.

— Pour ce qui est de la chance, ne cherchez pas plus loin, mesdames, s'exclama Billy qui revenait avec son frère.

Mais, avant que Delaney et Rebecca puissent leur dire d'arrêter de rêver, ils furent coupés net dans leur élan.

— Pas ce soir.

Au son de cette voix, Delaney rata son dernier tir qui faillit éborgner Rebecca.

Connor était là, debout près de leur table, tenant le manteau qu'elle avait jeté sur un tabouret.

— Venez, Delaney. Il est temps de partir.

Chapitre 15

Delaney le fixa, l'air étonnée.

— Etait-il prévu que nous rentrions ensemble ?

— Non, mais il est tard et, dans votre état, vous avez besoin de repos.

Delaney n'avait aucune envie de quitter la soirée maintenant. C'était la première fois depuis des semaines qu'elle prenait un peu de bon temps.

— Vous semblez avoir oublié que je ne rentre pas au ranch, dit-elle. Je suis en congé, le week-end.

Mais pourquoi diable Connor était-il si insistant ?

— Je sais. Je vais vous reconduire chez vous.

« S'affirmer, c'est défendre ses désirs et ses idées et ne pas se laisser dominer », se répéta Delaney comme le lui avait si souvent seriné son coach en ligne. Toutefois, s'affirmer n'interdisait pas non plus d'écouter le point de vue de son interlocuteur.

— Excusez-nous un instant, lança-t-elle à Rebecca, Billy et Bobby qui les regardaient, l'air ébahis.

— Tu te souviens de ce que j'ai fait à Josh quand il m'a fait tomber de bicyclette ? marmonna Beck. Je lui ai collé mon poing dans la figure.

Delaney craignait que ce ne soit pas aussi simple.

— Je reviens, dit-elle en prenant son manteau des mains de Connor.

Après l'atmosphère enfumée du bar, elle apprécia l'air frais de la nuit. Elle s'adossa contre le mur.

— Qu'est-ce qui ne va pas ?

Même si la lumière filtrant à travers les fenêtres du bar était trop faible pour qu'elle puisse lire une quelconque expression sur le visage de Connor, il était clair qu'il n'était pas content.

— Rien, dit-il. Tout va bien. C'est juste qu'il se fait tard.

— Tard ? Il n'est même pas minuit encore. Le bar ne ferme pas avant 2 heures du matin.

— Je n'ai pas envie d'attendre la fermeture.

— Moi si, décréta Delaney d'une voix ferme.

S'enfonçant les mains dans les poches, Connor fit quelques pas sur le trottoir, puis revint.

— Vous ne devriez pas boire. C'est mauvais pour le bébé.

— Je ne bois que de la limonade. Je ne fais rien qui puisse nuire à cet enfant.

Il hésita.

— Le tabagisme passif aussi n'est pas bon pour les femmes enceintes.

— Rebecca ne fume jamais devant moi et je viens ici deux fois par mois, grand maximum. Je ne pense pas prendre de gros risques.

— Pourquoi tenez-vous tant à rester ici ? questionna brusquement Connor. Pour pouvoir danser avec vos deux dons Juans ?

— Ils s'appellent Billy et Bobby. Ce sont des amis d'enfance. Et j'adore m'amuser avec eux. En quoi cela vous gêne-t-il ? Je trouve votre réaction bizarre. Vous êtes mon *patron*, je vous le rappelle.

— Je suis aussi le père du bébé que vous portez.

— Qu'est-ce que cela signifie ?

— Ce serait plutôt à moi de vous poser la question !

Connor s'appuya contre l'un des piliers qui soutenaient le porche du Honky Tonk. Son visage était dans l'ombre et Delaney avait du mal à voir ce qu'il ressentait. Il avait l'air contrarié et frustré. Pourtant, quand elle avait quitté le ranch, il allait bien. Pourquoi ce brusque changement d'humeur ?

— Je vais vous dire ce que cela ne signifie pas, répliqua-t-elle calmement. Cela ne vous autorise pas à me donner des ordres en dehors du travail et à décider où je vais et quand je dois partir.

— Ridicule, lâcha Connor. Je n'ai aucun droit sur vous. Si vous voulez danser avec un autre homme, vous êtes libre. Idem, si vous voulez rentrer chez vous avec quelqu'un d'autre que moi. Mais c'est aussi *mon* enfant que vous promenez avec vous.

— Je vous l'ai dit, je ne ferai rien qui puisse mettre la santé de ce bébé en danger.

— Ce n'est pas seulement le bébé.

— Alors, quoi d'autre ?

Malgré l'obscurité, elle le vit froncer les sourcils.

— Il ne me semble pas normal que vous puissiez sortir avec n'importe quel gars.

— Vous êtes pourtant libre de fréquenter les femmes que vous voulez, objecta Delaney.

— Je n'en ai peut-être pas envie.

Il se redressa brusquement, comme s'il était lui-même surpris par ses propres paroles, et tenta de rectifier le tir.

— Je veux dire… bien sûr, je tiens à ma liberté. Simplement…

— Vous ne voulez pas que j'aie la mienne ? suggéra Delaney.

— Non, ce n'est pas ça. Ce ne serait pas juste, j'en suis conscient. Mais…

Il s'interrompit avec une grimace.

— … Oh, et puis quoi ? Je ne sais pas, moi. Vous comptez vraiment rester jusqu'à la fermeture du bar ? Qu'allez-vous faire jusqu'à 2 heures du matin ?

— Rien.

— Alors, pourquoi faites-vous toute une histoire pour partir ?

— C'est *vous* qui en faites toute une histoire.

Il avait l'air tellement ennuyé qu'elle reste. Et si elle quittait le bar avec lui, après tout, juste pour lui faire plaisir ? songea Delaney l'espace d'un instant. Qui plus est, elle se sentait fatiguée.

D'un autre côté, il n'était pas question de lui accorder un quelconque pouvoir sur elle. Qu'elle reste quelques heures de plus au Honky Tonk ou qu'elle rentre chez elle, cela ne le regardait pas. Elle avait envie de s'amuser avec ses amis et de faire comme si elle n'avait pas fichu en l'air sa vie d'avant — celle qu'elle avait jusqu'à ce que Rebecca ne décide de quitter Dundee pour se marier et que tout ne bascule de façon irrémédiable.

— Cette conversation est absurde, dit-elle.

Connor ferma les yeux et se pinça l'arête du nez. Il y eut un silence.

— Vous avez raison, soupira-t-il. Je ne sais pas ce qui m'a pris. Retournez vous amuser.

Puis il s'éloigna dans l'obscurité.

Le moteur du pick-up eut quelques ratés avant de démarrer. Quelques secondes plus tard, ses feux arrière disparaissaient dans la nuit. Il lui avait fichu la paix, enfin. Elle était libre de retourner s'amuser à l'intérieur du bar avec ses amis. Alors pourquoi cela ne la tentait-il pas plus que ça ?

Elle avait rejoint Rebecca et les deux garçons, mais n'avait plus envie de jouer aux fléchettes, ni de danser. Elle ne pouvait oublier la frustration sur le visage de Connor, son trouble et sa contrariété. Elle se sentait fautive.

Son amie vint s'asseoir à côté d'elle.

— Laney, il était dans son tort. Alors, arrête de te culpabiliser, d'accord ?

Delaney posa le menton sur son poing.

— C'est moi qui ai tout déclenché, Beck. Si tu savais comme je m'en veux.

— Ecoute, Laney. Il ne tient qu'à lui de rester en dehors de cette histoire.

— Mais je ne veux pas qu'il reste en dehors, soupira-t-elle.

— Alors, qu'est-ce que tu veux ?

Delaney détourna les yeux. Pour l'instant, elle n'en savait rien. A cause de son comportement irresponsable d'une nuit, elle avait bouleversé sa vie et celle de Connor. Sans compter celles de tante Millie et d'oncle Ralph. Mais elle ne pouvait rien y changer désormais. Et même si cela avait été possible, dès qu'elle pensait à l'enfant qui grandissait en elle, elle savait qu'elle ne serait pas revenue en arrière pour tout l'or du monde.

— Je vais rentrer, Beck. Tu pourras te faire raccompagner ?

C'était bon d'être chez soi. Pourtant, Delaney ne cessait de penser au ranch.

Rebecca était restée au bar, en promettant de se faire ramener par quelqu'un de sobre, mais elle n'était toujours pas rentrée. Delaney se pelotonna dans son lit. Cela faisait si bizarre de se retrouver dans cette maison vide.

Elle s'était habituée à la présence de Connor sous le même toit qu'elle. Et là, seule dans sa chambre, elle ne pouvait s'empêcher de songer à toutes les fois où elle le croisait dans la journée... Le matin, quand il sortait de sa douche, ses cheveux encore humides, frisottant au-dessus des oreilles. Quand il partait travailler avec ses bottes et son chapeau de cow-boy. Quand il revenait pour dîner, sale et fatigué, mais toujours aussi séduisant. Le soir, quand il s'enfermait dans son bureau et qu'une barbe naissante ombrait sa mâchoire…

Celui que tout le monde considérait au départ comme un fils de riche, paresseux, incapable d'effectuer le travail d'un cow-boy, s'était très vite avéré être un travailleur infatigable, ne rechignant jamais à la tâche. Il avait rapidement gagné le respect des employés du ranch et des autres éleveurs de la région. Même Roy semblait être devenu son admirateur le plus fervent — en dehors peut-être des femmes que Delaney avait vues papillonner autour de Connor, ce soir.

Au souvenir de leurs regards énamourés, Delaney était bien forcée d'admettre qu'elle aurait été ennuyée de le voir danser avec elles. Pire, elle en aurait fait une maladie s'il avait ramené l'une d'elles dans son lit. Tout compte fait, la réaction de Connor à l'égard de Billy et Bobby n'était pas si étrange que ça. Il ne les connaissait pas et ne savait rien des relations d'amitié qu'elle entretenait avec eux depuis l'école primaire. Il ne pouvait donc pas savoir qu'ils ne constituaient pas une menace, ni pour lui, ni pour qui que ce soit d'autre.

Se tournant sur le côté, elle jeta un coup d'œil au téléphone. Il était trop tard pour l'appeler. Il dormait sans doute déjà. Lundi, quand elle retournerait travailler, elle lui dirait qu'elle comprenait sa réaction. Ensemble, ils essaieraient de trouver un moyen pour vivre en bonne entente jusqu'à la naissance du bébé.

La porte d'entrée s'ouvrit et se referma bruyamment.

— Au fait, Buddy a appelé ! cria Delaney quand Rebecca passa devant sa chambre.

— Qu'est-ce qu'il a dit ?

— Il faut que tu le rappelles demain.

— D'accord. On ira prendre le petit déjeuner dehors ?

— Je veux bien, répondit Delaney. Mais ne me réveille pas trop tôt.

— Aucun risque. Je croyais pourtant que tu devais te lever aux aurores le dimanche, pour préparer des tartes.

— J'ai décidé de ne plus en faire pendant les prochains mois.

— Tu es enceinte *et* tu ne fais plus de tartes, bâilla Rebecca. Seigneur, c'est bientôt la fin du monde !

— Le monde tel que je le connaissais a déjà disparu.

— Alors, qu'en pensez-vous ? questionna Connor d'une voix impatiente, le regard rivé sur Roy.

Ce dernier se pencha sur la revue ouverte sur le bureau.

— Vous m'avez tiré du lit pour me montrer un article qui date de… deux ans ?

— Exact.

— Ça ne pouvait pas attendre ? Il est 6 heures du matin.

Quand Connor avait appris que les frères Hill avaient de l'argent à investir, une idée avait germé dans son esprit. Une fois rentré au ranch, il avait passé la nuit à feuilleter chaque magazine jusqu'à ce qu'il ait trouvé ce qu'il cherchait.

— Vous savez ce que c'est ?

— Un terrain de golf, répondit Roy avec un soupir.

— C'est bien plus qu'un terrain de golf. C'est *la* solution !

Roy prit la revue et lut la légende.

— Les golfeurs viennent du monde entier jouer les dix-huit trous de ce parcours unique.

— Vous voyez ? Le golf, c'est le succès assuré, insista Connor. Les gens paient plus de deux cents dollars pour pouvoir jouer sur ce terrain.

— Possible. Mais réaliser et entretenir un parcours de

golf coûte une fortune. Vous ne pensez tout de même pas en faire un ici ?

— Pas seulement un terrain de golf, précisa Connor. Regardez ça !

Il prit une autre revue qu'il plaqua sur la première. Sur la page de gauche s'étalait la photo d'une cabane en rondins. Sur celle de droite, un article s'intitulait « DERNIER BASTION DE L'OUEST ».

— Je ne vois pas le rapport, bougonna Roy.

— Je songe à transformer une partie du ranch en centre de loisirs où il sera possible de chasser, de pêcher, de monter à cheval et de faire des feux de camp. Nous pourrions passer une annonce dans l'une de ces revues touristiques proposant des séjours western. Et nous assurerions nos arrières avec l'un des plus beaux parcours de golf des Etats-Unis.

— Vous n'auriez pas un peu trop taquiné la bouteille de whisky, hier soir ? questionna Roy.

— Pas du tout. Je n'ai jamais eu les idées aussi claires. Tout ce qu'il nous faut, c'est de l'argent.

— Bien vu ! C'est justement ce qui nous manque. Votre grand-père ne dépensera pas un centime de plus pour le ranch. Il vend, vous vous souvenez ? Il va nous envoyer promener.

Connor tapota la revue.

— Je suis d'accord avec vous, il ne sortira pas un sou. Mais avez-vous entendu ce qu'a dit Josh, hier soir ?

— Mouais. Il cherche des investissements à long terme. Mais là, c'est…

Roy secoua la tête, tout en regardant les revues sur le bureau, puis celles étalées à même le sol.

— … c'est complètement fou. Il ne s'agit pas d'acheter un bout de terrain, mais d'investir des millions de dollars. Josh a bien réussi, mais je doute qu'il possède suffisamment d'argent pour un tel projet. Sans compter qu'il a déjà son élevage de chevaux à faire tourner. Pourquoi se lancerait-il dans un secteur qui lui est totalement inconnu ?

— Parce qu'il est plus prudent de ne pas mettre tous ses œufs dans le même panier, répondit Connor. Et parce que nous lui offrons une chance de participer à une extraordinaire aventure. Nous nous occuperons de tout. Il devra seulement nous prêter l'argent.

— Votre grand-père a déjà mis le ranch en vente. Imaginons qu'un acheteur se présente aujourd'hui ou demain, nous ne pourrons rien y faire.

— Sauf si l'acheteur ne remplit pas les critères. Et, si son offre est d'un penny en dessous du prix demandé, nous serons en droit de refuser.

— *Nous ?* Mais nous n'avons pas notre mot à dire, objecta Roy. Et vous connaissez vos oncles. Ils ont hâte de se débarrasser de cet endroit. Je les ai eus au téléphone, moi aussi. Quand je leur ai parlé de l'idée du site de camping payant, ils n'ont rien voulu entendre.

— « Je suppose que vous allez laisser tomber », fit Connor, parodiant son régisseur.

Ce dernier se frotta le menton et le regarda d'un œil songeur.

— Vous êtes sérieux sur ce coup-là ?

— Je crois, oui. Il suffit que je trouve un moyen d'acheter le ranch. C'est risqué, mais cela en vaut la peine.

La sonnerie du téléphone les interrompit. Trop excité pour répondre, Connor laissa Roy décrocher.

S'il réussissait, le ranch resterait dans la famille. Il regagnerait l'estime de son grand-père et démarrerait sa propre affaire. Il pourrait ainsi subvenir aux besoins de son enfant et s'installer ici, avoir un *chez-lui*. Le projet serait tout aussi bénéfique pour Dundee. Des milliers de touristes viendraient y dépenser leur argent, sans détruire ce pays qu'il en était venu à aimer…

— Connor?

Le ton sinistre de Roy l'arracha à ses pensées.

— Quoi?

Roy lui tendit le téléphone.

— C'est votre mère. Clive a fait une crise cardiaque.

C'était trop tôt. Le jour qu'il avait tant redouté arrivait trop tôt. Après l'appel de sa mère, Connor s'était immédiatement rendu à l'aéroport de Boise pour prendre le premier vol à destination de San Francisco où il atterrirait dans moins de vingt minutes. La nouvelle l'avait assommé. Il savait bien que son grand-père ne serait pas éternel, mais il n'imaginait pas qu'il puisse disparaître maintenant.

Songeant à toutes ces années gâchées, Connor se sentit soudain plus honteux que jamais. Il avait mené une vie dissolue, se comportant comme si rien n'avait d'importance, histoire d'empoisonner ses oncles, persuadé de lutter contre eux, alors qu'en réalité il n'était qu'un pion entre leurs mains. Sans s'en rendre compte, il faisait leur jeu. Et maintenant que les choses essentielles de l'existence lui apparaissaient si nettes, si évidentes, il regrettait de ne pas s'en être aperçu plus tôt.

« Tiens bon, grand-père, j'arrive. »

Connor prit les revues qu'il avait montrées à Roy quelques heures plus tôt et les contempla fixement. Transformer le ranch en un centre de loisirs était un projet colossal qui exigerait des millions de dollars et une gestion sans faille. Mais il y croyait. Il sauverait le Running Y, pour son grand-père.

Et pour son enfant.

Connor prenait le petit déjeuner avec sa mère dans la

luxueuse maison de la famille Armstrong à Napa. Stephen débarqua sans prévenir. C'était la première fois qu'ils se croisaient depuis son arrivée.

La veille, sa mère l'avait conduit directement de l'aéroport à l'hôpital où ils étaient restés de longues heures au chevet de son grand-père. Ce dernier avait l'air en meilleure forme qu'il ne s'y attendait, mais il allait devoir subir une opération à cœur ouvert. En voyage d'affaires du côté de San José, Stephen était rentré tard dans la nuit.

— Mais ne dirait-on pas le cow-boy de la famille ! lança-t-il, en relevant la tête du journal qu'il lisait tout en marchant.

Connor baissa les yeux sur sa tenue vestimentaire identique à celle qu'il portait habituellement au ranch, exception faite de la veste en peau de mouton et du Stetson.

— Ne t'habitue pas trop à cette tenue, enchaîna aussitôt son oncle. L'agent immobilier devrait recevoir une offre cette semaine.

Sur ce, il s'assit à table, face à la mère de Connor à qui il tendit la page culturelle du journal.

— C'est tout ce que tu as à dire ? demanda Connor. Tu ne demandes pas des nouvelles de grand-père ? Tu sais qu'il a fait une crise cardiaque.

Sans prendre la peine de relever les yeux sur lui, Stephen se versa une tasse de café.

— Marjorie est allée le voir, tôt ce matin.

Marjorie, l'épouse « ascenseur social » et « partenaire de tennis » de Stephen.

— C'est à elle que tu délègues tes obligations familiales ?

— Je t'en prie, Connor, ne commence pas, intervint sa mère, les doigts crispés autour de sa tasse.

Mais, lui, il n'avait pas envie de laisser tomber. S'étirant sur sa chaise, il croisa les bras, attendant une réponse de son oncle.

— Je fais très exactement ce que mon père souhaite que je fasse, m'occuper avant tout de l'entreprise familiale, riposta Stephen, en reposant brutalement sa tasse sur la soucoupe. On ne peut pas en dire autant de toi.

— Quel fils dévoué ! railla Connor. Dis-moi, toi et tes frères, vous avez déjà ouvert le testament ?

— Connor ! s'écria sa mère.

Stephen laissa tomber la cuillère avec laquelle il remuait le sucre dans son café.

— C'est amusant que ce soit toi qui soulèves la question du testament, puisque tu es le seul qui risques de ne pas voir ton nom inscrit dessus.

— Je fais donc toujours partie des héritiers potentiels ? fit mine de s'étonner Connor. Je comprends que cette petite crise cardiaque vous ait donné des sueurs froides. Quel soulagement de savoir qu'il vous reste encore un peu de temps pour convaincre grand-père de me rayer de la liste.

Stephen se redressa d'un bond, les poings serrés, le visage rouge de colère.

— Espèce de bon à rien ! Comment oses-tu remettre les pieds sous mon toit et…

— Holà, doucement ! Grand-père n'est pas encore mort, l'interrompit Connor, sans se départir de son calme. Cette maison est toujours à lui. Et j'y suis toujours le bienvenu.

— Une fois le ranch liquidé, tu ne seras plus le bienvenu nulle part, promit Stephen.

— On verra pour le ranch, rétorqua Connor.

Une lueur de crainte traversa le regard de son oncle.

— Pourquoi dis-tu ça ? Qu'est-ce qui a changé ?

— Moi, répondit Connor avec un sourire désinvolte.

Chapitre 16

Delaney étudiait les notes prises lors de ses cours d'affirmation de soi. Mais, dans un cas pareil, laquelle de toutes ses techniques pourrait bien l'aider ?

Maintenant qu'une bonne partie des habitants de Dundee savait que Connor était le père du bébé, il devenait urgent de l'annoncer à tante Millie et oncle Ralph, avant qu'ils ne l'apprennent de quelqu'un d'autre. Elle appréhendait cependant de lâcher cette nouvelle bombe si tôt, alors qu'ils commençaient tout juste à se faire à l'idée de sa grossesse hors mariage.

Elle redoutait déjà les questions qui allaient forcément suivre.

Quel serait le rôle de Connor dans la vie de l'enfant ? Donnerait-il une pension ? Demanderait-il une garde partagée ? Questions auxquelles Delaney serait bien incapable de donner des réponses, puisqu'elle-même n'en savait rien. Elle n'était même pas certaine que Connor en ait une idée bien précise non plus. Et, une fois le ranch vendu, resterait-il en Idaho ? Retournerait-il en Californie ? Impossible à prévoir. Maintenant que Clive Armstrong avait fait une crise cardiaque, la situation était encore plus confuse.

Delaney se leva pour retourner les crêpes destinées au petit déjeuner des cow-boys, puis revint s'asseoir à table et lut la dernière note de son cours : « Pour réussir à s'affirmer, il ne faut pas craindre le rejet et ne jamais se demander : “Que vont-ils penser si j'agis ainsi ?” »

— Bonjour, lança Roy en entrant dans la cuisine. Qu'est-ce que tu étudies ? demanda-t-il en se servant un café.

Delaney couvrit ses notes.

— Rien d'important. Tu as des nouvelles de Connor ? Comment va son grand-père ? L'opération s'est bien passée ?

— Je l'ai eu hier soir au téléphone. Clive va bien. C'est un costaud.

— Quand Connor doit-il rentrer ?

Roy l'observa par-dessus sa tasse.

— Je ne sais pas. Il te manque ?

Delaney retourna devant les fourneaux préparer une nouvelle fournée de crêpes.

— Simple curiosité, répondit-elle.

Le vieux cow-boy hocha la tête et lui décocha l'un de ses sourires qui disaient qu'il voyait clair en elle.

— Josh Hill a appelé ce matin.

Roy recouvra instantanément son sérieux.

— Ah bon ? Qu'a-t-il dit ?

— Simplement qu'il souhaitait parler à Connor. Je lui ai conseillé de l'appeler sur son portable.

Il resta silencieux.

— Tu m'as entendue, Roy ?

Il opina lentement.

— Oui, j'ai très bien entendu.

Connor attendit que l'infirmière ait quitté la chambre avant de tirer près du lit l'inconfortable chaise pliante en plastique blanc qu'il s'appropriait à chaque visite.

— Alors, grand-père, comment te sens-tu ?

Ce dernier était encore pâle, mais il avait bien meilleure mine qu'après l'opération.

— Un peu mieux. Et toi ?

— Bien.

— Tu prévois toujours de retourner au ranch, aujourd'hui ?

— Oui, répondit Connor, en levant les yeux sur sa mère qui venait d'entrer dans la pièce, avec à la main un bouquet de fleurs fraîches, probablement cueillies dans le jardin de la maison de Napa.

Son parfum et celui des fleurs atténuèrent immédiatement l'odeur d'antiseptique qui régnait dans les hôpitaux.

— Bonjour ! Pourquoi ne m'as-tu pas réveillée ce matin, Connor ? Je serais venue ici avec toi.

Il s'était levé bien avant l'aube, utilisant la bibliothèque comme bureau pour finaliser son plan d'action avant de téléphoner aux frères Hill. Ces derniers s'étaient montrés très intéressés par le projet et prêts à participer financièrement. Il ne lui restait plus qu'à rédiger un accord de partenariat, faire une offre d'achat pour le ranch et trouver un entrepreneur expérimenté, capable de superviser les travaux de réalisation d'un golf et d'un centre de loisirs. Autant de détails qu'il ne pouvait gérer à distance. Maintenant que son grand-père était sorti d'affaire, il lui fallait impérativement rentrer chez lui.

Chez lui… L'idée le fit sourire. A peine quelques mois plus tôt, il considérait que l'Idaho ne valait guère mieux que la Sibérie. A présent, il s'y sentait comme à la maison. Il ne savait pas comment c'était arrivé, mais quand il songeait aux montagnes couronnées de neige, à l'air pur et transparent, à la petite ville de Dundee avec son épicerie, son snack-bar et son école, il avait hâte d'y retourner.

— J'ai préféré te laisser dormir, répondit-il à sa mère. Tu t'es tant inquiétée pour grand-père qu'un peu de repos ne pouvait pas te faire de mal.

— Mais c'est ton dernier jour ici, mon chéri. Et je vais très bien.

Du moment que le grand-père était tiré d'affaire, Connor savait que sa mère irait bien elle aussi. En l'adoptant, il lui avait offert un toit et tout son amour. Elle l'adorait. A ses yeux, il était et resterait toujours son héros.

Elle l'embrassa sur la joue, en fit autant avec son fils et s'installa sur le bord du lit.

— Je suis tellement contente de t'avoir eu à la maison, Connor. Dommage que tu repartes déjà.

— Moi aussi, j'ai été content de revoir mon petit-fils, renchérit son grand-père. Il a mûri. Je savais que le ranch ferait de lui un homme.

— Le ranch a fait un homme de qui ? demanda Stephen qui venait de faire irruption dans la chambre.

— Nous parlions de Connor, répondit sa mère. Il se débrouille plutôt bien avec le Running Y.

Stephen s'esclaffa ouvertement, malgré la présence de son père.

Décidément, il se croyait vraiment en territoire conquis.

— Mon neveu ? renchérit Stephen. Allons, ce garçon est une cause perdue d'avance ! Quand allez-vous donc ouvrir les yeux ?

Le grand-père fronça les sourcils.

— Je n'apprécie pas la façon dont tu essaies de semer la discorde quand…

— Quand quoi ? le coupa Stephen. Quand il te fait croire qu'il est en train de se racheter ?

— Comment oses-tu dire une chose pareille ? s'indigna la mère de Connor. Il faut toujours que tu le dénigres. Tu fais tout pour le discréditer.

— Maman, intervint-il. Je suis assez grand pour me défendre seul.

— Je n'ai pas besoin de faire quoi que ce soit pour le discréditer, rétorqua Stephen avec un petit sourire suffisant. Pour cela, il n'a besoin de personne. Je viens de discuter avec Dave Small, un des membres du conseil municipal de Dundee…

— C'est lui qui t'a appelé, vraiment ? l'interrompit Connor, se doutant que son oncle avait fouiné, histoire de lui chercher des noises.

Stephen l'ignora.

— Il m'a dit deux ou trois petites choses intéressantes sur le *nouveau* Connor.

— Qu'est-ce que ce gars-là a à voir avec mon petit-fils ou le ranch ? grogna son grand-père.

— Il n'a rien à voir, mais il en connaît un rayon sur le scandale occasionné par mon cher neveu.

— Un scandale ? s'étrangla le patriarche.

Stephen posa les coudes sur la barrière du lit, comme s'il savourait l'attention dont il était l'objet et la bombe qu'il s'apprêtait à lâcher.

— Vous connaissez Millie et Ralph Lawson ?

L'estomac de Connor se noua douloureusement.

— Bien sûr. Des gens très respectables que je connais depuis des années, répondit son grand-père.

— Eh bien, vous risquez d'entendre parler d'eux très bientôt. Connor a engrossé la bibliothécaire de Dundee qui n'est autre que leur nièce. Toute la ville en fait des gorges chaudes.

Stephen esquissa un sourire satisfait.

— Il semble que Mlle Lawson avait tout d'une sainte avant de tomber sur *lui*.

Le regard de Clive Armstrong se posa sur son petit-fils. La lueur de fierté qui y brillait quelques instants auparavant avait disparu.

— Ce n'est pas vrai, Connor ? Rassure-moi, tu n'as pas mis enceinte la fille de Millie et de Ralph ?

Connor se leva. Il s'était fait piéger sur toute la ligne. L'espace d'une seconde, il songea à expliquer ce qui s'était réellement passé — de quelle façon il avait cru rendre service à cette fille quand elle lui avait demandé de lui faire perdre sa virginité. Mais, avec le passé qu'il traînait derrière lui, ce genre d'excuse sonnerait faux. Le moment était venu d'assumer ses responsabilités et de faire ce qu'il fallait.

En dépit d'un brusque accès de rancœur contre Delaney, il força un sourire éclatant sur ses lèvres.

— Tu m'as coupé l'herbe sous les pieds, oncle Stephen. Juste comme j'allais annoncer la grande nouvelle !

— La grande nouvelle ? s'esclaffa Stephen, toujours aussi suffisant.

— Eh oui. J'attendais le bon moment pour l'annoncer et, grâce à toi, j'imagine que ce moment est venu.

Une lueur d'incertitude traversa le regard de son oncle.

— De quoi s'agit-il ?

Prenant une grande bouffée d'oxygène, Connor répondit en y mettant le plus d'enthousiasme possible.

— Je vais me marier.

Un ange passa. Sa mère se couvrit la bouche d'une main.

— Tu veux dire que… tu vas épouser la femme qui porte ton enfant ? questionna-t-elle.

— Oui. Delaney attend un heureux événement et je suis fou de joie, mentit Connor.

Son oncle le dévisageait, catastrophé, mais son grand-père avait l'air aux anges.

— Il ne pouvait pas t'arriver mieux, fiston. Les Lawson sont de braves gens et il était grand temps pour toi de te ranger.

Traversé par la vision fugitive de Delaney lui mentant

au bar du Bellemont, lui mentant dans sa chambre d'hôtel, Connor fut pris d'une soudaine envie de l'étrangler. Sans elle, il ne serait pas dans un tel pétrin.

Au moins, l'expression dévastée de Stephen était une consolation.

— C'est ce que je me suis dit, murmura-t-il.

— Tu ne m'as jamais parlé de cette fille, observa sa mère. Quand vous êtes-vous rencontrés ?

Concentrant toute son attention sur son oncle, Connor s'obligea à conserver son sourire. Pour le moment, il avait déjoué son plan, mais ce coup-là allait lui coûter très cher. Un mariage.

— Quasiment à la seconde où j'ai débarqué en Idaho.

— Il ment, réagit brusquement Stephen.

Tout le monde l'ignora.

— N'est-ce pas merveilleux, papa ? s'extasia sa mère. Connor va se marier et fonder une famille. J'ai hâte de rencontrer l'heureuse élue. Le mariage est pour quand ?

— Hum… nous n'avons pas encore fixé la date. Mais c'est pour bientôt, répondit-il, le même sourire de façade vissé aux lèvres. Tu en seras la première informée.

La première après Delaney, bien sûr.

— Alors, quand nous nous reverrons, ce sera à Dundee ? Vous allez vous marier là-bas, n'est-ce pas ?

— Certainement.

— C'est merveilleux ! s'extasia de nouveau sa mère.

« Fantastique », ironisa Connor en son for intérieur. Il ne lui restait plus qu'à convaincre Delaney. Elle ne sauterait sans doute pas de joie, mais puisque c'était elle qui l'avait mis dans ce pétrin, c'était elle qui allait l'en sortir.

Il était tard quand l'avion atterrit à Boise. Connor loua une voiture et prit la direction de Dundee. Le trajet lui donnerait deux heures supplémentaires pour réfléchir à la meilleure façon de convaincre Delaney de l'épouser.

Il ne pouvait pas la forcer. Par conséquent, il fallait l'amener à coopérer. Comment ? Ils ne se connaissaient pas vraiment et, jusqu'à présent, il n'avait pas été particulièrement sympa avec elle. Pour ne rien arranger, il n'avait pas grand-chose à lui offrir en terme de stabilité, compte tenu du risque financier qu'il s'apprêtait à prendre avec le Running Y. Par ailleurs, elle lui avait clairement fait comprendre qu'elle ne voulait rien de lui. Alors, évidemment, vu sous cet angle, ses chances étaient quasi nulles. Il disposait cependant d'une autre arme : la raison.

Ce mariage résoudrait une multitude de problèmes. Il permettrait au bébé de porter le nom de son père et de ne plus être un enfant illégitime. Il sauverait la réputation de Delaney et lui épargnerait des soucis financiers.

De son côté, ce mariage épargnerait une honte monumentale à son grand-père et réduirait considérablement le pouvoir de ses oncles sur lui. Il lui donnerait aussi certains droits sur Delaney. Une fois mariés, elle ne pourrait plus se comporter en célibataire, libre de danser des slows avec d'autres gars que lui. Ce serait un engagement entre eux deux et vis-à-vis du bébé. Et, si mademoiselle n'était pas contente, elle n'aurait qu'à s'en prendre à elle-même. Ce n'était pas lui qui l'avait forcée à passer la nuit dans son lit !

Quand il franchit le portail du Running Y, sa décision était prise. Il parlerait à Delaney dès le lendemain matin pour fixer la date du mariage. Ensuite, il se concentrerait sur le reste, à savoir comment acheter un ranch de neuf millions de dollars sans un sou. Sans compter qu'il y avait gros à parier que ses oncles s'y opposeraient farouchement s'ils imaginaient une seconde qu'il ait la moindre chance de réussir.

Il était le mouton noir de la famille, le bon à rien. Et voilà que, maintenant, il était sur le point de se marier, d'être père, d'acheter un ranch et de construire un énorme centre de loisirs doublé d'un parcours de golf. C'était peut-être complètement dingue, mais il n'avait aucune envie de changer de cap.

Avec un soupir, il se gara dans l'allée. Il avait demandé à Roy de prévenir Delaney qu'il rentrerait ce soir. Il espérait cependant qu'elle ne l'avait pas attendu. Il était fatigué et il n'avait pas les idées claires. Il serait bien assez tôt, demain matin, pour jouer cartes sur table.

Pourtant, quand il poussa la porte d'entrée et trouva la maison dans l'obscurité, il se senti étrangement déçu qu'elle ne soit pas là pour l'accueillir. Dormait-elle déjà ? Ou bien était-elle rentrée chez elle pour la nuit ?

Au lieu de gagner directement sa chambre, il remonta le couloir. La maison sentait le café frais et le feu de cheminée, mais il y avait aussi une pointe de Delaney — son parfum, peut-être. Et, soudain, il eut terriblement envie de la voir.

Il s'arrêta devant sa porte. Il n'y avait aucun bruit. Oserait-il faire irruption dans sa chambre sans frapper ? Elle ne s'était pas souciée de bouleverser sa vie, cette nuit-là, à Boise. Pourquoi devrait-il s'inquiéter de faire preuve de tact ?

Posant la main sur la poignée, il hésita, puis tout doucement, ouvrit la porte. Delaney était bien là. La lumière de la lune qui pénétrait par les persiennes suffisait à éclairer ses cheveux étalés sur l'oreiller, son profil délicat et son bras nu posé en travers des couvertures.

S'enfonçant les mains dans les poches, Connor s'avança au pied du lit et la regarda. Elle était belle. En dépit de tout, il éprouvait un inexplicable sentiment de fierté quand il songeait à elle, portant son enfant. Et quand il était étendu sur son lit, la nuit, il l'imaginait parfois lui prenant la main pour la poser sur son ventre et lui faire sentir les coups de pied du bébé. Il ne lui en fallait pas beaucoup plus pour que, dans ses rêves, elle le guide aussi vers d'autres endroits de son corps… Perdu dans ses pensées, Connor laissait affluer les souvenirs. Leur intimité, dans cette chambre d'hôtel, les hésitations de Delaney, la façon dont elle s'était lentement offerte à lui. Et qu'est-ce que ce serait de lui refaire l'amour ?… Ici. Maintenant.

Le désir brûla ses reins, tandis qu'il l'imaginait se réveiller et lui tendre les bras. Il aurait aimé l'entendre dire qu'elle ne voulait plus être seule. Qu'elle désirait bien davantage de lui que cet enfant. Qu'elle le désirait, *lui*.

Ridicule. Elle avait déjà obtenu de lui ce qu'elle voulait. Et son indifférence à son égard, l'autre soir au bar, en était la preuve. Il allait s'en aller, quand la voix de Delaney l'arrêta.

— Connor ? C'est vous ?

Il se retourna, le cœur battant.

— Oui, c'est moi.

— Que faites-vous ici ?

— Je m'assurais juste que vous étiez bien là. Je pensais que vous seriez peut-être retournée chez vous pour la nuit.

Elle ne répondit pas tout de suite.

— Vous avez besoin de quelque chose ? finit-elle par demander.

— Il faut que je vous parle, mais cela peut attendre demain matin.

— Vous êtes sûr ?

— Oui, aucun problème. Rendormez-vous.

Là tout de suite, il n'avait qu'une envie : la caresser, se

glisser entre les draps contre son corps. Et, s'il ne quittait pas cette chambre immédiatement, il ne résisterait pas.

— Il est tard, ajouta-t-il dans un murmure. A demain matin, alors.

— Connor? appela-t-elle alors qu'il refermait la porte.

Mais il ne s'arrêta pas et força ses jambes à le porter jusqu'à sa chambre.

Chapitre 17

Connor ne descendit pas pour le petit déjeuner et l'équipe partit travailler sans lui. Delaney supposa qu'il devait encore dormir, mais elle le trouva dans son bureau. Il avait l'air d'avoir passé la nuit debout, à en juger par ses habits froissés et sa barbe naissante.

— Je vous ai préparé des œufs au bacon.

Il y avait quelque chose de différent chez lui. Elle l'avait senti la nuit dernière quand il était venu dans sa chambre. Et elle le sentait encore maintenant, tandis qu'il relevait brièvement les yeux sur elle. Il semblait plutôt morose, mais ce n'était pas seulement ça. Il y avait aussi en lui quelque chose de plus intense, de plus déterminé.

— Posez-les ici, dit-il en repoussant des papiers sur le côté, avant de retourner aussitôt à son ordinateur.

Delaney posa le plateau sur le bureau. Il s'attendait manifestement à ce qu'elle s'en aille, mais, de son côté, il y avait plus d'une semaine qu'elle espérait pouvoir lui parler. Il était temps de décider de certaines choses pour les prochains mois. Comme il semblait l'ignorer, elle s'éclaircit la gorge.

— Il y a autre chose ? dit-il, sans détourner la tête de son écran

— Cette nuit, vous avez dit vouloir me parler, répondit Delaney. Il se trouve que, moi aussi, j'aimerais que l'on discute. Alors, c'est peut-être le moment.

Connor continuait de taper sur le clavier de son PC.

— Allez-y, je vous écoute.

— D'accord.

Elle attendit qu'il tourne la tête vers elle. En vain.

— Vous vous voulez bien arrêter une seconde ?

Il jeta un coup d'œil ennuyé sur sa montre et se détourna à contrecœur de l'écran.

— Je ne peux vous accorder que quelques minutes.

— Dans ce cas, remettons à plus tard, quand…

— Non, allez-y, se ravisa-t-il. Réglons ça maintenant. Ce sera un souci de moins.

Un souci ? Delaney frotta ses paumes sur son jean.

— Je voulais vous parler de ce qui s'est passé au bar, samedi dernier, avant que vous ne retourniez en Californie.

— Vous n'avez pas à vous inquiéter pour ça.

— Pourquoi ?

Il haussa les épaules.

— Parce que cela ne se reproduira plus.

— Ah vraiment ? Et qu'est-ce qui vous permet de dire ça ?

— A l'avenir, vous ne remettrez plus les pieds là-bas.

Les cheveux de Delaney se dressèrent sur sa nuque. Elle se rapprocha et se pencha par-dessus le bureau.

— Pardon ?

— Cet endroit est un lieu de rencontre pour célibataires, répondit Connor, comme si cela expliquait tout.

— Justement, je *suis* célibataire.

— Vous êtes également enceinte.

— Raison pour laquelle j'aimerais arriver à un compromis entre nous. Pendant la durée de ma grossesse, nous pourrions nous mettre d'accord pour…

— Pas besoin de compromis, coupa Connor. J'ai une meilleure idée.

Delaney redoutait déjà de l'entendre.

— Et c'est…

— Je crois que nous devrions nous marier.

Les jambes coupées, Delaney dut poser les mains à plat sur le bureau pour ne pas s'effondrer.

— J'ai du mal à comprendre ?

— Pas du tout, affirma Connor en retournant à son écran d'ordinateur. Réfléchissez-y et vous verrez que c'est la seule solution.

Le ton était sec. Neutre. Impassible. Delaney eut un mouvement de recul.

— Eh bien, moi, je ne crois pas que ce soit la seule solution.

Le regard de Connor croisa brièvement le sien, avant de revenir à l'écran d'ordinateur.

— Soyez raisonnable. C'est ce qu'il y a de mieux pour le bébé. Il porterait mon nom, ça sauverait votre réputation…

— Non !

Ce refus catégorique fit son effet.

— Quoi ? dit-il, oubliant enfin son ordinateur.

— J'ai dit *non*. Je ne vous épouserai pas.

— Vous ne m'avez pas laissé vous exposer tous les arguments en faveur de ce mariage. Je suis certain qu'une fois…

— Je les connais.

— Dans ce cas, pourquoi refusez-vous de m'épouser ?

— Aucune idée. Votre demande est si romantique que je ne comprends pas moi-même ! ironisa Delaney.

Sur ce, elle voulut quitter le bureau, mais Connor se leva et lui saisit le poignet avant qu'elle ait pu atteindre la porte.

— Quel est le problème, Laney ? C'est vous qui nous avez mis dans ce pétrin et, maintenant, vous n'êtes pas contente parce qu'il n'y a ni fleurs ni champagne ?

L'étreinte des doigts de Connor se resserrait sur son poignet. Elle voulut se dégager. Elle avait envie de le gifler.

Et elle se serait aussi giflée, par la même occasion, pour avoir provoqué un tel désastre. Il avait raison : c'était elle qui les avait mis dans cette situation. Comment avait-elle pu commettre une telle folie ?

— Je n'aurais jamais dû vous dire que j'attendais ce bébé !

— Vous n'auriez surtout jamais dû venir dans mon lit !

— D'accord ! Je le reconnais. Je regrette ce que j'ai fait, mais je ne peux rien y changer.

Les mâchoires serrées, Connor baissa les yeux sur elle. Subitement, sans qu'elle comprenne pourquoi, elle eut une vision fugace de sa bouche plongeant vers la sienne. Ils n'avaient jamais été aussi proches depuis la nuit passée ensemble, pas même lorsqu'ils avaient dansé, l'autre soir.

Son souffle caressait son visage, son cœur battait tout contre le sien et, pour une raison incompréhensible, une onde de désir parcourut tout son corps. Elle avait l'impression d'être prise dans un tourbillon d'émotions si rapide qu'elle ne pouvait les dissocier les unes des autres.

Connor avait sans doute ressenti la même chose, car elle perçut comme un changement en lui, juste avant qu'il ne s'empare de ses lèvres pour un baiser dur et exigeant, reflet de leur désir, leur frustration, leur colère et leur regret. Des émotions auxquelles il n'y avait aucune échappatoire, et qui les contraignaient à se cramponner l'un à l'autre.

Delaney glissa les doigts dans les cheveux de Connor, le pressant contre elle, tandis que leurs langues s'entrelaçaient et qu'elle s'abandonnait aux sensations qu'il avait éveillées en elle à Boise. Mais, cette fois, ce baiser était plus poignant, bien plus chargé de sens. Connor n'était plus un inconnu *lambda*. Elle était consciente qu'elle le désirait, qu'elle brûlait d'aller plus loin. Mais, en même temps, elle ne savait que trop bien qu'il ne lui pardonnerait jamais.

— Epouse-moi, souffla-t-il contre ses lèvres, sans cesser de les goûter.

Le cœur de Delaney se serra. La passion ne suffisait pas. La rancœur de Connor serait toujours là et finirait par reprendre le dessus. Et ça, elle ne le supporterait pas.

— Non, dit-elle, en s'arrachant à son étreinte pour se précipiter hors de la pièce.

Quand elle eut regagné sa chambre, Delaney resta de longues minutes debout devant la fenêtre, s'efforçant de calmer les battements de son cœur. Quelque part dans la maison, une porte s'ouvrit et se referma. Elle tendit l'oreille. Roy disait à Connor de se dépêcher, sous peine d'être en retard pour leur rendez-vous avec Josh Hill. La porte d'entrée claqua, puis le pick-up démarra et s'éloigna. Une fois le silence revenu, elle composa le numéro du salon de coiffure.

Ce fut Katie qui décrocha.

— Rebecca est là ?

— Beck, Laney au téléphone ! cria Katie par-dessus le bruit du séchoir à cheveux et de la caisse enregistreuse.

Rebecca se saisit du combiné.

— Laney ?

Cette dernière avait réussi à retenir ses larmes jusque-là, mais le simple fait d'entendre la voix de son amie les libéra.

— Qu'est-ce qui ne va pas, Laney ? s'inquiéta Rebecca.

— Je n'aurais jamais dû accepter d'aller travailler au ranch.

— Pourquoi ? Je croyais que tout se passait bien.

— Justement, ça ne va pas du tout, hoqueta Delaney. Je… je suis en train de tomber amoureuse de Connor Armstrong.

Il y eut un long silence. Puis Rebecca murmura :

— Laney, dis-moi que c'est réciproque.

— Tu crois que je pleurerais, si c'était réciproque ? Il me déteste.

— Dans ce cas, surtout, ne lui dis pas que tu l'aimes.

— Merci pour le conseil. Ça m'aide beaucoup.

— Comme tu es du genre à lui raconter ta vie, je préfère préciser, se justifia Rebecca. Qu'est-ce que tu comptes faire ?

— Quitter ce travail pour ne plus le voir.

— D'accord. Qu'est-ce que tu attends pour lui donner ta démission ?

— Il vient de partir avec Roy. Ils ont rendez-vous avec Josh.

Rebecca changea de ton.

— Qu'est-ce qu'il fiche avec lui ? questionna-t-elle d'une voix légèrement possessive.

— C'est pour affaires, je crois.

— Ah... Alors, tu vas lui dire que tu démissionnes dès qu'il rentre ?

— Oui.

— Super. Avec un peu de chance, tu seras de retour à la maison juste à temps pour aller faire un tour au Honky Tonk.

— Ta sympathie me touche, Beck.

— Je plaisantais, Laney. Qui va te remplacer ?

Delaney se laissa tomber sur son lit.

— S'il te plaît, ne me pose pas ce genre de question.

— Ecoute, Mme Peters attend pour sa permanente, alors, ne tournons pas autour du pot et allons droit au cœur du problème.

— C'est quoi le problème ?

— Tout simplement que tu ne partiras pas avant le retour de Dottie. Je te connais suffisamment pour savoir que tu ne laisseras pas l'équipe du ranch en plan. J'aimerais donc savoir ce que tu comptes faire *vraiment*.

— Je ne sais pas. Connor m'a demandé de l'épouser.

Il y eut un silence surpris au bout du fil.

— Et tu as répondu…

— Non, bien sûr !

— Pourquoi ? Tu viens de me dire que tu l'aimes.

Delaney se redressa.

— Beck, je refuse d'épouser un homme qui ne m'aime pas.

— S'il ne t'aime pas, pour quelle raison t'a-t-il demandée en mariage, alors ?

— Parce que c'est mieux pour le bébé. C'est ce qu'il a dit.

— Il n'avait jamais parlé mariage avant. Pourquoi ce revirement soudain ?

— Aucune idée.

— En tout cas, il a raison. C'est mieux pour le bébé, observa Rebecca.

— C'est tout ce que tu trouves à me dire ? soupira Delaney.

— Désolée, mais…

— Je sais, Mme Peters attend pour sa permanente. Va donc t'occuper d'elle.

— Je te rappelle, promit Rebecca.

— Inutile. On se retrouve au restaurant ce soir, avec tante Millie et oncle Ralph. J'ai proposé de les emmener dîner pour leur anniversaire de mariage.

— Ils veulent que *je* vienne ? s'étonna Rebecca.

— Non, c'est moi, admit Delaney. Dans mon état, j'ai besoin de quelqu'un qui fasse tampon. Et tu es plutôt douée pour attirer l'attention sur toi.

— Je vais prendre ça comme un compliment…

Delaney esquissa un sourire timide.

— A ce soir, Beck.

*
* *

— Pourquoi ne nous as-tu rien dit ? questionnèrent aussitôt tante Millie et oncle Ralph, dès que la serveuse les eut conduits à la table où les attendaient déjà Delaney et Rebecca.

— Vous dire quoi ? demanda Delaney, l'estomac noué.

Après ce qui s'était passé avec Connor ce matin, elle ne se sentait pas le courage d'affronter une nouvelle dispute. Elle n'avait toujours pas réussi à oublier l'intensité de ce baiser, ni la sensation de chute libre qu'elle avait éprouvée, comme si son cœur ne lui appartenait plus.

Oncle Ralph repoussa légèrement la table, afin que Millie puisse se glisser sur la banquette.

— Que le petit-fils de Clive Armstrong est le père de ton bébé.

Voilà deux semaines que les nausées avaient quasiment cessé, mais sur le coup son estomac manqua de se retourner de nouveau.

— Comment avez-vous su ?

— Ralph l'a appris à l'épicerie, de la bouche de Bertha Young qui venait de se faire couper les cheveux. Imagine la gêne de ton pauvre oncle, observa sa tante, l'air réprobateur.

Oncle Ralph confirma d'un hochement de tête et Delaney ne put s'empêcher de fusiller son amie d'un regard noir.

— Merci, Beck, marmonna-t-elle. Il fallait vraiment que tu mettes tout le monde au courant.

— Ils auraient fini par le savoir, se défendit cette dernière.

— Je ne comprends pas pourquoi tu nous l'as caché, se plaignit tante Millie, visiblement mécontente. Connor Armstrong doit faire face à ses responsabilités. Il n'est pas normal qu'un homme mette une femme enceinte et qu'il s'en lave les mains comme si de rien n'était. Et nous qui pensions que c'était quelqu'un de bien !

Delaney ravala un soupir. Elle allait devoir leur expliquer de quelle façon elle était tombée enceinte. Elle ne pouvait pas les laisser critiquer Connor pour quelque chose qui n'était pas de sa faute. Bientôt, toute la ville la regarderait de travers et murmurerait dans son dos. Elle s'apprêtait à ouvrir la bouche pour leur expliquer, quand Rebecca la fit taire d'un coup de coude et prit la parole.

— Madame Lawson, les temps changent, dit-elle avec un petit geste désinvolte de la main. Les femmes ont acquis leur indépendance et mènent leur vie comme bon leur semble. Les mères célibataires sont de plus en plus nombreuses. Surtout quand elles ont l'âge de Laney.

— Votre avis ne regarde que vous, mademoiselle Sparks, aboya Millie. Nous savons tous que vous êtes une fille aux mœurs légères.

— Le problème n'est pas là, protesta calmement Rebecca. Vous n'avez tout simplement pas le droit de vous mêler de la vie de Delaney.

— Vous avez entendu ça ? lança tante Millie à la cantonade. Nous sommes sa famille et nous n'avons pas le droit de nous *mêler* de la vie de notre nièce, que nous avons élevée comme notre propre fille ! Mais qui s'occupera d'elle et du bébé ? Certainement pas vous, mademoiselle Sparks. D'ailleurs, c'est à cause de vous si Delaney se trouve dans l'embarras. Je n'ai cessé de la mettre en garde contre votre mauvaise influence.

Agitant l'index à l'adresse de Delaney, elle ajouta :

— Maintenant, tu comprends pourquoi, Laney. Ecoute comme elle me parle !

Rebecca plissa les yeux, ce qui n'était pas bon signe. Il devenait urgent que Delaney tente de calmer tout le monde avant que son amie ne se transforme en missile et que tante Millie ne brandisse sa canne.

— Ce que Beck essaie de vous dire, c'est…

— Nous ne sommes pas nés de la dernière pluie, l'interrompit oncle Ralph. Nous avons parfaitement compris. Elle nous trouve vieux jeu. Mais, quelle que soit l'époque, ce qui est bien reste bien. Et ce qui est mal reste mal. Connor Armstrong a des responsabilités envers cet enfant et je vais faire en sorte qu'il les assume.

— Non ! C'est à moi de régler ce problème, protesta Delaney. Il n'est pas question que je lui réclame quoi que ce soit. Il n'est pour rien dans…

Rebecca la fit de nouveau taire d'un coup de coude et, les yeux écarquillés, pointa du doigt l'entrée du restaurant.

Connor Armstrong traversait la réception et se dirigeait vers leur table à grandes enjambées.

— Oh, non, gémit Delaney. Vous l'avez appelé ?

Tante Millie hocha la tête, l'air suffisant.

— Ne t'inquiète pas. Il a dit qu'il voulait justement nous parler et qu'il était inutile que nous prévenions son grand-père. Celui-ci est déjà au courant.

Rebecca émit un petit cri surpris, tandis que Delaney laissait retomber sa tête entre ses mains, totalement anéantie.

— Pas de mitraillette pointée sur moi ? fit mine de s'étonner Connor en tirant une chaise près de la table.

Il s'assit, croisa les bras et attendit d'entendre ce que le vieux couple avait à dire. Il ne comprenait toujours pas pourquoi ils avaient refusé de lui donner la moindre explication au téléphone. Delaney avait l'air de vouloir disparaître cent pieds sous terre et cela n'était guère rassurant. Il lui avait demandé de l'épouser. Elle avait refusé. Ensuite, Millie Lawson l'avait appelé en pérorant sur sa « responsabilité à l'égard du bébé ».

Si seulement il avait su dire non à Delaney, ce premier soir, à Boise…

— J'apprécie que vous soyez venu, commença Millie, en hochant la tête d'un air pincé, comme un vieux professeur d'école prêt à lui taper sur les doigts avec une règle. Nous avons pensé qu'il serait judicieux de discuter des suites à donner à cette situation… délicate.

— Je leur ai dit que ça ne les regardait pas, mais ils n'ont rien voulu écouter, intervint Rebecca à l'adresse de Connor.

De son côté, Delaney marmonnait quelque chose à propos de la vie dans une petite ville et quelle malchance c'était pour elle d'avoir grandi à Dundee. Mais tante Millie était visiblement trop indignée par l'intervention de Rebecca pour prêter attention à ce que racontait sa nièce.

— Je suis un peu la grand-mère de cet enfant. Par conséquent, ce qui se passe ici me regarde !

La serveuse leur apporta des chips et Beck commença à grignoter. Delaney avait cessé de marmonner, mais elle semblait trop nauséeuse pour avaler quoi que ce soit, et trop fatiguée pour supporter une conversation aussi contrariante que celle-ci. Connor eut brusquement envie de dire au vieux couple que leur nièce avait besoin de rentrer se reposer à la maison et qu'ils pourraient régler cette histoire plus tard. Mais, ensuite, il se souvint que c'était à cause d'elle qu'ils étaient tous ici — et qu'il pourrait peut-être user de l'influence du vieux couple pour arriver à ses fins.

— Alors, qu'avez-vous à me dire ? leur demanda-t-il.

Delaney s'empressa de répondre à leur place :

— Rien. Ils n'ont rien à dire. Tante Millie et oncle Ralph sont simplement… Comment dire ? Pour les comprendre, il faut les connaître. Dites-vous seulement qu'ils pensent bien faire, c'est tout. Vous verrez, ça aide.

— Nous voulons nous assurer que vous allez faire ce qu'il faut, déclara Millie.

— Et que doit-il faire ? marmonna Rebecca, entre deux

chips. Vous pensez qu'il devrait l'épouser même s'il n'est pas amoureux?

— Un enfant a besoin d'une mère et d'un père, dit Ralph. Mais qu'est-ce qu'ils ont, les jeunes d'aujourd'hui, bon sang? ajouta-t-il en se tournant vers son épouse.

— Je ne suis plus si jeune. J'ai trente ans, objecta Delaney, que personne n'écoutait.

— Le mariage peut paraître une excellente solution, mais ça ne marchera pas, poursuivit Rebecca.

— Quelqu'un va-t-il enfin m'écouter? s'indigna Delaney dans l'indifférence générale.

— Dans ce cas, ils auraient dû réfléchir avant de…

Oncle Ralph jeta un coup d'œil embarrassé à son épouse.

— … avant.

Delaney se redressa légèrement sur sa chaise.

— J'ai tout de même mon mot à dire. Il s'agit de moi et de mon…

Ignorant ses protestations, Rebecca se pencha pour prendre une poignée de chips tout en disant :

— Monsieur Lawson, ne croyez-vous pas qu'un divorce est plus douloureux pour un gamin que l'absence de père dès le départ?

— Mon enfant aura son père, intervint Connor.

— Vous voyez? commenta Rebecca. Le problème est résolu. Il tient à jouer son rôle de père.

Millie se pencha par-dessus la table et colla quasiment son nez sous celui de Rebecca.

— Vous voulez bien rester en dehors de cette histoire!

— Pourquoi ne laissez-vous pas Laney…

Cette dernière repoussa bruyamment sa chaise et se leva, attirant enfin l'attention de tous.

— Cette discussion est terminée, déclara-t-elle. Connor et moi, nous partons.

Millie et Ralph la regardèrent en clignant des yeux. Même Rebecca avait l'air surprise.

— Qu'est-ce qu'il y a, ma chérie ? demanda Millie.

— Connor et moi allons décider de ce qui est le mieux pour notre enfant et de ce qui ne l'est pas. Ensuite, nous vous le ferons savoir.

Notre enfant. Connor réprima une grimace. Ces deux seuls mots lui faisaient l'effet d'un seau d'eau glacée sur la tête. Et, comme si cela ne suffisait pas, il essayait d'aggraver son cas en y ajoutant une épouse !

La vieille dame prit un air blessé, mais Delaney saisit son sac à main et se glissa hors de la banquette.

— Je viens avec toi, proposa Rebecca.

— Non. C'est une affaire entre Connor et moi. Nous allons en discuter entre nous et je t'appellerai plus tard.

Ce fut au tour de son amie de faire la tête. Là aussi, Delaney l'ignora et se tourna vers Connor.

— Vous venez, oui ou non ?

Il leva les yeux sur elle et ne put s'empêcher d'admirer son regard bleu direct, ses cheveux bruns tirés en arrière, dégageant son visage à peine maquillé. Et, pour la première fois, il se dit qu'un mariage de *convenance* comme celui-ci ne serait peut-être pas si mal, après tout. Il souhaitait pour son enfant bien davantage que ce qu'il avait lui-même connu. Il voulait lui offrir la légitimité, un foyer normal, un couple de parents solide, une véritable famille. C'était simplement un petit peu prématuré.

Et il n'était pas certain de réussir à convaincre Delaney…

Chapitre 18

Assise dans le pick-up, Delaney regardait droit devant elle, refusant de tourner la tête vers Connor tandis qu'il conduisait. Elle ne daigna même pas lui jeter un coup d'œil, quand il sortit de la route principale pour se garer dans un chemin.

— Ça vous va, ici?

Elle hocha la tête. Il arrêta le moteur. Alors, seulement, elle se tourna vers lui. Qu'allaient-ils bien pouvoir se dire après ce qui s'était passé entre eux ce matin?

Au début, ils restèrent silencieux et se dévisagèrent un long moment dans un silence trop pesant pour être rompu.

— Vous n'avez toujours pas repris de poids, finit par observer Connor.

— Pas encore. Mais ça viendra.

— Quand?

Delaney haussa les épaules.

— Bientôt.

— Sinon, que se passera-t-il?

— Je ferai peut-être une fausse couche. Comme ça, il n'y aura plus de problème.

Connor posa les bras en travers du volant et regarda au loin, en direction des montagnes.

— Je n'ai pas envie que vous fassiez une fausse couche, répondit-il d'un ton bourru.

— Alors, que voulez-vous, puisqu'il nous est impossible de remonter le temps ?

Au lieu de répondre à sa question, il lui en posa une autre.

— Pourquoi avez-vous choisi de sauter dans le lit d'un inconnu pour faire un bébé ? Pourquoi n'avez-vous pas attendu d'être amoureuse ? Vous êtes une très jolie femme et tout le monde vous apprécie, ici.

Mal à l'aise sous son regard scrutateur, Delaney détourna les yeux vers le paysage qui s'étendait devant eux, l'herbe verte ondulant sous la brise et, plus loin, l'ombre d'un bosquet d'arbres.

— J'ai trente ans et je n'ai toujours pas rencontré l'âme sœur. Je voulais un enfant avant qu'il ne soit trop tard et je craignais de finir vieille fille.

Elle tourna de nouveau les yeux vers lui.

— N'avez-vous jamais commis d'erreur… pas par volonté de faire du mal à quelqu'un, simplement parce que vous aviez tellement envie de quelque chose ?

Connor poussa un soupir.

— J'ai commis beaucoup d'erreurs, mais je n'ai jamais eu envie de quelque chose au point de me battre pour l'obtenir. Excepté jusqu'à aujourd'hui.

— Que voulez-vous dire ?

Il la regarda droit dans les yeux.

— Cette fois, je vais me battre, Delaney. Pour le bébé. Pour le ranch.

Une vague glacée saisit la nuque de Delaney, mais elle n'osa lui demander de quelle façon il comptait se battre pour le bébé.

— Je croyais que votre grand-père avait mis le ranch en vente.

— C'est exact. Je vais l'acheter et le transformer pour le rendre rentable.

— Vous allez donc rester à Dundee.

— Oui.

Elle absorba l'information, ne sachant si elle devait s'en réjouir ou non.

— Et pour le bébé ? Vous allez demander une garde partagée ?

— Non. Je veux vous épouser.

L'épouser… Il n'avait donc pas compris ?

— Ecoutez, Connor… se marier ce n'est pas seulement élever un enfant ensemble. Que faites-vous de l'amour ?

— Les mariages d'amour se terminent parfois par un divorce. Les sentiments ne constituent pas un filet de sécurité.

— Oui, mais s'aimer est important pour démarrer. Que se passera-t-il si, par exemple, l'un de nous a des manies que l'autre ne peut supporter ? Ou si ensuite l'un de nous rencontre l'âme sœur et regrette notre… notre arrangement ?

— Si cela devait arriver, nous pourrions très bien nous mettre d'accord sur une séparation à l'amiable avec une garde d'enfant partagée. Le bébé portera mon nom, vous aurez tout le soutien financier que je peux offrir, et je ne ferai pas honte à mon grand-père face à des gens qu'il connaît depuis toujours et qu'il respecte.

C'était donc cela. Il le faisait pour son grand-père.

— Vous craignez qu'il vous déshérite si vous ne faites pas ce qu'il faut ? demanda Delaney de but en blanc.

— Pas du tout. Cela n'a rien à voir avec l'argent.

Il s'agissait donc de quelque chose de plus important, de plus profond… Elle avait mis Connor dans le pétrin et il faisait de son mieux pour essayer d'arranger les choses. Vu sous cet angle, comment pouvait-elle s'y opposer ?

Triturant nerveusement la courroie de son sac à main, elle tenta de s'imaginer mariée avec lui, portant son nom, dormant dans le même lit, faisant l'amour, vivant avec lui. Et son cœur se mit à battre plus vite. Une part d'elle-même n'aspirait à rien d'autre. Mais l'autre part lui brossait le tableau d'une vie malheureuse avec un mari qui lui en voudrait jusqu'à la fin de ses jours. Pourrait-elle vivre avec un homme qui ne l'aimait pas ?

— Si l'un de nous deux était malheureux, nous nous séparerions à l'amiable. C'est bien ce que vous avez dit ?

Connor approuva d'un hochement de tête.

— Il est certain qu'une éducation traditionnelle serait mieux pour le bébé, réfléchit tout haut Delaney, comme pour s'en convaincre.

Elle prit une profonde inspiration pour soulager la tension qui nouait son estomac.

— D'accord.

Connor la fixa d'un regard indécis.

— D'accord pour quoi ?

— Marions-nous.

Il faillit sourire, puis se ressaisit.

— Quand ?

— Le plus tôt possible.

— Vous souhaitez vous marier à l'église ?

— Je suis certaine que tante Millie et oncle Ralph préféreraient.

— Et *vous*, qu'aimeriez-vous ?

— C'est ce que je veux moi aussi, acheva-t-elle dans un souffle.

Chapitre 19

Le lendemain matin, Connor appela sa mère.

— La date du mariage est fixée, annonça-t-il dès qu'elle décrocha.

— Oh, mon Dieu mon, chéri, mais quand ?

— Dans trois semaines. Tu pourras venir ?

— Bien sûr que oui ! Je vais tout de suite réserver mon vol.

Au son de sa voix, il pouvait presque l'entendre sourire.

— J'ai du mal à croire qu'une fille ait enfin réussi à voler ton cœur, reprit-elle.

En réalité, Delaney lui avait volé quelque chose qui se trouvait un petit peu plus bas, mais le préciser reviendrait à dresser la famille entière contre elle. Or, Connor abordait ce mariage de la même façon qu'il abordait le ranch — avec la ferme intention de faire en sorte que ça marche. Aussi changea-t-il de sujet.

— Tu penses que grand-père sera suffisamment rétabli pour faire le voyage ?

— Il est sorti de l'hôpital et veut déjà se remettre au travail. Je suis certaine qu'il pourra venir.

— Parfait.

— Tu es amoureux de cette femme, n'est-ce pas, mon chéri ? Tu es sûr de faire le bon choix ?

Il esquiva la première question en répondant à la seconde.

— Je ne crois pas qu'on puisse être sûr à cent pour cent.

— Tu as raison. En se mariant, nous prenons tous un risque. Mais cela en vaut la peine quand on s'aime. J'ai hâte de connaître l'élue de ton cœur. Je suis sûre que je vais l'adorer.

Connor se passa nerveusement la main dans les cheveux.

— J'espère.

— Une offre d'achat pour le ranch est arrivée, reprit sa mère.

— Elle est intéressante ? demanda-t-il, un brin tendu.

— Stephen n'a pas l'air très enthousiaste. J'imagine qu'il va faire une contre-proposition.

— La mienne est en chemin, annonça-t-il.

— Ta quoi ?

— Mon offre.

— Excuse-moi, mais je ne comprends pas de quoi tu parles.

— Je vais acheter le ranch.

Il y eut un silence.

— Là, mon chéri, je ne te reconnais plus, dit sa mère.

Connor ne put s'empêcher de rire.

— Tu préférerais peut-être que je redevienne celui que j'étais avant ?

— Certainement pas ! J'aimerais cependant que, m'expliques comment tu comptes acheter le ranch. Tu ne disposes pas d'une telle somme d'argent.

— Les gens deviennent propriétaires en empruntant. C'est ce qu'a fait grand-père. Il a emprunté jusqu'au dernier sou pour acheter le Running Y.

— Mais il faut verser un acompte pour obtenir un prêt…

— Je vais demander à grand-père un délai de cinq ans. En retour, je lui verserai le prix demandé pour le ranch, même si celui-ci est au-dessus des prix du marché. Naturellement, je lui réglerai des intérêts en plus.

— Et pour les frais de fonctionnement ?

— J'ai prévu de quoi les couvrir.

— Comment ?

Les frères Hill constituaient son atout majeur, mais il ne voulait pas le révéler tout de suite. Il ne pouvait pas prendre le risque que sa mère laisse échapper quoi que ce soit de son plan devant ses frères. Si ces derniers jugeaient que leur neveu avait la moindre chance de réussir, ils lui mettraient des bâtons dans les roues.

— Tu verras le moment venu, répondit-il. Assure-toi juste que grand-père étudie mon offre, avant que Stephen ne l'enterre.

Où était-elle donc passée ?

Feignant d'être absorbé uniquement par le contenu de son assiette, Connor mangeait le poulet que Delaney leur avait préparé pour dîner. En réalité, il prêtait l'oreille au moindre bruit dans la maison, en espérant secrètement qu'elle allait bientôt revenir dans la cuisine prendre le dessert avec eux, comme elle le faisait d'habitude. A moins qu'elle ne soit de nouveau malade. Elle semblait pourtant aller mieux, mais…

— Qu'est-ce qui vous tracasse ? questionna Roy, l'air inquiet.

— Rien, s'empressa de répondre Connor, de peur qu'il n'aille s'imaginer que les frères Hill laissaient tomber l'affaire.

Même s'il restait encore beaucoup à faire avant qu'il devienne réalité, le projet était en bonne voie. Non, ce qui préoccupait Connor n'avait rien à voir avec les affaires. C'était uniquement d'ordre personnel. Delaney avait accepté de l'épouser, mais ils s'étaient à peine adressé la parole, cette semaine. Alors, naturellement, il ne pouvait s'empêcher d'en conclure qu'elle ne sautait pas de joie à l'idée de devenir très bientôt Mme Connor Armstrong.

Il continua de manger et attendit un peu avant de demander :

— Quelqu'un sait où est Delaney ?

— Elle est en ville pour la soirée, répondit Isaiah, qui n'avait jamais caché son admiration pour elle. Millie et Rebecca donnent une fête en l'honneur de la future mariée.

— Ah bon ?

Isaiah leva les yeux de son assiette.

— Tu ne le savais pas ?

Connor ne répondit pas. Non, il n'était pas au courant. Et le fait qu'Isaiah le soit l'agaçait prodigieusement. Et puis il y avait surtout cette petite pointe de défi dans le ton du jeune cow-boy, et son regard qui l'accusait de ne pas être sympa avec Delaney. Cela aussi l'agaçait. Peut-être parce qu'il se sentait un peu coupable. Il n'était pas méchant avec Delaney, mais il ne faisait pas non plus trop d'efforts pour être gentil avec elle.

Sans attendre le dessert, il se leva, prétextant des papiers à remplir, et retourna dans son bureau. Cependant, tout en travaillant, il tendait l'oreille à l'affût du bruit d'une voiture s'engageant dans l'allée. Une heure s'écoula. Comme Delaney ne revenait pas, il regagna la cuisine. Isaiah essuyait la vaisselle.

— Qu'est-ce que tu fais ?

— Je range pour que Delaney n'aie pas à le faire quand elle rentrera. Je parie que tu n'y aurais pas pensé.

En effet, ça ne lui serait pas passé par la tête. Il était bien trop occupé à guetter si sa voiture arrivait et à se demander si une fête en l'honneur de la future mariée ressemblait à celle organisée pour enterrer une vie de garçon — et surtout si la soirée se terminerait au Honky Tonk.

Croisant le regard réprobateur d'Isaiah, Connor fut tenté d'ouvrir la bouche pour lui expliquer que c'était Delaney qui l'avait trompé et pas l'inverse, mais il se ravisa et retourna se réfugier dans son bureau. S'il avait été plus gentil avec elle, elle lui aurait peut-être parlé de cette fête organisée en son honneur par ses amis.

Une heure plus tard, un crissement de pneus sur le gravier lui annonça qu'elle était de retour. Laissant tomber le stylo qu'il tenait dans ses mains, il se précipita vers la porte d'entrée pour l'accueillir. Elle le regarda à peine. Une pile de paquets-cadeaux sur les bras, elle lui passa devant et se dirigea directement vers sa chambre.

— Comment s'est passée la soirée ? demanda-t-il, en allongeant le pas pour la rattraper.

— Super, marmonna-t-elle. Tout le monde se réjouit de ce mariage, sauf nous.

Ses paroles lui firent l'effet d'un coup de poing en pleine figure.

— Touché, murmura Connor en faisant mine de se frotter la mâchoire.

— Quoi ?

— Aucune importance. Besoin d'aide ? demanda-t-il, dans une nouvelle tentative pour être sympa.

— Non merci.

— Que font les dames dans ce genre de soirée ?

Delaney lui jeta un coup d'œil par-dessus l'épaule.

— Pas grand-chose.

Ils étaient arrivés devant sa chambre.

— Qu'est-ce qu'on vous a offert ? tenta Connor, en appuyant sur l'interrupteur pour éclairer la pièce.

— Des choses.

Il devait à tout prix trouver une question à laquelle elle

devrait répondre autrement que par monosyllabes, songea-t-il, en la regardant laisser tomber les paquets sur son lit.

— Je vais aller faire la vaisselle, déclara-t-elle.

Connor éprouva une pointe de culpabilité.

— Hum… C'est fait.

— Ah bon ? Qui… Oh, je parie que c'est Isaiah !

Elle avait tout de suite deviné que ce ne pouvait pas être lui, se renfrogna Connor.

— Ouais. N'est-il pas *gentil* ?

Ignorant le sarcasme, Delaney se tourna vers lui.

— En repartant, si vous le voyez, dites-lui que je lui ai gardé une part de gâteau. Elle est dans la voiture.

C'était une façon de le congédier, mais Connor n'avait pas l'intention de se laisser décourager.

— Il y a aussi une part pour moi ?

Delaney le regarda, l'air interloquée.

— Vous voulez du gâteau ?

— Oui. Je suis comme tout le monde, j'aime les gâteaux.

— Désolée, dit-elle. Je pensais que vous seriez occupé… en train de travailler dans votre bureau.

Son téléphone portable sonna. Elle attendit quelques secondes, comme pour signifier à Connor qu'elle souhaitait être seule pour répondre, mais il resta. A la dernière seconde, elle décrocha.

— Salut, Beck, dit-elle en tournant le dos à Connor, lui laissant ainsi le champ libre pour jeter un coup d'œil aux cadeaux.

S'ils étaient destinés à la future mariée, ils lui étaient aussi destinés en quelque sorte, non ?

Crème pour le corps… bains moussants… sous-vêtements comestibles. *Sous-vêtements comestibles* ! Qui lui avait offert un truc pareil ?

— D'accord, je le prendrai ce week-end… Oui, c'était

super, j'ai été très gâtée. Mais le cadeau dont j'aurais vraiment rêvé, c'était l'un de ces lapins angoras que Hal avait fait venir dans son magasin pour Pâques... Et alors ? J'aurais pu demander à Isaiah de me fabriquer une cage...

Connor fronça les sourcils. *Isaiah par-ci, Isaiah par-là. Encore et toujours Isaiah.*

— Je pourrais peut-être m'acheter ce lapin moi-même, reprit Delaney avec un petit haussement d'épaule. Non, pas tout de suite. Trop de choses à penser en ce moment. L'année prochaine peut-être... Quoi ?... Je le pense aussi. C'était étrange de voir tante Millie au Honky Tonk, tu ne trouves pas ? Qui aurait pensé à... à ce que tu sais.

Elle se retourna. Voyant Connor fouiller dans ses affaires, elle lui fit les gros yeux et lui fit signe de partir.

— Qu'est-ce qu'elle sait, Rebecca ? demanda-t-il négligemment, tout en continuant à fouiller dans les paquets-cadeaux.

D'un emballage de papier de soie rouge, il sortit un flacon de parfum. Excédée, Delaney couvrit le téléphone d'une main.

— Il s'agit d'une conversation privée et ceci m'appartient.

Sur ce, elle lui arracha le flacon des mains, avant qu'il ait pu l'ouvrir.

— Ces cadeaux ne sont pas votre propriété *exclusive*, protesta Connor. Vous les avez reçus uniquement parce que vous vous mariez. Et vous vous mariez avec moi, je vous le rappelle.

Il sortit un bustier de satin noir, l'imagina sur Delaney et sourit. Finalement, ils n'étaient pas si mal, ces cadeaux de mariage.

— Rebecca, il faut que je te laisse, dit Delaney. Non, tout va bien...

Les doigts de Connor venaient de rencontrer un tissu

soyeux. Il sortit de la boîte une chemise de nuit en voile et dentelles ivoire, sans doute la pièce de lingerie la plus raffinée, la plus délicate qu'il ait jamais vue.

— Splendide, commença-t-il à dire, mais elle raccrocha brutalement le téléphone et lui prit le vêtement des mains pour le remettre dans sa boîte.

— N'y touchez pas, je vais la rendre.

— Pourquoi ? questionna-t-il, mais il connaissait déjà la réponse.

Elle ne la porterait pas pour lui. Ce n'était pas le genre de *leur* mariage.

— Inutile de faire semblant, marmonna-t-elle.

Connor la regarda, puis il posa les yeux sur les cadeaux éparpillés sur le lit. Mais qu'est-ce qu'il fabriquait dans cette chambre ? songea-t-il avec un pincement au cœur.

— Désolé de vous avoir importunée. Je dirai à Isaiah que sa part de gâteau l'attend.

Delaney poussa un soupir en entendant ses pas s'éloigner. Elle était consciente de l'avoir blessé, mais elle était fatiguée, bouleversée par toutes les attentions dont elle avait été l'objet. Et atrocement gênée aussi, parce que tout le monde semblait croire qu'avec Connor, elle avait rencontré le prince charmant, alors qu'en fait ils s'adressaient à peine la parole.

Elle avait accepté de l'épouser pour réparer sa faute autant que possible, mais elle n'était pas certaine que ce mariage soit une si bonne idée que ça, ni pour lui ni pour elle. Et, juste comme les doutes et les interrogations se bousculaient dans son esprit, Connor avait surgi sous son nez. Il s'était immiscé dans son intimité et s'était mis à examiner ces stupides cadeaux de mariage, bien trop intimes pour être partagés avec lui. Et elle… Ma foi, elle n'avait pas très bien réagi.

Peut-être ferait-elle mieux d'aller lui parler. Elle devait à tout prix s'efforcer d'établir la communication entre eux, essayer de comprendre son comportement qui était parfois pour le moins déconcertant.

Abandonnant les présents sur son lit, dont les fameux sous-vêtements comestibles qu'elle avait déballés sous le nez de tante Millie — un grand merci à Katie, l'employée du salon de coiffure —, elle traversa le couloir, jusqu'au bureau.

Pour une fois, la pièce était plongée dans l'obscurité. Elle poursuivit donc son chemin jusqu'à la chambre de Connor.

La porte était fermée. Delaney hésita, puis leva la main pour frapper.

La porte s'ouvrit aussitôt. Connor avait ôté sa chemise. La vue de son torse nu fit rejaillir dans un flash le souvenir de leur nuit à Boise… le halo de buée autour de lui, le parfum de son savon, leur intimité.

Delaney avait beau se répéter que cet homme devant elle n'était pas le même qu'elle avait connu cette nuit-là, et que le Connor d'aujourd'hui avait toutes les raisons de la détester, elle ne pouvait s'empêcher d'avoir terriblement envie de le caresser de nouveau, de sentir sa peau contre la sienne…

— Quelque chose ne va pas ?

Elle ouvrit la bouche pour s'excuser, pour tenter d'expliquer les raisons de son attitude blessante quelques instants plus tôt, mais il avait l'air si calme et si distant, qu'elle renonça. Sans doute s'était-elle fait des idées. Elle lui était trop indifférente pour pouvoir l'atteindre.

— Hum… Tante Millie m'a demandé de vous dire combien votre grand-père doit être fier d'avoir un petit-fils qui assume ses responsabilités de père.

Connor la dévisagea, mais ne pipa mot.

— Et je…

Delaney s'éclaircit la gorge.

— Je voulais vous remercier pour ne pas avoir raconté comment j'ai… hum… comment nous nous sommes rencontrés. Seule Beck connaît la vérité. Et je ne voudrais pas que quoi que ce soit de gênant pour notre enfant se répande dans une aussi petite communauté que celle de Dundee. Ici, rien ne s'oublie, vous comprenez ?

Connor hocha la tête.

— Je comprends, dit-il.

Puis il referma sa porte.

Connor retint Delaney par le bras, juste avant qu'elle ne descende de la Suburban qu'il avait louée pour aller chercher sa mère à l'aéroport de Boise.

— Essaie de faire semblant de m'aimer. Ma mère n'est pas stupide.

Delaney acquiesça et s'efforça de calmer son appréhension.

« Elle va me détester. Ils vont tous me détester quand ils sauront que j'ai bousillé la vie de Connor. »

Heureusement, elle ne rencontrerait la famille Armstrong au grand complet que le lendemain. Seule Vivian avait décidé d'arriver la veille du mariage, afin d'avoir un peu de temps pour faire la connaissance de sa future belle-fille. Le grand-père de Connor et ses oncles étaient attendus pour la cérémonie. Ils passeraient tous la nuit au ranch, avant de repartir en Californie.

Ces deux jours allaient leur paraître une éternité, soupira silencieusement Delaney en descendant de voiture. Comment réussiraient-ils à sauvegarder les apparences aussi longtemps ? Même les employés du ranch savaient que leur mariage n'était pas vraiment *normal*.

Delaney posa la main sur le léger renflement de son ventre. Elle ne penserait qu'au bébé pendant les prochaines quarante-huit heures, promis. Elle redressa les épaules et attendit que Connor ait contourné la voiture pour la rejoindre.

— Tu ne te sens pas bien ? s'inquiéta-t-il en voyant sa main posée sur son ventre.

Depuis peu, ils avaient commencé à se tutoyer. Ça paraîtrait tout de même plus… naturel.

— Non, ça va, dit-elle en laissant retomber sa main.

Comme elle s'avançait vers l'entrée du terminal, il lui demanda :

— Tu as peur ?

— Pas du tout, mentit-elle.

Peut-être était-il capable de lire en elle. Ou peut-être s'entraînait-il tout simplement à se comporter en futur époux attentionné, car il venait de lui prendre la main. C'était surprenant de constater à quel point la chaleur et la force de son contact étaient réconfortantes.

— Ma mère va te trouver très belle, dit-il, tout en marchant.

— Comment le sais-tu ?

— Parce que tu es très belle, répondit-il sans la regarder, trop occupé à naviguer entre les zones d'embarquement et de débarquement.

Décidément, elle ne le comprendrait jamais, songea-t-elle. L'instant d'avant, il l'ignorait royalement. L'instant d'après, il semblait furieux contre elle. Et, encore un instant plus tard, il avait presque l'air de l'aimer. Elle n'eut pas le temps de réfléchir davantage à l'étrangeté de leur relation, car les passagers du vol de San Francisco venaient de débarquer.

Machinalement, ses doigts s'entrelacèrent plus étroitement à ceux de Connor. D'une façon ou d'une autre, elle survivrait aux deux prochains jours, se dit-elle, à l'instant même où il faisait signe à une grande femme brune. Dans le même temps, il leva leurs mains jointes jusqu'à ses lèvres et posa un baiser sur les doigts de Delaney. Le geste avait l'air si naturel qu'elle faillit croire à sa spontanéité.

Il jouait la comédie à merveille. Même sa mère serait convaincue.

— Vous voilà ! s'exclama Vivian dès qu'ils s'approchèrent. Vous devez être Delaney.

Cette dernière lui sourit, les lèvres un peu tremblantes. Jamais, elle ne se sentit plus vulnérable, plus exposée, que durant ces quelques secondes où la mère de Connor la dévisagea, avant de lui retourner lentement son sourire.

— Vous êtes ravissante, murmura-t-elle, les yeux soudain pleins de larmes, avant de la serrer dans ses bras. Je suis si heureuse qu'il vous ait trouvée.

Terriblement émue elle aussi, ne sachant que dire, Delaney embrassa cette femme qu'elle ne connaissait pas, mais elle sut immédiatement qu'elle préférerait mourir plutôt que de la décevoir.

— Delaney, je te présente ma mère, Vivian, dit Connor.

Cette dernière regarda son fils, puis sa future belle-fille.

— Vous pouvez m'appeler maman, si vous voulez, dit-elle avec un sourire empli de tendresse.

Oh, Seigneur ! Delaney avait l'impression de porter sur son front un *M* marqué au fer rouge pour *Menteuse*, ou alors peut-être un *I* pour *Indigne*. Mais, après que Connor eut embrassé sa mère et pris ses bagages, il passa un bras autour de sa taille et Delaney crut l'entendre murmurer : « Tout va bien, ne t'inquiète pas. »

Chapitre 20

Connor était si tendu qu'il pouvait à peine respirer. Aujourd'hui était le point de non-retour. Il allait épouser une femme qui n'avait pas envie de se marier avec lui, une femme qui l'avait trompé, qui s'était servie de lui et à qui il n'avait toujours pas pardonné. Mais ce n'était pas tout. Roy venait de ramener son grand-père et ses oncles de l'aéroport. Ces derniers l'attendaient dans le bureau pour discuter de son offre sur le ranch. Dans quelques instants, il saurait si son rêve avait ou non une chance de se réaliser.

Tout en s'avançant dans le couloir, il desserra son nœud de cravate et ouvrit le premier bouton de son col de chemise. Il avait passé tant d'heures dans ce bureau qu'il en était venu à le considérer comme son domaine privé, une sorte de refuge à l'écart du monde extérieur. Mais, aujourd'hui, cette pièce n'avait rien d'un refuge. Elle lui faisait plutôt l'effet d'une arène dans laquelle il allait devoir défendre sa peau.

Prenant une grande inspiration, il ouvrit la porte et s'avança dans la pièce pour saluer son grand-père et ses oncles. Sa mère ne participait pas à cette petite réunion. En compagnie de l'épouse de Dwight et de leurs quatre enfants, elle se préparait pour la cérémonie censée débuter dans moins d'une heure, à présent.

— Bonjour, grand-père.

Ce dernier serra la main de son petit-fils d'une poigne toujours aussi ferme. Il avait beaucoup maigri et paraissait s'être tassé depuis son opération, mais l'impression de puissance qu'il dégageait tenait plus à son regard qu'à sa stature.

— Tu as l'air en forme, le félicita Connor.

— Aussi en forme que peut l'être un homme de quatre-vingt-quatre ans après une opération à cœur ouvert, répondit-il avec un sourire.

Il portait un costume neuf, manifestement inauguré pour l'occasion, mais ses bottes de cow-boy étaient celles qu'il portait chaque jour, qu'il soit en voyage d'affaires ou occupé à arpenter ses vignobles, nota Connor. Il n'y avait pas une once de prétention ou de luxe ostentatoire chez son grand-père. En revanche, ses oncles ne manquaient jamais de se pavaner dans des costumes Armani et refusaient de porter autre chose que des mocassins italiens.

— Merci d'être venu, grand-père. Je sais que tu es encore convalescent et que tu es très occupé.

Ce dernier s'assit dans le fauteuil près de la fenêtre.

— Rien n'aurait pu m'empêcher d'assister au mariage de mon petit-fils.

Connor lui sourit, puis se tourna vers ses oncles pour les saluer. Stephen et Dwight étaient paresseusement installés sur le canapé. Quant à Jonathan, trop corpulent pour s'asseoir dans le fauteuil restant, il s'était arrogé la chaise de bureau.

— C'est gentil à vous d'être venus.

— Nous n'aurions voulu rater ce mariage pour rien au monde, fit Stephen avec un petit sourire narquois.

— Je savais pouvoir compter sur vous, répliqua Connor, tout aussi ironique.

— Alors, c'est quoi cette histoire ? De quoi s'agit-il exactement ? demanda Dwight, en jetant sur la table basse l'offre d'achat du ranch faxée la veille par Connor.

— C'est pourtant clair, il me semble. Je souhaite acheter le ranch.

Jonathan se redressa lourdement sur sa chaise pour se pencher en avant. En trois mois, il avait encore perdu des cheveux et gagné du poids.

— Le problème, Connor, c'est que tu n'as pas un sou.

— Raison pour laquelle je demande un prêt sous forme d'un délai de paiement de cinq ans, au terme duquel je réglerai le montant demandé avec intérêts. Vous avez surévalué le ranch d'environ deux cent mille dollars pour vous laisser une marge de négociations. Il vous faudra forcément faire des concessions pour le vendre à ce prix-là. La concession que je demande, c'est de m'accorder ce prêt.

— En venant ici, tu auras au moins appris quelque chose en matière d'immobilier, railla Stephen. Mais cela ne fait pas de toi un éleveur. Et, même si nous acceptions de t'accorder ce prêt, tu n'as pas l'argent nécessaire pour continuer à faire tourner le ranch.

— Je me débrouillerai, répliqua Connor.

— Comment ?

— Ça me regarde.

— Et dans cinq ans ? s'enquit Dwight.

— Comme précisé dans mon offre, j'aurai de quoi vous régler cash.

Jonathan posa les coudes sur ses genoux.

— Tu n'obtiendras aucun financement si le ranch reste dans le rouge. Aucune banque ne prête de l'argent sur une affaire en faillite.

— Je sais. Mais le Running Y ne sera plus dans le rouge d'ici cinq ans.

— Quelle garantie avons-nous ? Ta *parole* ? s'esclaffa Jonathan, en regardant ses frères d'un air entendu.

Le grand-père de Connor ne se joignit pas à leur hilarité. Il écoutait, l'œil attentif.

— Si tu échoues, nous finirons simplement par récupérer ce ranch que nous possédons déjà, observa Dwight. Entre-temps, il aura encore perdu de sa valeur. Ce n'est pas intéressant pour nous.

— Ce que tu nous demandes, c'est de t'accorder un délai de cinq ans avant de liquider le ranch, renchérit Stephen. Désolé, Connor, mais ça ne marchera pas.

Dwight opina, tandis que Jonathan regardait sa montre ostensiblement.

— Nous ferions mieux de clore cette discussion. Nous ne voulons pas te mettre en retard pour ton mariage.

Connor jeta lui aussi un coup d'œil à sa montre. En effet, il ne lui restait plus beaucoup de temps, mais il ne laisserait pas ses oncles l'emporter aussi facilement. C'était le moment d'abattre sa dernière carte.

— En garantie, je vous abandonne ma part d'héritage. A condition que je sois sur la liste des héritiers, bien sûr, ajouta-t-il, en regardant son grand-père pour confirmation.

Le vieil homme acquiesça.

— Je ne vois pas pourquoi tu ne disposerais pas d'une part égale à celle de ta mère et de tes oncles.

La mâchoire de Stephen se crispa. Connor savoura ce bref moment. Son grand-père venait de toucher un point sensible. Ses oncles détestaient qu'il soit mis sur un pied d'égalité avec eux, lui qui n'était qu'un petit-fils, l'enfant illégitime d'une fille adoptive par-dessus le marché.

— Si je ne peux pas vous rembourser le prix du ranch dans cinq ans comme promis, vous récupérez le ranch et ma part d'héritage, déclara Connor à ses oncles. Vous vendrez le Running Y à qui vous voudrez et on n'en parlera plus.

Stephen et ses frères avaient parié sur son échec en l'envoyant à Dundee. A présent il renchérissait et augmentait la mise de plusieurs millions de dollars. S'il réussissait, il remporterait sa part d'héritage et le ranch en prime. Et, il gagnerait de surcroît l'estime de son grand-père. S'il échouait, il n'aurait *rien*. Stephen sembla saisir plus rapidement que ses frères l'aspect « rien » du concept.

— Tu tiens vraiment à prendre un tel risque, Connor?

Ce dernier hocha la tête.

— Très bien. Je suis d'accord, conclut Stephen.

Dwight dévisagea Connor pendant quelques secondes, avant d'approuver à son tour.

— Pas de problème. Je veux bien te donner la corde pour te pendre.

Puis ce fut au tour de Jonathan, et Connor retint son souffle tandis qu'il regardait l'homme qui avait si souvent pris plaisir à le torturer dans son enfance. Il avait l'air plus hésitant que ses frères.

— Alors, Jonathan? Si tu es si certain que je vais me planter, tu ne peux pas laisser passer une telle occasion.

Le défi eut l'effet escompté.

— Pourquoi pas? Tu vas te planter. Aucun doute pour ma part.

Connor se tourna ensuite vers son grand-père, attendant sa réponse. Comme d'habitude, ce dernier prit son temps.

— Tous les quatre, vous êtes certains de ce que vous faites? finit-il par demander. Parce qu'une fois que nous aurons quitté cette pièce, il ne sera plus question de faire marche arrière.

— Oui… Ce n'est qu'une question de temps. Nous récupérerons le ranch, de toute façon, répondit Stephen.

Ses frères hochèrent la tête pour confirmer.

— Et toi, Connor? Tu es sûr?

— Oui, répondit-il, même si ce n'était pas vrai.

Qu'il gagne ou qu'il perde ne dépendait que de lui. Et, étrangement, l'idée lui plaisait. Il se sentait plus libre qu'il ne l'avait jamais été, libre de réussir ou d'échouer.

Le grand-père de Connor se frotta le menton. Etait-ce l'ombre d'un sourire qui se dessinait sur ses lèvres ? Mais, quand il reprit la parole, son ton était grave.

— Donne-moi cette offre d'achat pour que je la signe.

Connor lui tendit le document que Jonathan avait jeté sur la table basse. La gorge nouée, il regarda son grand-père apposer sa signature au bas de chaque feuillet.

— Je ferai mettre par écrit les clauses de notre accord, conclut Stephen, avant de quitter la pièce avec ses frères pour aller retrouver leurs familles et se rendre à l'église.

Le grand-père de Connor s'attarda dans le bureau. Il fit le tour de la pièce, examinant les gravures anciennes accrochées au mur, le mobilier usé mais encore solide.

Connor le regardait faire.

— Le ranch te manque, n'est-ce pas ?

Un sourire nostalgique étira les lèvres du vieil homme.

— Plus on se bat pour quelque chose, plus on s'y attache. Dans cinq ans, tu comprendras, Connor.

— Je crois que j'ai déjà commencé à comprendre.

S'enfonçant les mains dans les poches, il s'adossa contre le chambranle, réalisant enfin ce qu'il n'avait pas saisi jusqu'à présent.

— M'envoyer ici était bien un coup monté de ta part. Sauf que ce n'était pas pour les raisons que je croyais. Tu espérais que je ferais ce que je viens de faire.

Le grand-père sourit, l'œil pétillant.

— Comment savais-tu que je sauterais sur l'occasion ? s'étonna Connor.

— Je ne le savais pas. J'ai misé sur un endroit que

j'aime… et sur quelqu'un que j'aime. Toi et ce ranch, vous êtes particulièrement chers à mon cœur.

S'approchant de la porte, il donna une claque sur l'épaule de Connor.

— Et, maintenant, sortons d'ici avant que tes oncles ne réalisent qu'ils ont parié sur le mauvais cheval.

Une douce chaleur envahit Connor. Une chaleur qui venait du plus profond de son être. Même si l'avenir restait incertain, même s'il n'était pas si sûr que ça que ses oncles aient parié sur le mauvais cheval, il avait enfin pris le bon chemin.

Se redressant, il boutonna son col de chemise et resserra son nœud de cravate, tout en observant :

— Tu savais que Stephen et les autres accepteraient.

— Je ne m'inquiétais pas trop, confirma son grand-père avec un clin d'œil. De toute façon, c'est encore moi qui dirige et je t'aurais vendu le ranch avec ou sans leur accord. Mais c'est mieux ainsi. Ils ne pourront s'en prendre qu'à eux-mêmes d'avoir été si bêtes. Du moins, je l'espère. J'ai parfois du mal à croire que mes trois fils me ressemblent si peu.

Connor haussa les épaules.

— Les liens du sang ne font peut-être pas tout.

— C'est vrai. Mais je ne peux pas les renier tous les trois pour autant, soupira son grand-père.

Puis, saisissant la main de son petit-fils, il baissa les yeux sur la chevalière que sa mère lui avait donnée.

— C'est de Vivian ?

Connor hocha la tête et son grand-père lui sourit.

— C'était la mienne, dit-il. Ta grand-mère me l'avait offerte.

— Tu veux que je te la rende ?

— Non. Elle est à toi maintenant. Ta grand-mère t'aimait autant que je t'ai toujours aimé.

La petite église était bondée. Il y avait des visages que Connor connaissait et d'autres qu'il n'avait jamais vus.

Ralph Lawson rôdait près de la porte de la sacristie, l'air un peu perdu sans son épouse qui se trouvait probablement dans quelque antichambre avec la mère de Connor, Delaney et Rebecca. Les vieux amis des Lawson — Ruby, Lula et Vern — occupaient la seconde rangée de droite avec d'autres seniors, tous sur leur trente et un. Katie, la jeune femme aperçue dans le salon de beauté le jour où il avait réalisé que Delaney habitait Dundee, lui adressa un grand sourire quand il croisa son regard, puis donna un coup de coude à la femme assise près d'elle.

L'aile gauche était occupée par son grand-père et ses oncles, ainsi que par Grady, Ben, Isaiah et les frères Hill. Dottie était revenue de Salt Lake juste à temps pour le mariage. Elle montrait des photos de son petit-fils à qui voulait les voir.

Seul Roy ne faisait pas partie de l'assistance. Debout à côté de Connor qui lui avait demandé d'être son garçon d'honneur, le régisseur du Running Y ne semblait pas particulièrement ravi d'être là.

— On va attendre encore longtemps avant que le spectacle démarre ? râla-t-il, en tirant sur son nœud de cravate.

Connor réprima un petit rire.

— Et dire que je croyais que vous auriez quitté la ville avant trois mois ! bougonna Roy. Une chance que je n'aie pas misé d'argent.

— C'est vous-même qui m'avez dit que le ranch était l'endroit idéal pour y fonder une famille et élever des enfants, lui rappela Connor. Je n'ai fait que suivre vos conseils.

— Nom de Dieu, j'aurais mieux fait de me taire !

Le révérend Parker fronça les sourcils, l'air réprobateur.

— Désolé pour le vocabulaire, mon père, s'excusa Roy.

— Raison de plus pour assister aux services religieux, répliqua le pasteur.

Roy se dandina, mal à l'aise, et jeta un coup d'œil impatient autour de lui tout en marmonnant quelque chose à propos de changer ses habitudes.

— Nous vous verrons donc à l'église, dimanche prochain, n'est-ce pas, monsieur White ? insista le révérend.

— J'y serai, répondit Roy, avant de lancer un regard assassin à Connor qui ne put s'empêcher de rire.

— Cela vaut aussi pour vous, monsieur Armstrong.

Connor n'eut pas le temps de répondre, ni même de se sentir coupable de quinze années d'absence des bancs de messe, car le son de l'orgue enfla derrière lui dans un crescendo assourdissant, tandis que Rebecca courait prendre sa place près de l'autel et que tante Millie et la mère de Connor gagnaient leurs sièges.

Delaney apparut enfin au fond de l'église, pâle et presque éthérée dans une robe blanche toute simple, avec des manches longues et une jupe droite, dépourvue de traîne.

Elle était très belle. Digne. Elégante. Et l'air fragile. Quand leurs regards se croisèrent, Connor en eut le souffle coupé. En cet instant, avait-elle aussi peur que lui ?

Croisant les mains derrière son dos, il plaqua un sourire encourageant sur ses lèvres et se répéta que tout allait très bien se passer. Même si se marier et avoir un enfant était contraire à tout ce qu'il aurait pu imaginer pour les cinq prochaines années. Et même s'il venait de miser son héritage sur un ranch en faillite.

Au bras d'oncle Ralph, Delaney remontait à présent l'allée centrale, au son de la marche nuptiale. *Voici venir la mariée… Voici venir la mariée…*

A chaque pas, Connor avait l'impression que son nœud de cravate se resserrait d'un cran.

« Qu'est-ce que tu fais ? Tu ne seras jamais capable de donner à cette femme et à l'enfant ce dont ils ont besoin… Imagine que le ranch ne soit pas rentable dans cinq ans, que se passera-t-il alors ? »

Alors, Delaney saura qu'elle n'aurait pas dû miser son avenir sur lui…

Connor ferma les yeux et prit une grande bouffée d'oxygène. Il sentit Roy lui donner un coup de coude.

— Si vous vous dégonflez maintenant, je vous étripe, murmura celui-ci. Je ne suis pas venu m'exhiber ici dans ce costume de clown pour rien.

Pris par la musique et l'arrivée de la mariée, le brave révérend Parker n'avait manifestement pas entendu, mais Connor ne put s'empêcher de sourire au souvenir de sa première rencontre avec Roy. Qui aurait parié qu'ils deviendraient amis ? Et qui aurait pu penser qu'il finirait par épouser la vierge qui était venue le trouver dans sa chambre d'hôtel, le soir de son arrivée à Boise ?

Et dire que l'Idaho avait d'abord été pour lui synonyme d'enfer… Le sourire de Connor s'élargit. Si c'était ça l'enfer, il demanderait bien à Satan d'attiser le feu.

Le baiser de Connor à l'autel avait été doux et léger, mais surtout très respectueux. Et Delaney avait l'impression que toute l'assemblée avait perçu le manque de passion dans ce moment. Etait-ce une façon d'annoncer publiquement qu'il l'épousait par devoir — parce qu'elle était enceinte ?

Ce mariage était une erreur. Elle n'aurait jamais dû accepter, songeait-elle tristement. Pourtant, chaque fois qu'elle levait les yeux sur Connor pour découvrir son regard posé sur elle, chaque fois qu'elle le frôlait quand ils découpaient le gâteau ou posaient pour les photos, chaque fois qu'elle entendait sa voix, Delaney éprouvait une étrange excitation à la pensée qu'il était désormais son époux.

Rebecca releva les yeux de son assiette.

— Qu'est-ce qui ne pas va pas, Laney ? C'est le jour de tes noces. Tu es censée t'amuser.

— Difficile de s'amuser quand j'ai mal aux mâchoires à force de faire semblant de sourire, quand ma conscience ploie sous le poids des mensonges et quand je sais que mon mari ne veut pas de moi.

Rebecca secoua la tête avec un soupir.

— Tu prends les choses trop au sérieux. Je peux manger ta part de gâteau ?

Delaney fit glisser sa part de pièce montée intacte sur l'assiette de son amie.

— Détends-toi, insista celle-ci. Attention, la mère de Connor te regarde. Elle a l'air inquiète.

Delaney amplifia son sourire d'un cran et adressa un petit signe de tête à Vivian.

— Comment veux-tu que je me détende ? Je viens d'épouser un homme qui ne m'aime pas, marmonna-t-elle après s'être assurée que Connor ne pouvait l'entendre.

Il se trouvait quelques mètres plus loin, en grande discussion avec son grand-père, près de la tonnelle louée pour l'occasion. Il y avait foule dans le jardin de tante Millie, mais le repas de noce était normalement terminé et les invités bavardaient entre eux. Si ce mariage avait été un mariage normal, elle aurait déjà dû être en route avec Connor pour leur lune de miel, songea Delaney avec amertume.

Mais son époux avait un ranch à faire tourner et il avait dit vouloir profiter de la présence de son grand-père pour discuter de certaines affaires.

Tout de même, serait-ce trop demander qu'il lui accorde un peu d'attention à elle aussi ?

— Connor…

Vivian venait de faire signe à son fils, et elle s'approcha de lui pour lui chuchoter quelques mots à l'oreille. Aussitôt, il tourna la tête dans sa direction.

Delaney baissa rapidement les yeux.

— Mince ! Sa mère a dû lui dire qu'il était temps de m'emmener.

— Ce n'est pas trop tôt. Quelqu'un aurait déjà dû le lui dire depuis deux bonnes heures, commenta Rebecca.

Rassemblant son courage, Delaney redressa la tête et regarda Connor s'avancer vers elle, incroyablement beau dans son élégant costume noir. Elle devait cependant toujours garder à l'esprit que c'était le même homme qui l'avait accueillie au ranch, l'air furieux, le même homme qui la traitait avec indifférence. Elle ferait bien de s'en souvenir si elle ne voulait pas qu'il lui brise le cœur.

— Prête à partir ? demanda-t-il.

— Il était temps que vous veniez vous occuper d'elle, le sermonna Rebecca.

Sur ce, elle se tourna vers Delaney et l'embrassa.

— S'il n'est pas gentil avec toi, je jure de le…

— Arrête ! l'interrompit Delaney.

Elle ne put malgré tout s'empêcher de sourire, tandis qu'elle s'éloignait avec Connor.

— Rebecca est un sacré numéro, observa-t-il d'une voix amusée, après avoir pris congé de leurs familles.

— Ne dis jamais de mal de mon amie devant moi, prévint Delaney.

Il éclata de rire.

— Du calme ! En fait, je l'aime bien. C'est ça le plus surprenant. Mais, depuis le jour où j'ai mis le pied à Dundee, plus rien ne m'étonne. Rien ne se passe comme prévu.

— Je pourrais en dire autant, répliqua Delaney.

Chapitre 21

— J'ai vu Stephen discuter avec toi. Que t'a-t-il dit ? questionna Connor, les yeux rivés sur la route pour ne pas prendre le risque de regarder sa si jolie épouse et de faire une embardée.

Delaney tourna les yeux vers lui.

— Tu tiens vraiment à le savoir ?

Connor haussa les épaules.

— Je devine, mais dis-le-moi tout de même.

— Il m'a conseillé de ne pas trop m'habituer au ranch, parce que tu es un instable, incapable de te fixer.

— C'est gentil comme vœux de bonheur, tu ne trouves pas ? ironisa Connor.

— C'est l'homme dont tu pensais qu'il m'avait payée pour te séduire ?

— Exact.

— C'est à cause de lui que tu m'as épousée ?

Que pouvait-il bien répondre à ça ? Stephen était en effet l'une des raisons. Mais, au fond de lui, Connor ne pouvait plus se cacher la vérité : s'il avait finalement épousé Delaney, c'était pour échapper à sa réputation. Sauf qu'il ne voulait pas le reconnaître ouvertement, ni même y penser, car ce serait admettre sa part de culpabilité dans ce qui était arrivé. Delaney s'était peut-être servie de lui pour tomber enceinte, mais il ne se serait pas senti obligé de l'épouser s'il avait mené une vie rangée. D'une certaine façon, il s'était piégé lui-même.

— Je t'ai épousée parce que je pensais que ce serait mieux pour tout le monde.

— Je comprends.

Elle lissa le satin de sa robe, puis regarda par la vitre. Connor lui jeta un rapide coup d'œil. Elle avait quitté ses escarpins. Seul le bout de ses pieds couverts d'un voile de Nylon blanc dépassait de l'ourlet de sa robe. Et dessous, portait-elle des bas, avec un porte-jarretelles ? se demanda-t-il, laissant son esprit vagabonder. Son pouls s'accéléra à l'idée que la petite bibliothécaire qui lui avait offert sa virginité puisse porter quelque chose d'aussi sexy.

Il descendit sa vitre pour faire entrer un peu d'air frais.

— Tu es fatiguée ?

Ils avaient décidé d'utiliser l'excuse du court séjour de sa famille au ranch pour échapper au voyage de noces. Mais, à présent, Connor le regrettait presque. Delaney était son épouse. Elle portait son enfant. Et il avait terriblement envie de savoir pour le porte-jarretelles…

— Non, tout va bien, répondit-elle, la tête toujours tournée vers le paysage qui défilait.

— Tu n'as plus de nausées ?

— C'est fini.

L'entrée du ranch apparut sur la droite. Connor allait ralentir, quand il se souvint du porte-jarretelles et de la ravissante chemise de nuit offerte à Delaney pour son enterrement de vie de jeune fille. Peut-être réussirait-il à la convaincre de les partager avec lui ? songea-t-il tandis qu'il lui jetait un nouveau coup d'œil admiratif. Elle était sa femme à présent, non ?

— Où allons-nous ? s'étonna Delaney, en le voyant continuer tout droit.

— Il y a un charmant hôtel, non loin d'ici. Ma mère a pensé que ce serait bien de t'y emmener.

— Ta maman est une femme adorable. Et j'apprécie ses attentions à mon égard, mais il n'y a aucune raison de modifier nos plans.

— Tu es sûre ?

— Absolument. Je savais à quoi m'attendre en t'épousant. Notre mariage n'en est pas vraiment un.

— Et c'est quoi exactement ?

— Un arrangement.

Un arrangement. S'efforçant de ne pas montrer sa déception, Connor hocha la tête et fit demi-tour.

Delaney avait de plus en plus de mal à garder le sourire. Dès qu'ils étaient rentrés au ranch, Connor avait disparu dans le bureau avec son grand-père et ses oncles, l'abandonnant dans le salon, en compagnie de Vivian et des deux chiens. Elle était son épouse à présent, mais ça n'avait sans doute pas d'importance, songea-t-elle, amère.

Delaney était touchée par les efforts que déployait sa belle-mère pour ne pas la laisser seule le jour de son mariage et pallier la négligence de son fils.

— Comment allez-vous appeler ce bébé ?

— Je ne sais pas encore.

Cela dit, si c'était une fille, Delaney songeait très sérieusement à l'appeler Vivian. En quelques heures à peine, la mère de Connor l'avait conquise par sa gentillesse et sa classe.

— Votre amie que j'ai rencontrée…

— Rebecca ? dit Delaney en caressant la tête de Chance qui avait posé le museau sur ses genoux.

— Oui. C'est une originale. J'ai tout de suite sympathisé avec elle.

Delaney sourit. Vivian avait su voir le diamant qui scintillait sous la surface.

— Elle m'a dit qu'elle allait se marier, poursuivit Vivian.

— Oui. Dans un mois. Elle va épouser un informaticien qui vit dans le Nebraska.

— Son fiancé va venir s'installer ici ?

— Non, c'est Rebecca qui va le suivre dans le Nebraska.

— Vous devez être triste de la voir partir.

Sundance vint bousculer Chance avec un petit gémissement pour réclamer sa part de caresses.

— Très triste, soupira Delaney. Nous avons grandi ensemble. Je ne me souviens pas d'un seul moment de ma vie où elle n'ait pas été présente.

Sa voix s'était mise à trembler, et elle dut lutter pour se reprendre. La grossesse la rendait émotive, mais ce n'était pas une raison pour s'apitoyer sur elle-même. Elle devait garder la tête haute et…

Vivian se rapprocha d'elle sur le canapé et posa une main sur les siennes, sous le regard curieux des chiens.

— J'imagine ce que vous ressentez, dit-elle doucement. Mais je ne crois pas que Rebecca partira. Elle est manifestement très attirée par cet homme qui assistait lui aussi à la réception. Quel est son nom, déjà… Josh Hill ?

Sous l'effet de la surprise, Delaney se détendit un peu.

— Vous avez remarqué ? Pourtant, vous la connaissez à peine.

Sa belle-mère haussa ses sourcils délicatement dessinés.

— Difficile de ne pas voir la chimie qui existe entre ces deux-là. On dirait qu'ils ont déjà une longue histoire derrière eux.

— En effet, confirma Delaney. C'est bien là le problème.

Vivian jeta un coup d'œil en direction du couloir, comme pour s'assurer que personne ne viendrait les surprendre, puis se tourna de nouveau vers elle.

— Je sais que mon fils n'est pas un homme facile à vivre.

Il peut parfois avoir l'air insensible et fermé comme une huître. Et je…

Elle hésita.

— … Ce qui se passe entre vous ne me regarde pas et je ne veux surtout pas m'immiscer dans votre vie. Mais laissez-moi simplement vous dire de ne pas renoncer à lui trop vite.

— Vivian… il y a quelque chose que vous devez savoir, commença Delaney, prête à tout dévoiler.

La mère de Connor lui pressa affectueusement les mains.

— Je ne veux pas savoir. Je vois combien vous l'aimez. A mes yeux, c'est tout ce qui compte. Le reste s'arrangera. A présent, appelons les hommes et ouvrons tous ces ravissants cadeaux de mariage.

Les couvertures tirées jusque sous le menton, Delaney fixait tristement le réveil digital sur sa table de chevet. Voilà plus de deux heures qu'elle regardait les chiffres se succéder lentement. Il était minuit. Et, à en juger par le silence qui régnait à présent dans la maison, tout le monde était allé se coucher. Connor avait sans doute décidé de dormir dans sa chambre.

Pour un jeune marié, il s'intéressait si peu à elle qu'il n'avait même pas pris la peine de venir lui souhaiter bonne nuit, le soir de leur nuit de noces, songea Delaney tandis qu'une boule lui serrait la gorge.

Le cœur lourd, elle ferma les yeux. Elle aurait tant voulu pouvoir sombrer dans le sommeil et oublier ses doutes et ses angoisses. Malheureusement, elle ne cessait de voir défiler dans son esprit des images de sa vie d'autrefois. Rebecca et leur cohabitation sous le même toit lui manquaient terriblement. Son travail de bibliothécaire et sa réputation de gentille fille aussi. Plus rien ne serait jamais comme avant. Et tout ça, par sa faute.

Une larme roula sur sa joue. Quelle folie d'avoir cru qu'elle pourrait avoir un bébé pour elle toute seule.

Un petit coup sur sa porte lui fit rouvrir les yeux.

— Delaney ? Tu es réveillée ?

Connor.

Elle essuya ses larmes, tandis que la porte s'ouvrait doucement sur son époux. Il s'avança dans la chambre. Sa haute silhouette se découpait sur la fenêtre éclairée par la lune. Elle l'aurait reconnu même les yeux fermés. Elle pouvait distinguer le bruit de son pas entre tous ceux des autres gars du ranch, identifier son odeur, son souffle.

— Delaney ?

Elle ne répondit pas et fit mine de dormir, partagée entre le désir qu'il parte et celui qu'il reste. Elle ne voulait pas qu'il vienne vers elle par obligation, parce que sa mère l'y avait obligé. C'était pour cette raison qu'elle avait refusé d'aller à l'hôtel. S'il devait partager le même lit de nouveau, ce serait uniquement parce qu'il en avait envie autant qu'elle.

Comme elle ne donnait aucun signe d'éveil, il s'approcha et se pencha pour effleurer sa joue du bout des doigts.

Elle ouvrit les yeux.

— Pardon de te réveiller, dit-il d'une voix rauque qui fit naître en elle un frisson de désir.

— Qu'est-ce qu'il y a ? murmura-t-elle.

— Je me disais…

Il s'interrompit cherchant visiblement ses mots. Delaney attendit.

— Je n'ai pas envie de commencer de cette façon, dit-il enfin.

— De quelle façon ?

— En faisant chambre à part.

Il se redressa et enfonça les mains dans ses poches, avant d'ajouter d'une voix dépourvue d'émotion :

— Je ne pense pas que cela donne une bonne image de notre couple.

Une bonne image ? Il voulait dormir avec elle juste pour sauver les apparences ?

— C'est un problème, en effet, ironisa Delaney.

Mais rien n'indiquait que son époux ait perçu le sarcasme. Dans l'obscurité, son expression était indiscernable et ses yeux semblables à deux puits sombres.

Il jeta un regard réticent vers la porte.

— Alors ? Tu préfères dormir seule ?

Delaney avait très envie qu'il reste, mais sa fierté exigeait que ce soit à certaines conditions.

— Reste si tu en as envie. Pas par obligation parce que tu penses que c'est mieux ou que tu veux plaire à ta mère.

— J'ai envie de rester, dit-il, soutenant son regard.

Puis il baissa les yeux sur ses épaules et Delaney retint son souffle. Elle portait la chemise de nuit en voile et dentelles ivoire.

— Ravissant, souffla-t-il. Je peux voir ?

Delaney hocha lentement la tête et se tint parfaitement immobile, tandis qu'il repoussait les couvertures. Il la contempla quelques instants, puis sourit et posa la main sur le léger renflement de son ventre.

— Bonsoir, bébé, dit-il en se penchant pour y déposer un baiser.

Touchée, Delaney mit une main sur sa joue et le retint encore un moment contre elle, contre leur enfant. C'était si agréable de le sentir tout proche… enfin.

Quand elle le relâcha, il laissa ses yeux errer sur son corps.

— Tu me rends fou, Laney.

Elle n'en doutait pas. Mais ses doutes et ses interrogations allaient plus loin que la seule attirance physique. Les réponses attendraient plus tard, décida-t-elle après un bref instant de doute tandis que les mains de Connor s'égaraient sur son corps, éveillant en elle de délicieuses sensations.

— Très joli, chuchota-t-il, en taquinant ses mamelons du bout des doigts, à travers la dentelle de la chemise de nuit.

Puis, lentement, il fit glisser les bretelles de ses épaules et enfouit son visage dans la vallée entre ses seins. Tout le corps de Delaney s'embrasa.

— Viens te coucher, murmura-t-elle, comme il redressait la tête pour l'embrasser.

Contrairement au baiser poli qu'ils avaient échangé à l'église, celui-ci fut chargé de mille promesses.

— Doucement, Laney. Je vais finir par croire que tu as envie de moi.

— J'ai envie de toi, reconnut-elle.

Souriant, il se releva et se déshabilla, tandis qu'elle gardait les yeux rivés sur lui, la gorge toute sèche, le cœur battant, admirant les changements opérés sur son corps depuis la première fois qu'elle l'avait vu. Le travail en plein air avait affiné sa silhouette et durci ses muscles.

— Je n'arrive pas à croire que nous sommes mariés, murmura-t-elle. Cette situation me paraît totalement irréelle.

Connor sourit et se glissa dans le lit.

— Elle va te sembler bien réelle dans une minute, dit-il, en l'attirant dans ses bras pour l'envelopper de sa chaleur.

Il ne lui donna aucun répit et ne la laissa pas fermer l'œil de la nuit. Mais, quand l'aube se leva, Delaney se sentait plus heureuse et plus vivante qu'elle ne l'avait jamais été depuis… Boise.

La semaine suivante passa très vite. Le quotidien de Delaney n'était guère différent d'avant le mariage. Elle aidait Dottie dans la cuisine et aux tâches ménagères.

Elle faisait les courses et nourrissait les animaux. Mais la nuit venue, quand le ranch semblait endormi, là les choses avaient *vraiment* changé. Connor lui consacrait toute son attention et Delaney n'était pas en reste, titillée par l'envie qu'au petit matin il soit trop fatigué pour partir travailler et reste encore auprès d'elle. En vain. Il se levait toujours aussi tôt et s'enfermait dans son bureau ou sortait seller les chevaux.

Chaque matin, elle préparait le petit déjeuner pour Grady, Ben, Isaiah et Roy, et, chaque matin, le vieux cow-boy souriait béatement dès qu'elle croisait son regard, même s'il y avait déjà plus d'une semaine qu'elle avait épousé Connor.

— Roy, quand allez-vous cesser de me regarder avec cet air-là ? lui dit-elle, feignant l'exaspération.

Il lui décocha un clin d'œil entendu.

— Alors, comment pousse le petit ?

Delaney n'en était pas certaine, mais il lui semblait avoir senti le bébé bouger cette nuit. Ce n'était peut-être qu'une impression. Dès que Connor était près d'elle, il lui semblait que tout était plus vivant.

— Je crois que je l'ai senti bouger, avoua-t-elle.

— Quelqu'un parle de bébé ? intervint Dottie, que le sujet passionnait.

Comme cette dernière s'extasiait de nouveau sur la naissance de son petit-fils, Delaney laissa discrètement ses pensées dériver vers Connor. Elle adorait quand il la tenait dans ses bras et lui faisait l'amour. Elle adorait quand il s'endormait, un bras passé autour de sa taille. Sa présence emplissait sa vie. Parfois, elle s'asseyait et rêvait à lui tout éveillée. La façon dont il bougeait. La façon dont ses yeux se fermaient et ses lèvres s'entrouvraient quand il…

— Houhou ! La Terre à Delaney ! plaisanta Isaiah, la tirant de sa rêverie.

Elle le regarda en clignant des yeux.

— Quand allez-vous cesser de nous regarder avec cet air-là ? la taquina-t-il, déclenchant l'hilarité de ses camarades.

— Je pensais au bébé, mentit Delaney.

Comme le rouge lui montait aux joues, elle tourna la tête et se leva pour essuyer la vaisselle. Mais Connor entra à cet instant et sa gêne disparut pour être immédiatement remplacée par l'espoir. Aujourd'hui serait peut-être le jour où il lui manifesterait son attention ailleurs qu'au lit... Un rapide baiser sur la tempe, un regard ou même un simple sourire... pour lui dire qu'il pensait à elle, que leur relation n'était pas uniquement sexuelle.

Elle lui prépara une assiette d'œufs brouillés. Le cœur battant, elle la posa devant lui, mais il ne releva même pas les yeux sur elle. Il discutait avec Roy d'une histoire de veau égaré. Quand il eut terminé de manger, il se leva et dit aux cow-boys qu'il les retrouverait dehors. Comme il s'avançait vers la porte de service, Delaney l'appela.

— Connor ?

Il se retourna. Tous les yeux se braquèrent sur elle, et Delaney eut soudain envie de se cacher dix pieds sous terre. Elle aurait mieux fait de tenir sa langue. C'était ridicule d'essayer de le pousser à lui donner plus qu'il ne voulait bien lui offrir. Et, maintenant, il fallait qu'elle trouve quelque chose à dire.

— J'ai... j'ai rendez-vous chez le médecin, ce matin. Je pensais que tu voudrais peut-être m'accompagner.

— Désolé, répondit-il aussi sec. Je ne peux pas, aujourd'hui.

Sur ce, il sortit en claquant la porte derrière lui.

Au milieu d'un silence gêné, Delaney croisa le regard empreint de sympathie d'Isaiah. Elle redressa la tête, s'efforçant de ne pas montrer à quel point Connor l'avait blessée, et prit avec un sourire chaque assiette que les cow-boys lui tendaient, en leur souhaitant une bonne journée, tandis qu'ils filaient rejoindre le patron.

Isaiah s'attarda un instant. Il attendit que Dottie soit sortie pour s'approcher de Delaney et lui tapoter gentiment l'épaule.

— Ne vous en faites pas, ça lui passera.

— Tu as sans doute raison, répondit Delaney, les yeux dans le vague.

Mais au fond d'elle-même elle en doutait. Isaiah ne savait rien de ce qui s'était passé à Boise.

Chapitre 22

Les semaines suivantes s'écoulèrent sans événement marquant. Chaque matin, Delaney se réveillait seule. Connor était déjà sorti. Il passait une grande partie de la journée à travailler sur les terres, puis il rentrait dîner et s'enfermait dans son bureau jusque tard dans la nuit.

Elle savait qu'il avait acheté le ranch et qu'il se battait comme un forcené pour sauver cet endroit qu'il aimait. Mais, chaque fois qu'elle tentait de s'intéresser à ce qu'il faisait, il lui répondait que tout allait bien et qu'elle n'avait pas à s'inquiéter. Il refusait de partager ses soucis avec elle.

Dottie ayant repris ses fonctions, Delaney avait décidé de s'attaquer au nettoyage des volets et des plinthes, ainsi qu'au rangement des placards. Puisque Connor ne souhaitait pas lui déléguer la moindre responsabilité dans le fonctionnement du Running Y, elle trouverait un autre moyen de se rendre utile.

Mais, bientôt, chaque recoin de la maison étincela de propreté et Delaney se retrouva désœuvrée. Et si elle se consacrait un peu à la réalisation d'un potager ? L'idée lui traversa l'esprit un matin après le petit déjeuner. Elle s'appropria donc un petit carré de terre derrière la maison et commença par lire tous les livres de jardinage qui lui tombaient sous la main. Quand arriva le mois de juin, elle planta des tomates, du maïs, des petits pois et des carottes, sans oublier des bulbes de dahlia commandés au Danemark. Et, pendant tout ce temps, l'espoir ne la quittait pas. Connor finirait peut-être par s'habituer à l'idée de l'avoir pour épouse et il cesserait enfin de lui en vouloir.

Malheureusement, les semaines passaient et il restait toujours aussi distant et réservé à son égard. Chaque nuit, bien sûr, il venait la rejoindre, il lui faisait l'amour et se montrait toujours tendre et attentionné dans ces moments-là. Mais, quand pointaient les premières lueurs du jour, il s'écartait d'elle pour se consacrer entièrement au ranch et ne plus lui accorder une seule de ses pensées.

Avec un soupir, Delaney écarta du dos de la main une mèche de cheveux qui lui retombait devant les yeux. Le jardin prospérait et les légumes grossissaient à vue d'œil — tout comme son ventre qui s'arrondissait un peu plus chaque jour et l'empêchait de se pencher.

— N'en faites pas trop, lui lança Dottie, en partant nourrir les poules. Rebecca vient d'appeler. Elle arrive pour planter les graines de pastèque avec vous.

Delaney sourit. Beck n'avait jamais rien planté de toute sa vie, pas même des graines de radis dans le jardin de ses parents quand elle était gamine. Mais elle participait avec enthousiasme à sa nouvelle passion pour le jardinage. Elle venait souvent au ranch pour l'aider à désherber et à semer. Toutes deux discutaient aussi du choix de sa future robe de mariée et des idées de menus pour le repas de noce.

— A-t-elle dit si elle devait retourner dans le salon de coiffure après ? demanda Delaney.

— Je ne crois pas. Vous voulez que je vous amène le téléphone sans fil pour que vous puissiez la rappeler ?

— Ce n'est pas la peine, elle sera bientôt là. Merci, Dottie.

Delaney la regarda s'éloigner vers la basse-cour, puis se remit à l'ouvrage.

Des abeilles butinaient dans les rangées de petits pois. Un papillon voletait de fleur en fleur. Dans l'enclos tout proche, des chevaux broutaient tranquillement. Mais ni la quiétude de cet instant, ni la perspective d'une visite de Rebecca ne pouvaient arracher Delaney à sa tristesse. Elle avait une nouvelle consultation prénatale à 16 heures. Une fois de plus, elle avait proposé à Connor de l'accompagner. Il avait marmonné quelque chose d'évasif et quitté la maison dans la seconde suivante. Depuis, elle ne l'avait pas revu et doutait qu'il vienne avec elle chez le médecin.

Son mariage n'était peut-être pas parfait, mais il aurait pu être pire, se répétait-elle souvent. Quand elle avait accepté de l'épouser, elle savait très bien que Connor n'était pas amoureux d'elle. Naturellement, au fond d'elle-même, elle avait espéré que les choses s'arrangeraient et qu'elle vivrait le conte de fées dont rêvent toutes les femmes. Malheureusement, Connor n'était pas le Prince charmant. Et qu'il soit formidable au lit ne suffisait pas à la rendre heureuse.

Elle terminait de désherber quand Rebecca arriva. Dès qu'elle descendit de voiture, les chiens lui firent fête. Elle les caressa et les laissa lui lécher les doigts. Mais, quand elle se tourna vers Delaney, elle arborait un petit sourire crispé et Delaney fut frappée de constater qu'elle avait maigri.

— Tu vas bien ?

— Evidemment !

— Je ne te crois pas. Qu'est-ce qui te tracasse ? insista Delaney.

— Rien, répondit Rebecca d'une voix impatiente, l'air soudain exaspérée. Je manque de sommeil, c'est tout. Et, maintenant, occupons-nous de ces graines. Il n'y aura pas d'été sans pastèque !

Delaney s'aida de la pelle à côté d'elle pour se redresser.

— Il y a un problème avec Buddy ? insista Delaney.

— Pas exactement, répondit son amie.

— Alors, de quoi s'agit-il *exactement* ?

— Il veut repousser la date du mariage.

— Pour quelle raison ?

— Il dit que sa mère aimerait y assister. Elle vit en Géorgie et ne pourra pas venir avant le mois d'août.

— C'est bien, non ?

— Je ne sais pas. Je crois plutôt qu'il a peur.

— Il te le dirait s'il avait peur, non ? Allons, Beck, il aimerait juste que sa mère soit là.

— Possible.

Sur ce, Rebecca sortit de sa poche un petit sachet dont elle versa le contenu dans le creux de sa main.

— Tu crois vraiment que nous allons réussir à faire pousser des pastèques à partir de ces graines minuscules ? On aurait mieux fait d'acheter des plants.

Delaney posa les poings sur ses hanches.

— Elles feront très bien l'affaire. N'essaie pas de changer de sujet.

— Je n'ai pas envie d'en parler, d'accord ? s'énerva brusquement Rebecca. Toi aussi, tu es malheureuse et tu ne m'en parles pas. Alors, je ne vois pas pourquoi je déballerais mes problèmes.

— Mais je ne suis pas malheureuse ! protesta Delaney. J'aime la vie sur le ranch et j'ai hâte d'être maman.

— Il y a pourtant quelque chose qui te rend triste.

Delaney ouvrait la bouche pour nier, mais se ravisa. A quoi bon ? Beck la connaissait trop bien.

— C'est vrai. Mon mari m'ignore la plupart du temps. Dans la journée, quand il me croise, il se montre poli, sans plus. Il ne me demande jamais mon avis sur quoi que ce soit et ne me fait pas assez confiance pour accepter mon aide. Il n'a pas besoin de moi, *sauf la nuit*. Je dois reconnaître qu'au lit, il est super. Mais il ne prendra pas deux heures pour m'accompagner chez le médecin. C'est ce que tu voulais entendre ?

Rebecca plissa les yeux et jeta un regard circulaire sur les collines environnantes, prête à fondre sur Connor à la seconde où elle l'apercevrait.

— Je vais lui dire deux mots à ce gars-là.

— Pas question. C'est exactement pourquoi je ne voulais pas t'en parler. Pour le moment, je crois qu'il a surtout besoin de se prouver quelque chose à lui-même. Il a de grands projets pour le ranch et je tiens à lui laisser la liberté nécessaire pour réussir. Et, s'il finit par s'intéresser à moi, je veux que ce soit de sa propre volonté, d'accord ? On ne peut pas forcer quelqu'un à t'aimer.

Pensive, Rebecca donna un petit coup de pied dans un caillou.

— Promets-moi de le laisser tranquille et de ne rien lui dire, insista Delaney.

— Bon, d'accord, répondit son amie à contrecœur. Si c'est ce que tu veux.

— Je te jure que oui.

Delaney essuya la sueur qui perlait à son front et alla s'asseoir sur les marches du petit escalier à l'arrière de la maison. Elle fit signe à Rebecca de s'asseoir à côté d'elle.

— Tu ne t'es jamais dit que, Buddy et toi, vous n'étiez peut-être pas faits l'un pour l'autre ?

— Quelle idée ! Tout marche parfaitement entre nous.

Rebecca passa une main dans ses cheveux teints en blond pour l'été. Cette couleur lui allait mieux que le rouge aubergine. Elle soulignait la délicate ossature de ses traits et lui donnait l'air plus jeune.

— Dans deux mois, je serai loin d'ici.

Delaney rassembla les plis de sa jupe autour de ses chevilles.

— C'est bien cela qui m'inquiète, observa-t-elle. Buddy est-il l'homme de ta vie ou bien juste un billet de sortie ?

Rebecca caressa la tête de Sundance qui posa immédiatement le museau sur ses genoux.

— Les deux, avoua-t-elle après un instant d'hésitation.

Delaney essaya de lire sur le visage de son amie. Devait-elle insister ? Cela ne la regardait peut-être pas. C'était à Rebecca de faire ses propres choix.

— De toute façon, retarder le mariage de deux mois ne change pas grand-chose, non ?

Rebecca colla son front à celui de Sundance tout en le caressant.

— Sans doute… du moment qu'il ne le repousse pas une autre fois.

Connor contemplait son épouse endormie. Parfois, il la trouvait tout simplement trop belle pour oser la caresser. Debout au pied du lit, il la regardait dormir, tout en songeant à la façon dont elle l'accueillait dans ses bras chaque nuit, la manière qu'elle avait de sourire et de presser sa main contre son ventre quand leur enfant bougeait, combien son corps blotti contre le sien était doux…

Il aurait tant voulu pouvoir briser la barrière qui s'élevait entre eux. Mais il y avait quelque chose en lui qui l'empêchait de faire le premier pas. Et ce quelque chose c'était la peur. Il avait bien plus à perdre que le ranch s'il laissait libre cours à son amour pour Delaney. La petite voix dans sa tête lui soufflait qu'il avait déjà misé suffisamment gros. Il échouerait probablement et Delaney le quitterait, de toute façon. Alors, pourquoi augmenter la mise ? Et cependant, pour la première fois de sa vie, il avait l'impression que le bonheur était tout proche, à portée de main. Si seulement il pouvait…

Delaney avait dû sentir sa présence, car elle ouvrit les yeux.

— Connor ? murmura-t-elle d'une voix ensommeillée. Viens te coucher.

Le désir irradia dans les reins de Connor. Il retint son souffle. C'était incroyable comme il la désirait.

— J'arrive, dit-il, en se déshabillant.

Pas de panique. Il avait simplement besoin de la sentir contre lui. Non, il ne tomberait pas amoureux. Il ne prendrait pas le risque de lui ouvrir son cœur.

Delaney regardait Connor s'habiller dans la lueur du couloir qui baignait leur chambre. La nuit dernière, il lui avait fait l'amour avec une telle passion, une telle intensité, comme si les longues heures de travail ne l'avaient pas épuisé. Mais il ne s'était pas davantage confié à elle que les fois précédentes. Et, à présent, l'impression de solitude qui enveloppait Delaney était aussi forte que la veille, avant qu'il ne vienne la rejoindre au lit.

— Pourquoi ne restes-tu pas dormir encore un peu ? lui demanda-t-elle.

« Dis-moi au moins que tu aimerais rester avec moi. »

Mais rien. Il lui décocha un sourire sexy tout en enfilant son jean, mais elle savait qu'il pensait déjà à autre chose, quelque chose qui le hantait.

— Tu n'es pas rassasiée ? plaisanta-t-il.

Le sexe uniquement. C'était son issue de secours, sa façon à lui d'échapper à tout ce qui pourrait être un sentiment plus profond.

— Tu travailles trop dur, dit-elle, ne sachant comment l'atteindre.

— Le projet avance. Avec Josh, nous avons réussi à lever

les fonds nécessaires à la construction du centre de loisirs. Nous avons déjà un architecte qui dessine les plans...

— Je pourrai les voir ?

Connor haussa les épaules.

— Si tu veux.

— Quand les travaux vont-ils commencer ?

— Fin de l'été, si tout se passe bien.

— C'est formidable, renchérit Delaney, espérant qu'il lui en dirait davantage.

Peine perdue.

— Tu as discuté avec tes oncles ? questionna-t-elle, réticente à l'idée de le laisser partir, car elle savait qu'elle ne le reverrait pas d'ici la tombée de la nuit.

— Pas récemment.

— Ils savent ce que tu fais ?

— Oui, répondit Connor, tout en enfilant ses bottes. Ils sont persuadés que je vais me planter.

— Et, toi, tu penses que ça va marcher ?

— Bien sûr !

Mais Delaney eut l'impression que le sourire qu'il lui décochait n'était qu'un sourire de façade. En était-il de même de sa belle assurance ? Elle ne pouvait s'empêcher d'y penser.

— Comment vas-tu ? demanda tante Millie.

Delaney coinça le téléphone entre son épaule et son oreille pour pouvoir terminer de lacer ses chaussures.

— J'ai l'impression de ressembler à une vache et de marcher comme un canard. C'est bon signe à ce qu'il paraît chez une femme enceinte. Je n'en suis pourtant qu'à mon cinquième mois.

— Connor est gentil avec toi ?

— Très, répondit Delaney, fidèle à la ligne de conduite qu'elle s'était imposée depuis le début.

Pas question que toute la ville se mette à jaser sur leurs problèmes matrimoniaux. Et, de toute façon, elle n'avait que ce qu'elle méritait. Alors, inutile de se plaindre.

— Comment va oncle Ralph ?

— Très bien. Vous venez déjeuner dimanche ?

Delaney hésita. Depuis le mariage, Connor avait passé tous les week-ends à travailler.

— Connor aura peut-être trop de travail pour pouvoir se libérer.

— Encore ?

— Il a un gros projet en route, tu sais.

— Et alors ? Il peut tout de même prendre un peu de temps pour venir déjeuner.

— Ce n'est pas facile.

— Bon, mais toi tu viendras, n'est-ce pas ? Je n'aime pas te savoir là-bas toute seule à longueur de journée.

— Je ne suis pas toute seule. Dottie est là. Et j'ai le jardin pour m'occuper.

— Ton travail de bibliothécaire ne te manque pas ?

— Un peu, oui.

— J'ai parlé avec Dave Small du conseil municipal. Maintenant que tu es mariée, tu pourras reprendre ton poste sans problème.

— C'est gentil, mais j'ai beaucoup à faire ici, entre la maison et le jardin. Je ne pense pas reprendre un emploi tout de suite après la naissance du bébé.

— Je voulais juste te prévenir que c'était une possibilité.

— Merci. Je peux demander à Rebecca de venir déjeuner avec nous ?

Tante Millie marqua une courte pause. Beck s'était en

partie rachetée auprès d'elle en la coiffant pour le mariage et en devenant sa coiffeuse attitrée.

— D'accord. Nous serons contents de l'avoir à déjeuner. Elle n'est plus si mauvaise fille.

Rebecca n'avait jamais été une méchante fille, mais son côté « gentil » restait encore l'un des secrets les mieux gardés de la ville.

Delaney sourit en songeant au vieux berceau déniché chez un antiquaire que son amie avait minutieusement restauré et repeint, prétendant que, dans son état, Delaney ne devait surtout pas s'exposer aux vapeurs de peinture.

— A dimanche, tante Millie.

La nuit était tombée depuis longtemps et Connor n'était toujours pas rentré.

Delaney s'étira pour soulager ses épaules toutes nouées et prit une gorgée de tisane. Mais la tension était toujours là et son inquiétude aussi. Quand Roy et les autres employés du ranch étaient partis pour le Honky Tonk vers 20 heures, ils lui avaient assuré que Connor n'allait pas tarder. Pourtant, il n'était toujours pas là et elle commençait à se demander s'il ne lui était pas arrivé un accident.

Elle jeta un coup d'œil sur la pendule. Bientôt minuit. Devait-elle appeler la police ?

Surtout pas. Connor avait très bien pu décider de passer la soirée en ville sans la prévenir. Il n'avait pas pour habitude de lui donner son emploi du temps. Cela dit, le pick-up était toujours garé dans l'allée. Etait-il possible qu'il soit directement descendu en ville à cheval rejoindre Roy et le reste de l'équipe sans la prévenir ?

Elle détestait l'imaginer en train de boire et de s'amuser, pendant qu'elle se faisait un sang d'encre. Malheureusement, c'était l'explication la plus probable.

Delaney se leva et se mit à faire les cent pas devant la

cheminée. Elle ne devait pas s'inquiéter comme ça, c'était stupide, son mari n'allait pas tarder à rentrer. Dix longues minutes passèrent.

Et toujours rien. La pendule passa le quart, puis la demie. N'y tenant plus, elle prit le téléphone et composa le numéro du Honky Tonk.

Le patron du bar décrocha. Il y avait de la musique en fond sonore, ponctuée d'éclats de rire et de voix.

— Delaney Armstrong. Mon mari est-il chez vous ?

— Attendez une seconde, je vais vérifier.

Delaney l'entendit crier : « Connor Armstrong est-il ici ? » Puis au bout de quelques secondes :

— Désolé. Il n'est pas là.

— Pourrais-je parler à Roy White ? demanda Delaney.

— Bien sûr. Roy ! Quelqu'un pour toi au téléphone.

La voix bourrue du régisseur résonna presque aussitôt dans le combiné.

— Roy ? C'est Delaney.

— Qu'est-ce qui ne va pas ?

— Je m'inquiète. Connor n'est toujours pas rentré.

— Ah bon ?

Le ton surpris de Roy ne fit qu'accroître l'anxiété de Delaney.

— Je pensais qu'il serait peut-être au bar avec vous.

— Non. Nous l'avons laissé près du col. Il voulait vérifier s'il n'y avait pas un veau égaré dans le coin. Mais cela n'aurait pas dû lui prendre plus d'une heure.

— Vous pensez qu'il lui est arrivé quelque chose ?

— Je n'en sais rien. Mais je viens tout de suite.

— Dois-je appeler la police ?

— Non. Je vais prendre une lampe torche et partir à sa recherche. Je suis certain qu'il n'y a rien de grave.

Roy raccrocha, laissant Delaney morte d'inquiétude.

L'anxiété dans la voix du vieil homme démentait ses paroles rassurantes. Connor était peut-être blessé, quelque part…

Ne supportant pas de perdre une seconde de plus, Delaney écrivit un petit mot à l'adresse du vieux cow-boy qu'elle scotcha sur la porte d'entrée. Elle enfila un pull et sortit. Elle irait chercher son mari elle-même.

Chapitre 23

Exténué, couvert de boue, Connor entra dans la maison par la porte de service. Son dîner l'attendait dans le réfrigérateur.

— Merci, Laney, murmura-t-il en mettant son assiette dans le micro-ondes.

A cette heure-ci, elle devait dormir et il avait hâte d'aller la retrouver au lit. D'une certaine façon, quand il serrait son corps contre lui, il lui semblait que tous ses soucis, sa frustration, ses doutes et même les souffrances du passé disparaissaient comme par enchantement.

La sonnerie du téléphone retentit en même temps que celle du micro-ondes. Connor décrocha rapidement pour éviter que le bruit ne réveille Delaney. Qui pouvait bien appeler à 1 heure du matin ?

— Connor ? C'est Rebecca. Dieu merci, tu es là ! Depuis quand es-tu de retour à la maison ?

— Il y a quelques minutes à peine. Pourquoi ?

— D'habitude, tu ne rentres pas si tard.

— Je suis allé chercher un veau qui s'était égaré sur les hauteurs. Je ne pensais pas que ce serait si difficile, mais il avait glissé dans un ravin. Il m'a fallu un bout de temps pour le sortir de là.

— Je viens de trouver cinq messages de Delaney sur

mon répondeur. Apparemment, elle craignait qu'il te soit arrivé quelque chose.

— Je vais bien, vous pouvez être rassurées toutes les deux.

— Tant mieux. Dis-lui que je la rappellerai demain matin.

— Attends une seconde !

L'estomac soudain noué par l'appréhension, Connor se précipita dans le couloir. Si Delaney s'était inquiétée, elle ne se serait pas couchée…

La porte de leur chambre était grande ouverte et le lit était vide. Il courut à l'autre bout du couloir. Furieuse de son retard, elle était peut-être retournée dormir dans son ancienne chambre. Mais, là aussi, seuls l'obscurité et le silence l'accueillirent.

— Elle n'est pas là, dit-il à Rebecca, toujours en ligne. Si elle était en colère contre moi, où serait-elle allée ?

— Je ne crois pas qu'elle était en colère contre toi, rectifia Rebecca. Sur le répondeur, elle avait plutôt l'air morte d'inquiétude. En revanche, moi, je suis furieuse contre toi, mais ça c'est une autre histoire.

Mais de quoi donc lui parlait-elle ? Oh, et puis de toute façon il s'en moquait pas mal pour l'instant.

— Delaney ? appela-t-il de nouveau, en traversant la maison.

Quelque chose n'allait pas. Les chevaux étaient-ils tous à l'écurie, quand il avait ramené Trigger dans son box ? Il était tellement fatigué qu'il n'avait pas fait attention. Quelqu'un — Roy sans doute — avait déjà mis du foin dans sa mangeoire. Aussi s'était-il contenté de desseller son cheval, avant d'éteindre la lumière et de regagner la maison.

Il courut à l'entrée vérifier si le pick-up était là. Mais oui, il était garé à sa place habituelle. C'est alors qu'il aperçut une boule de papier froissé sur le sol. Il la prit, la déplia et reconnut aussitôt l'écriture de sa femme.

« Roy, je ne peux pas attendre. Je pars à sa recherche. Ne vous en faites pas, je suis bonne cavalière. Je reviens dès que possible.

Laney. »

Oh, mon Dieu ! Sa femme enceinte parcourait la montagne à cheval, seule, en pleine nuit.

— Je crois savoir où elle est, dit-il à Rebecca. J'y vais.

— Attends ! Tu veux que je vienne ?

— Non, reste près du téléphone. Je te rappelle dès que je l'aurais retrouvée.

Il raccrocha d'un geste sec et courut à l'écurie. Deux chevaux manquaient à l'appel, dont celui de Roy. Peut-être avait-il déjà retrouvé Delaney. Pourvu que ce soit ça.

Le faisceau de la lampe torche tressautait tandis que Connor poussait Trigger au grand galop vers le col montagneux. Les stridulations des criquets semblaient rythmer le martèlement des sabots du cheval, tandis que les lapins alertés par le bruit détalaient dans les broussailles.

Arrivé au sommet, Connor jeta un regard découragé autour de lui. Il devait à tout prix retrouver Delaney avant qu'il ne lui arrive quoi que ce soit. Mais il n'était même pas sûr de chercher dans la bonne direction. Elle pouvait être n'importe où dans cette immensité. Et si elle avait fait une chute ?…

A cette pensée, l'estomac de Connor se contracta en un nœud douloureux. Si elle perdait le bébé, ce serait fini entre eux, et il l'aurait bien cherché.

La nuit dernière, quand il lui avait fait l'amour, il aurait dû lui dire combien elle comptait désormais pour lui. Il aurait dû prendre le risque. Mais il n'avait pas osé. Il avait continué à lui cacher cette part intime de lui-même. Et, maintenant, peut-être était-il trop tard…

— Non, il n'est pas trop tard, dit-il à haute voix, comme pour mieux s'en convaincre.

Il ne pouvait cependant s'empêcher d'imaginer le pire. Que ferait-il s'il la perdait ?

Soudain, tous ses efforts pour la tenir à l'écart, pour ne pas lui ouvrir son cœur lui paraissaient absurdes. Il était évident qu'il l'aimait. Il l'aimait plus que tout.

— Delaney ! hurla-t-il.

Le vent s'était mis à souffler. Le col bifurquait à présent en deux pistes. Connor prit à droite en direction des hauts pâturages. Il arriva sur le site de camping établi depuis peu avec Roy. Il y trouva une tente.

— Réveillez-vous ! cria-t-il.

Un barbu finit par pointer le nez sous l'auvent, un fusil de chasse à la main. Il plissa les yeux, aveuglé par la lampe torche.

— Qui êtes-vous ? Que voulez-vous ?

— Connor Armstrong. Je suis le propriétaire de ce terrain et je cherche une femme. Petite. Brune. Vous n'avez vu personne, cette nuit ?

— Je n'ai vu aucune femme, mais un gars nous a posé la même question, il y a environ une demi-heure.

Ce ne pouvait être que Roy. Ils suivaient donc la même piste. Connor balaya les alentours du faisceau de sa torche, au cas où. Tout était calme et silencieux. Un petit cours d'eau longeait le pré. Il s'y engagea, hésitant à le remonter ou au contraire à le descendre. Il ferait peut-être mieux de rebrousser chemin et de partir vers le nord. Ou vers l'est… Bon sang, où pouvait-elle bien être ?

Pas le temps de se poser des questions. Il décida de remonter le ruisseau. Deux heures durant, il poursuivit son exploration. Sans succès. Il n'avait aperçu que quelques biches et il était si fatigué qu'il tenait à peine en selle. Il s'apprêtait à retourner au ranch, quand quelqu'un répondit enfin à ses appels répétés.

— Delaney ? cria-t-il, l'adrénaline chassant sa fatigue.

Mettant son cheval au trot, il s'avança dans la direction d'où venait la voix. Le terrain très accidenté montait abruptement entre les arbres, rendant sa progression difficile.

Il avait reconnu la voix qui lui avait répondu. Ce n'était pas celle de sa femme. C'était celle de Roy. Quelque chose de grave était arrivé.

Delaney était étendue sur le sol. La poitrine de Connor se comprima au point qu'il pouvait à peine respirer. Agenouillé à côté d'elle, Roy se redressa dès qu'il entendit le cheval de Connor foncer à travers les arbres.

— Qu'est-ce qu'elle a ? cria Connor d'une voix étranglée.

— Je crois qu'elle a des contractions, répondit le vieux cow-boy. Probablement à cause de tout ce trajet à cheval. Ou peut-être parce qu'elle est fatiguée ou qu'elle a froid... je n'en sais rien, conclut-il avec une grimace d'impuissance.

Tirant sur les rênes de Trigger, Connor sauta à terre avant même que son cheval se soit arrêté.

— Connor ?

Delaney battit des paupières quand il se pencha sur elle et lui caressa la joue.

— Connor, tu vas bien ?

Elle s'inquiétait donc vraiment pour *lui* ?

— Je vais bien, chérie, dit-il doucement. Et toi ? Roy me dit que tu as des contractions.

Delaney posa la main sur son ventre.

— Ce n'est sans doute pas bien grave. Je me sens déjà mieux, dit-elle avec un sourire qui se voulait rassurant mais que démentait l'anxiété dans son regard.

Il se tourna vers Roy.

— Il faut la ramener au ranch. Allez chercher la camionnette et amenez-la le plus près possible. Nous vous retrouverons sur la route qui mène au camping.

Le vieux cow-boy se mit aussitôt en selle et s'éloigna à bride abattue.

— J'ai pensé que tu avais peut-être eu un accident, expliqua Delaney d'une voix faible. Je ne pouvais pas rester au ranch à attendre.

Connor posa un baiser sur sa tempe.

— C'est bon, chérie. J'étais juste parti à la recherche d'un veau égaré. Je vais bien. Et toi aussi tu vas aller mieux très bientôt.

« Mon Dieu, faites que ce soit vrai », pria-t-il mentalement. L'idée de perdre Delaney lui était insupportable. Il fallait l'emmener chez un médecin au plus vite.

— Je n'imaginais pas qu'une chose pareille puisse m'arriver, dit-elle en essayant de se redresser.

Connor l'obligea à se rallonger.

— Repose-toi encore un peu. Roy ne sera pas de retour avant une bonne heure.

Elle se détendit, mais resta agrippée à son bras.

— Je suis bonne cavalière. C'est juste que le bébé n'a pas apprécié la chevauchée, mais... je ne pouvais pas rebrousser chemin sans toi.

— Tu n'aurais jamais dû sortir à cheval, en pleine nuit, toute seule.

Connor était conscient de la soudaine dureté de son ton, mais il avait beaucoup de mal à conserver son sang-froid. Il était subitement partagé entre le désir de hurler après elle et celui de la serrer contre lui. Jamais par le passé il n'avait éprouvé une telle peur.

Delaney détourna les yeux.

— Excuse-moi, murmura-t-elle.

Il inspira à fond pour recouvrer son calme.

Pour lui, elle venait de risquer la vie de l'enfant qu'elle désirait plus que tout au monde. Et elle ne savait pas qu'il l'aimait. Elle ne le savait pas parce qu'il ne le lui avait jamais dit. Parce que lui-même n'avait pas eu conscience qu'elle était devenue une part vitale de lui-même, jusqu'à cet instant…

— Laney, si je suis en colère, c'est parce que j'ai cru que je t'avais perdue, dit-il d'une voix brusquement enrouée par l'émotion. J'ai cru que je vous avais perdus, toi et le bébé.

Désemparée, elle releva les yeux sur lui.

— Je ne comprends pas… Cet enfant, tu n'en voulais pas… ni de moi, non plus. Si tu savais comme je m'en veux de t'avoir entraîné dans cette histoire. J'ai été folle d'imaginer que tu pourrais finir par m'aimer…

— Laney, ne dis pas ça.

Connor hésita. Il avait peur de l'aimer aussi passionnément, peur qu'elle comprenne le pouvoir qu'elle détenait sur lui, peur de souffrir. Il n'était qu'un froussard. Jusqu'à quand allait-il se cacher derrière ce rempart de prétendue indifférence ? Il avait déjà perdu tant de temps…

— Laney, je t'aime. J'aurais dû te le dire bien avant, murmura-t-il en posant un baiser sur son front. Rien au monde ne compte plus que toi.

Les larmes aux yeux, elle le dévisagea.

— Tu me pardonnes ?

— Pour quoi ? Pour être partie à ma recherche en pleine nuit ?

— Pour Boise.

— Tu plaisantes ? Il n'y a rien à pardonner, mon amour. Tu as fait de moi l'homme le plus heureux sur terre.

Delaney secoua la tête.

— Je ne mérite pas ton amour, Connor. Pas après ce que je t'ai fait.

— Moi non plus, je ne te mérite pas, Laney. Crois-moi. Mais nous sommes ensemble et nous allons le rester.

Il lui sourit.

— Je suis simplement heureux que, parfois, le destin mette sur notre route l'occasion de commencer une nouvelle vie.

— Où es-tu ? demanda Rebecca.

Le téléphone collé à l'oreille, Delaney sourit, tout en se blottissant plus étroitement contre Connor, même s'il était 3 heures de l'après-midi.

— Au lit.

— Avec ton bourreau de travail de mari ?

— Quelle question ! La dernière fois que j'ai vérifié, ce n'était pas l'employé du téléphone.

— Comment te sens-tu ? Tu n'as plus de contractions ?

La nuit dernière, Connor avait appelé Beck depuis le pick-up pour la prévenir que le Dr Hatcher attendait Delaney à son cabinet médical. Naturellement, son amie les y avait aussitôt rejoints.

— Les myorelaxants prescrits par le médecin ont été efficaces. Le bébé va très bien et moi aussi.

— Tu es sûre ?

— Oh, oui !

La main de Connor caressait doucement son ventre.

— Tu as l'air heureuse, observa Rebecca. Maintenant, tu sais pourquoi j'en voulais tant à Buddy de repousser notre mariage.

— Il a toujours lieu en août ?

— On verra. Avant de nous marier, on va déjà prendre un appartement ensemble. Je pars dans quinze jours.

— Tu ne veux pas attendre que le bébé soit né ?

— Je reviendrai. Ah, j'oubliais !

— Quoi ?

— Dis à Connor que je ne suis plus furieuse contre lui.

Delaney sourit.

— Je lui ferai part de cette bonne nouvelle.

Sur ce, les lèvres de son homme glissèrent le long de sa joue vers sa bouche. Hum… Avait-elle pris le temps de dire au revoir à Beck avant de raccrocher ?

Connor avait du mal à se concentrer sur le dîner.

— Dis-le-lui maintenant, chuchota-t-il à l'adresse d'Isaiah, en lui donnant un petit coup de coude.

Le jeune homme releva les yeux sur Delaney, affairée à démouler le gâteau qu'elle leur avait préparé pour le dessert.

— Laney, tu as pensé à nourrir le lapin, aujourd'hui ?

— Le quoi ? dit-elle distraitement.

— Le lapin.

Elle s'interrompit dans sa tâche et fronça les sourcils.

— Quel lapin ?

Isaiah désigna la porte.

— Il est là derrière. Viens voir, dit-il en se levant.

Elle jeta un regard interrogateur à son époux qui haussa les épaules comme s'il ne savait pas de quoi il s'agissait. Dottie et les autres cow-boys en firent autant.

L'air méfiant, elle suivit Isaiah dehors. Discrètement, Connor se glissa derrière elle pour ne rien rater de sa réaction.

— Oh, mon Dieu ! s'écria-t-elle en apercevant le petit animal blanc au pelage duveteux, dans une cage près du poulailler. Comme il est beau !

— Il est à toi, précisa Isaiah. Un cadeau de mariage très très en retard.

Rassemblés derrière Connor, Roy, Ben, Grady et Dottie

la regardèrent ouvrir la porte de la cage, prendre le lapin dans ses mains et frotter sa joue contre son pelage.

— Isaiah, c'est exactement ce dont je rêvais ! Comment as-tu deviné ?

Le jeune homme sourit.

— L'idée vient de Connor. Il n'a même pas voulu de mon aide pour construire la cage.

Delaney se tourna vers son mari avec un sourire radieux qui lui fit fondre le cœur. Elle lui faisait très souvent cet effet-là. Parfois, quand il la regardait, il avait l'impression que son esprit s'envolait. Elle était si belle, si lumineuse… Elle était *sa femme,* tout simplement.

— Je t'aime, Connor Armstrong, dit-elle d'une voix suffisamment forte pour que tout le monde l'entende.

Il traversa la pelouse, posa une main sur sa taille et de l'autre lui releva le menton.

— Moi aussi, je t'aime, dit-il en s'emparant de ses lèvres pour un long baiser passionné, indifférent aux applaudissements de leur public ravi.

Epilogue

Arrivé sur la ligne de crête, Connor immobilisa Trigger.

De son point d'observation, il apercevait les tracteurs dans la vallée qui commençaient à niveler le terrain du futur parcours de golf. Il avait du mal à croire que son projet devenait enfin réalité. Si tout se déroulait selon les plans, l'inauguration aurait lieu en mai, l'année prochaine.

Il sourit au souvenir du scepticisme de ses oncles, certains qu'il échouerait. Désormais, ils feignaient tous trois une totale indifférence à l'égard du Running Y, mais Connor savait par sa mère qu'ils étaient fous de rage. Non seulement parce qu'il allait réussir à sauver le ranch, mais aussi parce qu'ils avaient pris conscience des fabuleux bénéfices qu'il pourrait tirer de son projet.

Ce n'était peut-être pas qu'une question d'argent, puisqu'ils avaient largement de quoi vivre. Peut-être ne supportaient-ils plus tout simplement d'entendre les louanges de son grand-père à son égard.

Quoi qu'il en soit, Connor s'en moquait. Ses oncles et même son passé lui apparaissaient désormais comme une part insignifiante de son existence. Il avait tant d'autres choses à penser, des choses tellement plus importantes — son épouse, son enfant, ses rêves.

Entendant le moteur du quad acheté à Delaney pour la dissuader de monter à cheval jusqu'à la naissance du bébé, Connor se retourna pour la voir rouler lentement le long de la ligne de crête. Elle était venue le rejoindre pour partager avec lui le « grand moment ».

— Ne me dis pas qu'ils ont déjà commencé, dit-elle en coupant le moteur.

Connor sauta à terre et lui tendit la main pour l'aider à descendre. Et, comme chaque fois qu'elle lui souriait, son sourire l'enveloppa, telle une caresse. C'était un sourire qui le touchait au plus profond de son être pour lui souffler que le monde était tout simplement merveilleux.

— Ils viennent juste de donner le premier coup de pelle.

— Alors, je suis arrivée trop tard ?

— Pas du tout. Viens voir.

La prenant par la main, il l'entraîna vers un meilleur point de vue et tous deux regardèrent les machines et les hommes qui s'affairaient en contrebas.

— Ce sera formidable, murmura Delaney, admirative.

Connor se plaça derrière elle et l'enveloppa de ses bras en croisant les mains sous son ventre rebondi de façon à ce qu'elle puisse s'appuyer contre lui.

— Ce sera mieux que formidable, chérie.

Delaney renversa la tête en arrière pour la poser sur son épaule.

— Vivian a appelé, juste avant que je quitte la maison. Elle voulait nous féliciter pour le début des travaux.

Connor sourit. Sa mère était si heureuse depuis qu'il avait changé de vie.

— Grand-père m'a confié qu'elle fréquentait quelqu'un, quand je lui ai parlé au téléphone, hier soir. Elle ne t'a rien dit ?

Delaney secoua la tête.

— Elle m'a parlé d'une croisière et je doute qu'elle parte seule. Mais elle n'a pas précisé qui l'accompagnerait.

— Elle nous le présentera quand elle sera prête. D'après grand-père, c'est un type bien.

— Elle mérite de trouver l'amour.

— Maintenant qu'elle me sait sur la bonne voie, elle va pouvoir penser un peu à elle.

Ils restèrent un moment silencieux. Connor imaginait sa mère mariée et vivant pleinement sa vie. Puis il se prit à rêver au paysage sous ses yeux, une fois le golf terminé. Ce serait parfait…

— Connor ?

La voix de Delaney l'arracha à ses pensées.

— Et si ça ne marchait pas ? Si dans cinq ans, nous perdions tout ?

— Dans ce cas, nous recommencerions ailleurs.

— Tu es sûr ? Tu ne le prendrais pas trop mal ? Après tout, ce n'est que de la terre et de l'argent, tu sais. Ce n'est pas indispensable à notre bonheur.

Connor lui mordilla l'oreille.

— Je sais, chérie. Ne t'inquiète pas. Je ne perdrai jamais tout du moment que je t'ai.

Ils s'embrassèrent. Mais l'arrivée de Roy et Josh les interrompit.

— Nous avons fait tout ce chemin jusqu'ici pour assister au premier coup de pelle et que trouvons-nous ? Un couple en train de se peloter comme deux adolescents.

Roy secoua la tête avec un petit claquement de langue désapprobateur, mais, même dans l'ombre de son chapeau, Delaney devina son sourire.

PRÉLUD'

Le 1er Mars

Prélud' n°297

Le rendez-vous du hasard - Janice Kay Johnson

Lucy ne sait si elle doit se réjouir ou s'inquiéter : Sierra, sa fille adoptive de seize ans, vient de lui annoncer qu'elle a enfin retrouvé son père biologique. Jonathan Brenner, puisqu'il s'agit de lui, sera-t-il à la hauteur des espoirs de Sierra ? Lucy attend avec impatience le moment de rencontrer l'inconnu et de voir s'il saura être un père. Mais elle n'est pas préparée à ce qu'il fasse aussi battre son cœur...

Prélud' n°298

La confiance en cadeau - Tanya Michaels

Delia a toujours manqué de confiance dans la famille et se débrouille pour être absolument indépendante. Jusqu'au jour où elle se découvre enceinte d' Alexander DiRossi, qui, fou de joie, lui propose de l'épouser. Terrifiée, bouleversée par cette grossesse qui l'oblige à revoir les principes sur lesquels elle a fondé sa vie, Delia commence par refuser...

Prélud' n°299

Le défi d'un héritier - Beth Andrews

Connie est furieuse : pourquoi lui impose-t-on de former Matt Shepard à la gestion du domaine ? Elle n'a aucune envie de transmettre son expérience durement acquise à cet héritier qui débarque, et prétend assumer l'héritage de son père sans avoir jamais mis les pieds ici ! Mais Connie ne sait pas tout. Et, concernant Matt, elle va aller de révélation en révélation...

Prélud' n°300

Promesse rebelle - Ellen Hartman

Pour exaucer les dernières volontés de sa mère, Jorie s'est fiancée à Cooper Murphy. Mais ce dernier n'est pas dupe et vient avouer à Jorie qu'il ne veut pas d'une vie fondée sur des mensonges. Il veut rompre. C'est alors qu'un scandale oblige le couple à passer un marché : rester ensemble quelques mois de plus, en attendant que la presse se calme...

BestSellers

A paraître le 1er janvier

Best-Sellers n°494 • roman

Un nouveau jour - Joan Johnston

Kristin Lassiter est bouleversée : Bella Benedict, la mère de Max, son grand amour de jeunesse, lui demande de venir lui rendre visite en Angleterre, dans son château de famille. Bella, que Kristin n'a jamais revue depuis le jour où Max lui a brisé le cœur, dix ans auparavant. Pourquoi son ex-belle-mère cherche-t-elle soudain à la contacter ? Et quelle est cette fameuse mission qu'elle dit vouloir lui confier ? Une mission qui, apparemment, est susceptible de lui rapporter beaucoup d'argent. Kristin hésite. Elle élève seule sa petite Félicity et elle a vraiment du mal à s'en sortir financièrement. La proposition de Bella pourrait certes être un moyen de remédier à ce problème, mais elle craint de rouvrir d'anciennes blessures en croisant Max... Et ce qu'elle redoute encore plus, c'est que son secret - celui que le chagrin l'a conduite à préserver toutes ces années - n'éclate au grand jour.

Best-Sellers n°495 • suspense

L'inconnu de Shadow Falls - Maggie Shayne

Depuis des années, Olivia Dupree, professeur de littérature, voue une admiration sans bornes à Aaron Westhaven, un célèbre romancier qui vit caché. Aussi est-elle très surprise lorsque ce dernier accepte de venir parler au cours de la conférence qu'elle organise pour ses étudiants. Mais le jour prévu, quelle n'est pas la stupeur d'Olivia lorsqu'elle est convoquée par la police à l'hôpital, au chevet d'un inconnu victime d'une tentative de meurtre... Une stupeur qui ne fait que s'accroître quand elle apprend que sa carte de visite se trouvait dans la poche de cet homme qui a perdu la mémoire... Qui peut bien être cet étranger séduisant et mystérieux ? Est-il l'écrivain qu'elle avait fini par considérer comme son âme sœur ? Et si ce n'est pas le cas, que faisait-il à Shadow Falls avec sa carte de visite dans la poche ? Soudain, prise de panique, Olivia craint de voir ressurgir le secret d'un passé qu'elle fuit depuis seize ans.

Best-Sellers n°496 • suspense

Noir Secret - Brenda Novak

Brillante substitut du procureur, Grace Montgomery ne s'attendait pas à voir un jour ressurgir les terribles démons de son passé. A l'âge de neuf ans, Grace a en effet été victime des désirs pervers de son beau-père, le révérend Barker, un homme pourtant respecté de tous dans la petite ville de Stillwater. Et même après la mystérieuse disparition du révérend, ce n'est que dans la fuite et le silence qu'elle a trouvé refuge. Un refuge, hélas, bien fragile. Car aujourd'hui, alors que les souvenirs viennent forcer les portes de sa conscience, d'importantes zones d'ombres persistent, assorties d'un obscur malaise qui l'invite à penser qu'elle a joué un rôle dans la disparition de son bourreau. Sinon pourquoi, après toutes ces années, se sentirait-elle toujours coupable ? Résolue à clore ce chapitre douloureux de son existence, Grace n'a plus le choix : elle doit retourner à Stillwater pour exhumer le passé…

Best-Sellers n°497 • thriller

Frayeur - Michelle Gagnon

Appelée sur une nouvelle scène de crime à Phoenix, Kelly Jones, agent spécial du FBI, découvre une mise en scène macabre : le corps de la victime a été minutieusement découpé, et ses différents membres, artistement répartis aux extrémités d'un socle en forme d'étoile. Pire encore, Kelly comprend bientôt que ce qu'elle a vu n'est que l'un des rouages d'un projet macabre plus vaste encore, et que le meurtrier séquestre Madison, une jeune adolescente de seize ans. Un kidnapping sur lequel enquête son fiancé, Jake Riley, un ancien flic brillant et charismatique reconverti dans la libération d'otages. Perturbée par la tournure des événements mais épaulée par Jake, Kelly est prête à tout pour déjouer le complot derrière lequel, elle en est persuadée, se cache un adversaire plus redoutable que jamais. Un adversaire qui exige une rançon aussi inédite qu'effroyable.

Best-Sellers n°498 • roman

L'héritière australienne - Lynne Wilding

A la mort de son père, Carla Stenmark hérite d'un domaine viticole dans la Barossa Valley, en Australie. Une propriété dont son père ne lui a jamais parlé. Pas plus que de son passé secret, qu'elle découvre à la lecture de son journal intime : accusé à tort d'avoir séduit la fiancée de son frère, Rolfe a été renié et banni par son propre père. En s'installant à Sundown Crossing avec son fils, c'est donc un double défi que Carla s'apprête à relever : remettre en état un vignoble en friche depuis des années, et renouer avec le clan Stenmark, bien qu'héritière d'un fils maudit…

Best-Sellers n°499 • historique

Le mystère des Carlyle - Shannon Drake

Angleterre, 1892.

A l'idée d'affronter le comte de Carlyle, dont la réputation suffit à la faire frissonner, Camille est terrifiée. Hélas, elle n'a pas le choix : son tuteur, l'homme qui l'a recueillie alors qu'elle n'était encore qu'une enfant, et qu'elle aime par-dessus tout, a été injustement emprisonné au manoir des Carlyle. Alors peu importent les rumeurs qui prétendent que le comte est l'héritier d'une redoutable malédiction qui touche quiconque essaie de l'approcher, Camille est déterminée à rencontrer cet homme et à obtenir la libération de son protecteur. Mais sa détermination vacille dès son arrivée au manoir. Car derrière le masque terrifiant que le comte porte en public, elle découvre un regard profondément troublant, celui d'un homme blessé qui détient la clé d'un terrible secret…

BestSellers

Best-Sellers n°500 • thriller

Tabous - Nora Roberts

A près de soixante-dix ans, Eve Benedict est de ces stars qui ont bâti leur carrière par un travail acharné, mais aussi par le talent et la beauté. Un oscar et deux Tony Awards ont consacré ce parcours sans défaut. Quatre maris, des amants et de multiples liaisons lui ont construit une image sulfureuse. En faisant appel à la journaliste Julia Summers pour rédiger ses mémoires, Eve a décidé de se mettre à nu, sans tabou, quitte à dévoiler ses zones d'ombre, déclencher des scandales ou détruire des réputations. Mais à peine Julia a-t-elle emménagé avec son fils dans la propriété de Beverly Hills qu'un climat de menace s'installe : lettres anonymes, cambriolages… Pour l'une comme pour l'autre, écrire ce livre va désormais devenir une question de vie ou de mort. Car de ce face-à-face entre Eve et Julia, aussi subtil que cruel, un secret inavouable va émerger. Un secret mortel pour qui se risquerait à le divulguer.

Best-Sellers n°501 • historique

Sur ordre royal - Margaret Moore

Pays de Galles, 1205

Promise par le roi au ténébreux Madoc de LLanpowell, lady Roslynn de Werre redoute de rencontrer son fiancé, que tous surnomment « l'ours de Brecon ». Hélas, après la trahison dont s'est rendu coupable son époux disparu, elle est désormais à la merci du roi et doit se plier à ses ordres. Et puis, même si cette alliance ne lui apportera jamais l'amour auquel elle aspire, elle représente sa seule chance de s'éloigner de la cour, où elle subit les pires humiliations depuis la mort de son mari. Aussi accepte-t-elle de se rendre au manoir de LLanpowell pour s'offrir au sombre Madoc en dépit de ses réticences. Mais alors qu'elle pensait que le guerrier accepterait sa main - et sa fortune – sans hésiter, Roslynn a la surprise de découvrir que ce mariage lui déplaît au moins autant qu'à elle. Pis encore ! Madoc refuse catégoriquement de prendre pour épouse une femme choisie par un autre… Désespérée à l'idée de retourner auprès du roi, Roslynn décide alors de tout faire pour séduire l'ombrageux guerrier…

Composé et édité par les
éditions HARLEQUIN
Achevé d'imprimer en France (Malesherbes)
par Maury-Imprimeur
en janvier 2012

Dépôt légal en février 2012
N° d'imprimeur : 169440